西南大学文学院青年教师学术论丛

比较文学与区域研究：
危机、挑战与整合

Comparative Literature
and Area Studies:

Crises, Challenges, and Integration

李国栋　著

重庆大学出版社

图书在版编目（CIP）数据

比较文学与区域研究：危机、挑战与整合 / 李国栋

著. --重庆：重庆大学出版社，2024.1

ISBN 978-7-5689-4301-7

Ⅰ．①比… Ⅱ．①李… Ⅲ．①比较文学－文学研究

Ⅳ．①I0-03

中国国家版本馆 CIP 数据核字（2023）第 240209 号

比较文学与区域研究：危机、挑战与整合

BIJIAO WENXUE YU QUYU YANJIU: WEIJI、TIAOZHAN YU ZHENGHE

李国栋　著

策划编辑：侯慧贤

责任编辑：李桂英

责任校对：刘志刚

版式设计：尹　恒

责任印制：张　策

重庆大学出版社出版发行

出版人：陈晓阳

社址：重庆市沙坪坝区大学城西路 21 号

网址：http://www.cqup.com.cn

印刷：重庆市正前方彩色印刷有限公司

开本：890mm×1240mm　1/32　印张：7.625　字数：214 千

2024 年 1 月第 1 版　　2024 年 1 月第 1 次印刷

ISBN 978-7-5689-4301-7　定价：68.00 元

目 录
CONTENTS

引　言

一

在国际政治、经济、文化交流通过互联网等新兴技术日益即时化、紧密化和便捷化的今日，人的栖居方式已难以置身于世界潮流之外，生存的空间只能向无限接壤的技术空间打开。每个人的思想体系、价值观念都以世界性的方式孕育、展开，从世界性的经验中定位自身，从媒介技术的全球化效应中塑型自我，进而形成一个网络化连接的新时代主体。这将带来一种后人类意义上的他我关系——他者与自我皆为网络端口，皆为赛博空间中的数字化身，皆为行星上的碳基造物。比较文学这门学科便处在媒介技术转型、全球化转型与主体性转型的关键阶段，由此带来了种种理论与思想上的碰撞、争论与展望。

在世界范围内，我们看到比较文学呈现出一种极不均衡的发展图貌：一方面是西方比较文学在不断发展的同时，也在形式主义、后结构主义和后殖民主义中反思其实证化、机械化与西方中心主义之弊，从而令这门学科危机不断，最终走向了终结或死亡；另一方面是非西方世界在现代性的进程中逐步碰触、接受和传播"比较文学"这个术语，并将其学科化、本土化与民族化，显露出蓬勃发展、欣欣向荣的态势。①这种两极化的学科张力是由不同民族、国家之间的学术意识形态差异所造成的，其背后牵扯着复杂的政治生态、民族心理、文化记忆、美学观念、现代性与反现代性之争、普遍主义与特殊主义之争等问题。

容易让人混淆的是，比较文学既是学科实体，也是理论话语，前者的荣与衰在一定程度上独立于后者的安与危。正如《红楼梦》大观园里的各色人物虽然丰衣足食，乃至生活奢靡、淫逸浪费，但却充斥着精神上的危困、思想上的堕落。在凝视比较文学这门学科时，也要以一种世界性的视野、历史性的深度、危机性的意识发现、审视其深层问题。国内学界往往凭借中国比较文学学科的繁荣、昌盛而拒绝接受"比较文学危机论"，认为这一论调不符合国内学界的语境，从而曲解、忽视其理论内涵、批判话语与学科建议。但实际上，这类判断往往混淆了学科实体与学术理论的关系，以前者之荣抹擦后者之危。我们应该在理论的层面对接"比较文学危机论"，从共通性的角度和世界性的责任意识来看待其批判效能，从而发掘自身的学术问题，探索出一条能够应对学科危机并能促成人类社会走向互惠性共在的新路。

---

① 巴斯奈特就曾指出比较文学在世界范围内发展不平衡的情形："比较文学的危机，一方面源于19世纪以欧洲为中心的实证主义传统；另一方面起因于对跨文化转移的政治含义的漠视——实际上跨文化转移对任何比较活动都十分重要。另外，非洲、印度、中国和拉丁美洲的比较文学家们并没有感受到这种所谓的危机，因为他们的比较文学研究建基于一种不同的意识形态，其理论出发点不是抽象的、跨文化的、普世性的美，而是他们自己文化的迫切需要。"参见[英]苏珊·巴斯奈特：《比较文学批评导论》，查明建译，北京：北京大学出版社，2015年版，第183页。

二

要理解比较文学的理论与学科形态,我们难免要从它的内涵、起源和发展史谈起。

从字面上看,"比较文学"是用"比较"对"文学"这门古老的精神艺术作出的强调与限定,它指用比较法来理解、研究文学。二词的拼接并无冲突之处,其学理稍加推敲便可成立。广而言之,文学自古以来就未脱离比较。不同的文学作品、作家之间总有差异,有差异就会有比较。套用康德的概念,我们或许可以说,"比较"是人们认识文学的基本心理"图型"①。有了这个"图型",我们才能把感性的文学质料加工成理性的文学形式。索绪尔在《普通语言学教程》(1916)中发现,语言存在于差别之中。他说:"语言中只有差别。"②"就拿所指或能指来说,语言不可能有先于语言系统而存在的观念或声音,而只有由这系统发出的概念差别和声音差别。"③因此,我们对文学的认知不可能是孤立的,我们总是在充斥着差别

---

① 这里的"图型"是康德的概念"Schema"。康德在《纯粹理性批判》(A140,B179)中指出:"我们将把知性概念在其运用中限制于其上的感性的这种形式的和纯粹的条件称为这个知性概念的图型,而把知性对这些图型的处理方式称之为纯粹知性的图型法。"参见[德]康德:《纯粹理性批判》,邓晓芒译,北京:人民出版社,2017年版,第107页。"图型"也译作"图式",如王玖兴的翻译:"感性的这个形式和纯粹的条件(知性概念被限定只在这个条件之下才可以使用),我们将称之为该知性概念的图式,而知性面对这些图式所作的运作,我们将称之为纯粹知性的图式机制。"参见[德]康德:《纯粹理性批判》,王玖兴主译,北京:商务印书馆,2018年版,第129页。
② [瑞士]索绪尔:《普通语言学教程》,高名凯译,北京:商务印书馆,1980年版,第161页。
③ [瑞士]索绪尔:《普通语言学教程》,高名凯译,北京:商务印书馆,1980年版,第162页。

的语言集群中比较和使用语言，自然也就在语言的差异中比较和认识文学。哈钦森·麦考莱·波斯奈特（Hutcheson Macaulay Posnett）在世界第一本比较文学专著《比较文学》（1886）中指出："就某种意义而言，获得或者传播知识的比较方法一如思想本身一样古老……逻辑学家最平淡无奇的命题，要么是对比较的肯定，即 A 是 B，要么是对比较的否定，即 A 不是 B……不仅逻辑学的诸种呆板命题，甚至演说术的雄辩滔滔或者诗性的幻想最高级、最卓越的迸发，都是由比较与差异的这种基本结构，一如我们所称谓的，即人类思想的这种主要框架所证明的。"[1]换言之，人的逻辑性基于两种事物的比较，逻辑判断也即比较判断。文学的逻辑自然也即比较文学的逻辑，二者历史性地同生同存。"比较文学"的字面内涵呈现出了这一学科的学理基础，无论是其法、美学派化语境下的狭义定义，还是文化转向后的广义定义，都与上述内涵挂钩。

从起源上看，"比较文学"需要限定于西方的学术传统中，它有特定概念史和学科背景。据韦勒克的考证，"比较文学"这一术语最初来自法国 1816 年出版的一套包含法国文学、古典文学和英国文学的文选，名为《比较文学教程》（Cours de Littérature Comparée）。这本文选同时也作为教材使用。使"比较文学"在法国流传开来的人是阿贝-弗朗索瓦·维里曼（Abel-François Villemain），他在一些课程和著作中广泛使用了该词。德国的"比较文学"（Vergleichende Literatur）最初出现于莫里兹·卡列尔（Moriz Carrierè）1854 年的一部著作《诗的本质与形式》（Das Wesen und die Formen der Poesie）

---

[1] [爱尔兰]波斯奈特：《比较文学》，姚建彬译，北京：中国社会科学出版社，2015年版，第70页。

中。英国的"比较文学"最初出现于马修·阿诺德（Matthew Arnold）1848 年的一封信中，但直到波斯奈特的书出版后，这个词才被广泛使用。[①]此后，该术语在欧洲逐渐传播开来，并在 19 世纪后期逐渐取得学科化的建制。对于该学科最初的形成情况，巴斯奈特指出："直到 19 世纪后期，比较文学的教席才开始设立，这一学科也才开始获得学术地位。第一个比较文学教席于 1897 年在里昂设立，此后其他教席也相继在法国出现。法国的比较文学界在这一领域处于主导地位，其他欧洲国家设立教席的时间则远迟于法国。"[②]如其所言，法国的比较文学以其唯实证主义和唯科学主义学风而闻名，对整个世界的比较文学都产生了极大的影响。

我国比较文学起源于 20 世纪 20 年代至 30 年代，其兴起动因主要为西学的传入与影响，一批留学归来的学者和外籍人士在国内学界逐渐引介比较文学。1924 年，从美国哈佛大学比较文学系留学归来的吴宓开设"中西诗之比较"等讲座。1929 年，英国剑桥大学教授艾弗·A. 瑞恰兹（Ivor A. Richards）在清华大学讲授"比较文学"课程，清华大学的外文系外籍教师瞿孟生（P. D. Jameson）根据瑞恰慈的观点撰写了第一本教材《比较文学》。此外，清华大学、北京大学、燕京大学、齐鲁大学等国内诸多高校也开设了许多比较文学课程。比较文学学科在这一阶段正式诞生。早期比较文学的发展也表现为对国外相关著作的翻译，如 1931 年傅东华翻译的洛里哀《比较文学史》，1937 年戴望舒翻译的梵·第根（Van Tieghem）《比较

[①] [美]勒内·韦勒克：《辨异：续〈批评的诸种概念〉》，刘象愚、杨德友译，上海：上海人民出版社，2015 年版，第 9、15—17 页。
[②] [英]苏珊·巴斯奈特：《比较文学批评导论》，查明建译，北京：北京大学出版社，2015 年版，第 27 页。

文学》。①

由于"西学东渐"之风所具有的独特心理因素，比较文学以一种启蒙性的姿态进入中国，被国内学界效仿和学习。我们当前所使用的"比较文学"一词，基本上是由西方多种学派混杂而成的术语，其理论史、学科史、著作史主要参照西方比较文学的话语体系而建构，其中也不乏"传统的发明"和"本土化转换"。例如将中国比较文学的古代史追溯到《诗经》《史记》《沧浪诗话》等文献，又如将现代史追溯到 20 世纪初，并构建为初期（1900 年至 1949 年，多采用平行研究）、阻滞期（1950 年至 1977 年，多采用影响研究）、复兴期（1978 年至 1999 年，多采用平行研究）和转型期（2000 年至今，趋向于回归影响研究）四个时期。②无论是对中国比较文学的千年史还是百年史追认，追慕西方的现代性情结始终缠绕着国人。

如今，要审视和反思中国比较文学的话语体系，就要洞悉其参照系——西方比较文学的话语体系。而"西方"，在比较文学学科史脉络中，主要裂变为1958 年前后的法国和美国。

三

早期比较文学的阵营主要在法国，相关学者与主张统称为"法国学派"，代表人物有费尔南·巴尔登斯贝格（Fernand Baldensperger,

---

① 杨乃乔主编：《比较文学概论》，北京：北京大学出版社，2014 年版，第33—34 页。
② 付飞亮、李应志主编：《比较文学》，重庆：西南大学出版社，2022 年版，第1—2 页。

1871—1958）①、梵·第根（1871—1948）、让-玛利·卡雷（Jean-Marie Carré，1887—1958）②、马里乌斯-弗朗索瓦·基亚（Marius-François Guyard，1921—2011）、哈钦森·麦考莱·波斯奈特（1855—1927）③等。20世纪50年代之后，比较文学的"美国学派"在美国兴起，代表人物有勒内·韦勒克（René Welleck，1903—1995）、勒内·艾田伯（René Étiemble，1909—2002）④、亨利·H.H.雷马克（Henry H. H. Remak，1916—2009）⑤、A.欧文·奥尔德里奇（A. Owen Aldridge，1915—2005）、乌尔利希·W.韦斯坦因（Ulrich W. Weisstein，1925—2014）⑥等。两个学派之间的对立已成为比较文学学科史的常识。简而言之，法国学派主张历史主义，而美国学派主张审美主义，其具体观点后文将会详论。

值得注意的是，这两个学派虽然都以国家为名，但其代表人物并非全都属于各自国家。换言之，"法国学派"的代表人物并不都是法国人，"美国学派"的代表人物并不都是美国人。爱尔兰学者波斯奈特一般被看作法国学派的代表，他在书中显示出了社会进化论的思想，以实证主义的方式论述了文学发展的规律与历史。波斯奈特

---

① 其名又常译作巴登斯贝格、巴登斯伯格、巴尔登斯伯格、巴尔登斯贝耶、巴尔登斯柏耶等。

② 其名又常译作伽列。

③ 波斯奈特于1855出生于爱尔兰，毕业于都柏林圣三一大学，后于1886年1月移居新西兰。其后，他的著作《比较文学》在伦敦出版。从1885年到1890年，波斯内特一直担任奥克兰大学古典文学和英国文学主席。1890年，波斯内特辞职，回到都柏林当律师。波斯内特于1927年在爱尔兰金斯敦（Kingstown, Ireland）去世。参见 Keith Sinclair, *A History of the University of Auckland*, Auckland: Auckland University Press, 1983, p. 35.

④ 艾田伯的全名为 René Ernest Joseph Eugène Étiemble，又常译作艾金伯勒、艾田蒲、艾登保、艾蒂昂伯勒等。

⑤ 其名又常译作雷迈克。

⑥ 其名又常译作威斯坦因。

说："在文学的各种各样的阶段中可以发现的那些有限真理也许，不，甚至为了作为有限真理被人理解，必须要围绕具体相对恒久影响的某些中心事实来被归类。这些事实是指不同国家的气候、土壤、动物和植物的生活；这些也是从共同体的生活到个体的生活的进化原则，这正是我们此后要详细解释的。前者或许可以被称作静态的影响，文学一直处处都遭受这种影响；后者或许可以被称作文学的进步与衰落的动态原则。"①波斯奈特的任务就是梳理了文学从氏族文学到城市文学、世界文学和民族文学的发展历程，这对他而言是一种合理的科学解释。②当然，他的研究并不是典型的法国学派的做法。他对民族文学内部进化问题的强调使文学国际关系研究被边缘化了。③这也是他抱怨"比较文学"名不符实的原因。

　　法国人艾田伯则一般被看作美国学派的代表。艾田伯在《比较不是理由：比较文学的危机》中特别强调了自己的身份，他说："我只是以一个自由射手的身份来讲话，绝不代表法国的同行。"④这导

---

① [爱尔兰]波斯奈特：《比较文学》，姚建彬译，北京：中国社会科学出版社，2015年版，第19页。

② [爱尔兰]波斯奈特：《比较文学》，姚建彬译，北京：中国社会科学出版社，2015年版，第81—82页。

③ 韦斯坦因对波斯奈特评价道："今天，我们认为波斯奈特的观点是靠不住的，仅从他认为比较文学不必一定是超越民族的这一理由，我们就可以这样说。这位英国学者甚至把国际间文学关系的研究看作是比较文学的一个边缘领域，因为他认为，探索一个特定文化中外来的影响，就会忽视其逐渐进化的过程……波斯奈特认为，比较学家真正关心的是各民族文学内在的发展，而这种内在的发展正是不同民族社会进步的体现……波斯奈特认为，这种现象的研究，只有从一个民族当代生活的横断面去同时观察一种发展的不同阶段时，才是比较的。"参见[美]乌尔利希·韦斯坦因：《比较文学与文学理论》，刘象愚译，沈阳：辽宁人民出版社，1987年版，第216—217页。

④ [法]艾田伯：《比较不是理由：比较文学的危机》，罗芃译，见[法]艾田伯：《比较文学之道：艾田伯文论选集》，胡玉龙译，北京：生活·读书·新知三联书店，2006年版，第20页。

致许多人认为他是一个"背离正统"的人，例如雷马克就将他说成一个"捣蛋鬼"，一个"逆子贰臣"；但这正是法国比较文学学者视野开阔、各立门户的现实境况。①就观点而言，艾田伯批判了法国学派的唯历史主义和唯实证主义的倾向，赞成以韦勒克为代表的批评派观点。他说："美国的韦勒克以及其他许多人是对的。他们认为，比较文学历史的研究和文学的比较研究并不相吻合。文学是人类加给自己自然语言的形式体系，文学的比较研究不应该局限于事实联系的研究，而应该尝试探讨作品的价值，对价值进行判断（为什么不这样做），甚至可以——这是我个人的意见——参与提出价值，这些价值将不会像我们现在依靠它们生活或者因为它们而每况愈下的价值那样缺乏依据。"②可见，法国学派与美国学派之分是一种粗略的印象式划分。这种划分忽视了法、美内部的自我反思与批评，既令一些代表性的学者感到尴尬，也怕自己会引起民族冲突与误会。

回顾法国学派的主张，我们难免会对其中一个代表性的观点感到奇怪，即"比较文学"不是文学之间的比较研究。卡雷在《〈比较文学〉序言》（1951）③中指出："比较文学不是文学的比较，也不是简单地在外国文学的研究中移入对古代修辞家的平行对比研究，如高乃依与拉辛之间，或伏尔泰与卢梭之间，等等。更不是整天思

---

① [法]艾田伯：《比较不是理由：比较文学的危机》，罗芃译，见[法]艾田伯：《比较文学之道：艾田伯文论选集》，胡玉龙译，北京：生活·读书·新知三联书店，2006年版，第20页。
② [法]艾田伯：《比较不是理由：比较文学的危机》，罗芃译，见[法]艾田伯：《比较文学之道：艾田伯文论选集》，胡玉龙译，北京：生活·读书·新知三联书店，2006年版，第24页。
③ 此文乃卡雷为其学生基亚《比较文学》所作序言。这篇序言虽短，却被看作比较文学法国学派的代表性之作。

忖着丁尼生（Tennyson）与缪塞（Musset），狄更斯与都德之间的异同。"①那么，比较文学是什么呢？卡雷认为，比较文学属于文学史研究，是对不同民族国家的文学家、文学作品精神关系事实的研究。他说："比较文学是文学史的一个分支：它是对跨国精神关系的研究，即存在于拜伦和普希金、歌德和卡莱尔、瓦尔特·司各特和维尼（Vigny）之间，存在于分属不同民族文学的作家的作品、灵感，甚至生平履历之间的实际关系。这个研究分支基本不考虑作品的原始价值，而是首要考虑每个民族和作家对他们借来之作所施予的各种改变。"②在基亚的《比较文学》第二版前言中，他也鲜明地指出："比较文学并非比较。比较文学实际只是一种被误称了的科学方法，正确的定义应该是：国际文学关系史。"③

其实早在梵·第根的《比较文学论》（1931）中，比较文学就已经得到了明确的科学化规定。它是一种研究欧洲诸国文学作品相互影响关系的考据之学，也即研究"事实"而非审美的"历史科学"。在他的以下这段论述中，我们不难察觉法国学派与美国学派在美学问题上的巨大分歧：

> 人们把它（笔者注：指比较文学）导入文学史去，其时期差不多和人们把这种比较研究导入博言学、解剖学和生理学去相近，而

---

① [法]卡雷：《〈比较文学〉序言》，李玉婷译，见张沛主编：《比较文学基础读本》，北京：北京大学出版社，2017年版，第74页。
② [法]卡雷：《〈比较文学〉序言》，李玉婷译，见张沛主编：《比较文学基础读本》，北京：北京大学出版社，2017年版，第74—75页。
③ [法]马·法·基亚：《比较文学》，颜保译，北京：北京大学出版社，1983年版，第1页。

其用意也相等。可是，在胚胎作用中、在解剖学中或在语言学中，我们是用不到害怕发生什么错误的。我们知道，那种"比较"，是把那些从各种不同，而且往往距离很远的集体中取出来的事实凑在一起，从而提出一些一般的法则来。可是当我们碰到文学作品的时候，我们可以相信：那"比较"只是把那些从各国不同的文学中取得的类似的书籍、典型人物、场面文章等并列起来，从而证明它们的不同之处和相似之处，而除了得到一种好奇心的兴味、美学上的满足以及有时得到一种爱好上的批判以至于高下等级的分别之外，是没有其他目标的。这样实行的"比较"，在养成鉴赏力和思索力方面是很有兴味而又很有用的，但却一点也没有历史的涵义。它并没有由于它本身的力量使人向文学史推进一步，反之，真正的"比较文学"的特质，正如一切历史科学的特质一样，是把尽可能多的来源不同的事实采纳在一起，以便充分地把每一个事实加以解释；是扩大认识的基础，以便找到尽可能多的种种结果的原因。总之，"比较"这两个字应该摆脱了全部美学的涵义而取得一个科学的涵义。而那对于用不相同的语言文字写的两种或许多种书籍场面主题或文章等所有的同点和异点的考察，只是那使我们可以发现一种影响，一种假借，以及其他等等，并因而使我们可以局部地用一个作品解释另一个作品的必然的出发点而已。①

　　显然，在法国学派中，所谓的"比较文学"存在着名与实的不符。这一学派注重的是文学在不同民族、国家内的客观联系（渊源、

---

① [法]梵·第根：《比较文学论》，戴望舒译，长春：吉林出版集团有限责任公司，2010年版，第4—5页。

流传、影响等），而非对文学的主观感受、审美鉴赏，而后者正是美国学派所注重的。正如巴斯奈特所说："法国的视角似乎更加关注文化转移的研究，在这一研究模式中，法国不是作为接受者就是作为给予者，这一研究致力于定义和发现'国家品格'。"①民族主义的落脚点让比较文学的定义显得惊人的狭隘，从而引起了美国学派的质疑。

四

1958年，著名文学理论家勒内·韦勒克在美国北部卡罗莱纳大学所在地教堂山举行的国际比较文学学会第二届年会上发表了《比较文学的危机》一文，挑起了美国学派与法国学派之间的激烈论战。韦勒克点名批评了巴登斯贝格、梵·第根、伽列（即卡雷）和基亚这几位法国学派的代表性人物，认为"他们将一套陈旧过时的研究方法强加于比较文学，使之陷入19世纪僵死的唯事实主义、唯科学主义和历史相对主义的掌握之中而不能自拔"②。在韦勒克的雄辩中，比较文学必须转向文学批评，放弃影响研究，否则就脱离了文学研究的基本要求和意义。他说："在文学研究中，理论、批评和历史在通力合作以完成其中心任务：对一部艺术品和一组艺术品进行描述、解释和评价。比较文学，至少是它的官方理论家们，一直回

---

① [英]苏珊·巴斯奈特：《比较文学批评导论》，查明建译，北京：北京大学出版社，2015年版，第29页。
② [美]勒内·韦勒克：《批评的诸种概念》，罗钢、王馨钵、杨德友译，上海：上海人民出版社，2015年版，第262页。

避这种合作，死死抱住'事实的联系'、渊源和影响、媒介和声望作为自己唯一的研究课题：现在，它必须设法回到当代文学研究和文学批评的巨流中去。说得冒昧一些，在方法和方法论的思考方面比较文学已成了一潭死水。"①韦勒克的主张后来被称为"平行研究"②，这是一个拟象化的描述，其含义是没有影响关系的两部文学作品也可以进行比较。

此后，美国学派进一步阐明了平行研究理论。1961年，雷马克发表了美国比较文学平行研究的宣言式论文《比较文学的定义和功用》，指出了美国研究的基本特点。他开宗明义地说："比较文学是超出一国范围之外的文学研究，并且研究文学与其他知识和信仰领域之间的关系，包括艺术（如绘画、雕刻、建筑、音乐）、哲学、历史、社会科学（如政治、经济、社会学）、自然科学、宗教等等。简言之，比较文学是一国文学与另一国或多国文学的比较，是文学与人类其他表现领域的比较。"③他认为，比较文学就是文学之间的比较，而不是法国学派所谓的影响研究，对文学的艺术理解和评价要比影响研究重要得多。他指出："纯比较性的题目其实是一个不可穷尽的宝藏，现代学者们几乎还一点也没有碰过，他们似乎忘记了我

---

① [美]勒内·韦勒克：《批评的诸种概念》，罗钢、王馨钵、杨德友译，上海：上海人民出版社，2015年版，第270页。
② "平行研究"这一说法可能最早来自艾田伯的《比较不是理由：比较文学的危机》（1963）一文。他对美国学派的观点概括道："即使两国文学之间没有历史的联系，也可以对它们各自所运用的文学体裁进行比较。用哈佛大学比较文学教授詹姆斯·海托尔（James Hightower）的话说：'即使不去考虑直接影响的可行性'，文学的比较也不但是可行的，而且是平行的。"参见[法]艾田伯：《比较不是理由：比较文学的危机》，罗芃译，见[法]艾田伯：《比较文学之道：艾田伯文论选集》，胡玉龙译，北京：生活·读书·新知三联书店，2006年版，第21页。
③ [美]亨利·雷马克：《比较文学的定义和功用》，张隆溪译，见张隆溪选编：《比较文学译文集》，北京：北京大学出版社，1982年版，第1页。

们这门学科的名字叫'比较文学'，不是'影响文学'。"①雷马克还对此举出了许多例子，来说明没有影响关联的文学作品也是可比的，他说："赫尔德与狄德罗、诺瓦利斯与夏多布里昂、缪塞与海涅、巴尔扎克与狄更斯、《白鲸》与《浮士德》、霍桑的《罗杰·马尔文的葬礼》与德罗斯特－许尔索夫的《犹太人的山毛榉》、哈代与霍普特曼、阿佐林与阿那托里·法朗士、巴罗哈与司汤达、哈姆松与约诺、托马斯·曼与纪德，不管他们之间是否有影响或有多大影响，都是卓然可比的。"②

实际上，将美国学派所提出的"比较文学"等同于"平行研究"，容易忽略其中一个重要的内容，就是美国学派的"跨学科研究"。雷马克也注重文学与其他人文领域之间的比较，这是《比较文学的定义和功用》对比较文学进行界定的第二个重要内容，即比较文学"是文学与人类其他表现领域的比较"③。跨学科比较的问题同样也在法国学派中被忽视，因此雷马克也从对法国学派的论战开始，详述了跨学科比较的重要性。他具体地谈道："对于比较文学的理论方面不管有多少分歧，关于它的任务却总是意见一致的：使学者、教师、学生以及广大读者能更好、更全面地把文学作为一个整体来理解，而不是看成某部分或彼此孤立的几部分文学。要做到这一点的最好方法，就是不仅把几种文学互相联系起来，而且把文学与人类知识、活动的其他

①[美]亨利·雷马克：《比较文学的定义和功用》，张隆溪译，见张隆溪选编：《比较文学译文集》，北京：北京大学出版社，1982年版，第2页。
②[美]亨利·雷马克：《比较文学的定义和功用》，张隆溪译，见张隆溪选编：《比较文学译文集》，北京：北京大学出版社，1982年版，第2—3页。
③[美]亨利·雷马克：《比较文学的定义和功用》，张隆溪译，见张隆溪选编：《比较文学译文集》，北京：北京大学出版社，1982年版，第1页。

领域联系起来，特别是艺术和思想领域；也就是说，不仅从地理的方面，而且从不同领域的方面扩大文学研究的范围。"①美国学派的这种跨学科性被雷马克视为它与法国学派"阵线分明的根本分歧"②。至于文学史与审美批评之间的分歧，只不过是强调的侧重点不同而已。而且雷马克也在文中申明，文学史研究并非一无是处。他说："美国学者们必须注意，不要仅仅因为法国人似乎特别注重某些比较研究的项目（如研究接受、各国文学互相之间所持的态度、媒介、旅行、作者阅读外国文学作品的情况等）而排斥或忽略别的项目，就随便地放弃法国人喜欢研究的那些问题。"③

艾田伯在《比较不是理由：比较文学的危机》中也有相同的观点。他表明了对韦勒克的认同之后，特别说明了他不是不允许历史学研究，而是提倡要超越历史学研究，进行更加宽广的跨学科研究。他认为：

我的意思不是要把历史学从我们的教学中剔除出去。就像有些人说的，我们已经置身于急流之中，历史从各个方面挤促、挤压着我们，经常还压迫着我们。从历史的角度，起码对时空范围内充分的"事实联系"进行考察，我以为对每个比较学者来说都是合适的，甚至是必须的。我所说的比较学者应该善于分析档案资料，善于收

① [美]亨利·雷马克：《比较文学的定义和功用》，张隆溪译，见张隆溪选编：《比较文学译文集》，北京：北京大学出版社，1982年版，第7页。
② [美]亨利·雷马克：《比较文学的定义和功用》，张隆溪译，见张隆溪选编：《比较文学译文集》，北京：北京大学出版社，1982年版，第4页。
③ [美]亨利·雷马克：《比较文学的定义和功用》，张隆溪译，见张隆溪选编：《比较文学译文集》，北京：北京大学出版社，1982年版，第4页。

集阅读各种不起眼的杂志。希望他不但具有历史学修养，而且具有社会学修养；倘若具有全面的文化修养当然更求之不得。他最好不光懂得他所偏爱的那个时期的美术、音乐的一般知识。在我们这个过分专业化的时代，搞一门学科的人，至少搞我们这门学科的人最好能认识到如今人们所追求的、时尚称之为"交叉科学"的东西的重要性，这些东西在我童年时称为一般文化，或者索性更简单地称之为文化。①

　　这种跨学科研究的兴趣与中国当今的跨学科热、媒介转向、文化转向极为相似。在现代学术意识中，人们已发现对文学的专门研究无法避开其他领域，因为文学从起源上看不仅与其他艺术门类是一体的（如中国古代的诗、乐、舞不分），还与历史、宗教、政治、法律等其他人文领域紧密联系。例如在现今的外国文学课堂上，《亡灵书》《塔纳赫》《吉尔伽美什》乃至《汉谟拉比法典》都被视作文学作品（一些缺少现代意义上的文学审美性的文本经常被安置在"散文"类别下）。另外，文学在当今媒介不断迭新的时代，已经发生了形态和功能的巨大变化，镶嵌在网络文化、视觉文化、游戏文化之中，所以对文学的研究不得不涉及更加宽广、全面的文化领域。在当今的比较文学定义中，我们通常会把跨学科研究的规定考虑在内。如付飞亮、李应志主编的教材《比较文学》（2022）所言："比较文学立足于平等、多元、包容的国际性视野，注重不同文明下的

---

① [法]艾田伯：《比较不是理由：比较文学的危机》，罗芃译，见[法]艾田伯：《比较文学之道：艾田伯文论选集》，胡玉龙译，北京：生活·读书·新知三联书店，2006年版，第31页。

差异性、异质性和互补性，力图突破不同文明、不同民族、不同语言、不同学科之间的人为设限，关注不同文学传统下的变异和融通，从而形成一种超越地域、种族、语言的跨越性的文学研究，其根本目的在于发现总体性的文学发展规律，并最终实现世界各国文学之间的互阐、互证和互补。"①

那么，如何进行跨学科研究呢？在这一问题上，美国学派的两位代表性人物——雷马克和韦斯坦因，出现了相当尖锐的冲突。雷马克指出了巴尔登斯贝格和弗里德里希（Friederich）的《比较文学书目》（*Bibliography of Comparative Literature*）②所选书目的标准过于松弛的问题，并提出了自己的严格标准："文学和文学以外的一个领域的比较，只有是系统性的时候，只有在把文学以外的领域作为确实独立连贯的学科来加以研究的时候，才能算是'比较文学'。"③雷马克还举了四个例子，分别是：（1）在研究莎士比亚戏剧的历史材料来源时，"只有把史学和文学作为研究的两极，只有对历史事实或记载及其在文学上的应用进行了系统比较和评价，只有在合理地作出了适用于文学和历史这两种领域的结论之后，才算是'比较文学'"④。这实际上是文学与历史学的跨学科研究。（2）在探讨金钱在巴尔扎克的小说《高老头》中的作用时，"只有当它主要（而非偶

① 付飞亮、李应志主编：《比较文学》，重庆：西南大学出版社，2022年版，第26页。
② 关于该书目的形成过程、编撰人员、发展历史等问题的详细讨论，可参见[美]乌尔利希·韦斯坦因：《比较文学与文学理论》，刘象愚译，沈阳：辽宁人民出版社，1987年版，第243—253页。
③ [美]亨利·雷马克：《比较文学的定义和功用》，张隆溪译，见张隆溪选编：《比较文学译文集》，北京：北京大学出版社，1982年版，第6页。
④ [美]亨利·雷马克：《比较文学的定义和功用》，张隆溪译，见张隆溪选编：《比较文学译文集》，北京：北京大学出版社，1982年版，第6页。

尔）探讨一种明确的金融体系或思维意识如何渗进文学作品中时，才具有比较性"①。这实际上是文学与经济学的跨学科研究。（3）在探讨霍桑与梅尔维尔的伦理、宗教观念时，"只有涉及某种有组织的宗教运动（如伽尔文教派）或一套信仰时，才可以算是比较性的"②。这实际上是文学与宗教学的跨学科研究。（4）在描述亨利·詹姆斯小说中的某个人物时，"只有在根据弗洛伊德（或阿德勒、荣格等）的心理学理论把这个人物的轮廓勾画得条理清晰之后，才能算比较文学的范畴"③。这实际上是文学与心理学的跨学科研究。雷马克认为，作出了这样的限定之后，比较文学就能避免成为一个"包罗万象"④的术语，而变得有的放矢。

在韦斯坦因看来，雷马克以上的观点和例子都是站不住脚的，而且在比较文学史上，不管是法国学派还是美国学派，没有任何一个代表性学者赞成这一观点。他认为，第一个有关莎士比亚的例子是英国文学史家和批评家感兴趣的问题，第二个例子是传奇学者和经济史学家感兴趣的问题。雷马克虽然自认为在缩小比较文学的跨学科范围，但韦斯坦因认为这是在扩大其范围。于是他反讽地说："用一个浮士德式的隐喻来说，我以为把研究领域扩展到那么大的程度，无异于耗散掉需要巩固现有领域的力量。因为作为比较学者，

---

① [美]亨利·雷马克：《比较文学的定义和功用》，张隆溪译，见张隆溪选编：《比较文学译文集》，北京：北京大学出版社，1982年版，第6页。
② [美]亨利·雷马克：《比较文学的定义和功用》，张隆溪译，见张隆溪选编：《比较文学译文集》，北京：北京大学出版社，1982年版，第6页。
③ [美]亨利·雷马克：《比较文学的定义和功用》，张隆溪译，见张隆溪选编：《比较文学译文集》，北京：北京大学出版社，1982年版，第6页。
④ [美]亨利·雷马克：《比较文学的定义和功用》，张隆溪译，见张隆溪选编：《比较文学译文集》，北京：北京大学出版社，1982年版，第6页。

我们现有的领域不是不够，而是太大了。我们现在所患的是精神上的恐泛症。"①

在《比较文学与文学理论》的第七章《各种艺术的相互阐发》中，韦斯坦因详述了各个艺术门类进行跨学科比较研究的历史。他认为这类研究近来虽然越来越受到关注，但它们往往附着于其他学科研究之中。韦斯坦因说："直到最近，我们还只能这样说，从相互诠释和阐发的角度来研究各种艺术只是一个不大为人所知的地带，由于文学批评家和文学史家对它不感兴趣，它只能附在'美学'或'艺术史'以及'音乐研究'的羽翼下。"②他认为，比较文学的研究范围仍然以语言问题为核心，而不是其他艺术媒介："在文学中，一个题目只有涉及两种民族或两种不同的语言时，才是比较性的。这里，语言是成为'比较'的关键物。当我们在探讨艺术间的各种关系时采用这一标准，我们并不能说明不同的媒介（语言、声音、色彩）之间在性质上的差异。我认为在这一问题上没有妥协的方案。"③如此，比较文学就以"文学性"为其学科边界。这一观点与韦勒克在《比较文学的危机》中对"文学性"的强调是相同的。韦勒克也对比较文学的跨学科问题进行了讨论，他认为，比较文学应该明确其课题和研究中心，既要有别于思想史、宗教、政治观念史和情感史研究，也要避免不对文学感兴趣而热衷于舆论史、旅行报

---

① [美]乌尔利希·韦斯坦因：《比较文学与文学理论》，刘象愚译，沈阳：辽宁人民出版社，1987年版，第25页。

② [美]乌尔利希·韦斯坦因：《比较文学与文学理论》，刘象愚译，沈阳：辽宁人民出版社，1987年版，第148—149页。

③ [美]乌尔利希·韦斯坦因：《比较文学与文学理论》，刘象愚译，沈阳：辽宁人民出版社，1987年版，第154页。

告和民族特性的研究倾向。因此，韦勒克强调，要围绕着"文学性"研究比较文学。他说："文学研究的概念被他们扩大到如此地步，以至同整个人类的文化史等同起来。但这样的文学研究在方法上将不会取得任何进展，除非它将文学作为一种有别于其他任何人类活动和产物的研究对象区分开来。因此，我们必须正视'文学性'的问题，它是美学的中心问题，是文学和艺术的本质。"①

"文学性"是一个重要的俄国形式主义术语，韦勒克对"文学性"的强调也与其形式主义学术渊源有关。②虽然韦勒克的观点被一些学者诟病为与社会、历史脱钩，正如形式主义、结构主义与新批评易招致的批评③；但就"文学性"广义的语义指向而言，它首先是一种性质化的界定，即指那种让文学成为文学的属性，这便对文学与非文学作出了区别。一件雕塑、一幅抽象画是没有文字与文学性

---

① [美]勒内·韦勒克：《批评的诸种概念》，罗钢、王馨钵、杨德友译，上海：上海人民出版社，2015年版，第270页。

② 彼得·V.齐马针对韦勒克的学术渊源和观点谈道："为了理解韦勒克的批评，人们必须知道，他作为维也纳出生的捷克人曾在布拉格上大学，在那里获得博士学位，在20年代他倾向于布拉格语言学小组（雅各布森、穆卡罗夫斯基）的语言学和美学理论以及新批评（New Criticism）的自治美学。对于他来说，决定性因素还不是布拉格学派（穆卡罗夫斯基、沃季奇卡）的社会学研究，而是他们那种（在许多方面都显示出来的）康德式自治美学，这首先以雅各布森为代表，并且构成了韦勒克和奥斯汀·沃伦合写的《文学理论》（*Theory of Literature*，1942）一书的主导性特征。"参见[奥地利]彼得·V.齐马：《比较文学导论》，范劲、高晓倩译，合肥：安徽教育出版社，2009年版，第27页。

③ 代表性的批评者如彼得·V.齐马，他指出："韦勒克的自治美学阻碍了他在文学文本和其社会学语境间搭起桥来。因为他把文学从社会学和心理分析中清除出去，也就放弃了把文本——尽管它们具有自主结构——当作社会和心理产物加以解释的可能性。这同时就阻挡了他展望长期历史和社会过程，须知，仅是在这一过程的终端，艺术才被制度化为自主现象，单个艺术作品才被理解为独具一格的结构。"参见[奥地利]彼得·V.齐马：《比较文学导论》，范劲、高晓倩译，合肥：安徽教育出版社，2009年版，第29页。

的，所以它们是非文学。"文学性"也是一种评价，它只适用于葆有一定艺术品质的文字。一份药品说明书，或一张罚款通知单，虽然它们有文字，但却没有文学性。它们没有艺术价值，因此不配称为文学。这一浅显的道理让我们明白："比较文学"既然包含着"文学"的概念，就不可能脱离"文学性"；而"文学性"则是汇聚"比较文学"研究对象的类比基点。维特根斯坦的"家族相似"理论就旨在说明，一个范畴内的成员没有固定的性质，而是根据一系列相似的性质聚集的。这些相似之处虽然不固定，但却形成了盘根错节的复杂网络，从而形成了各式各样的家族成员。[①]"比较文学"就是这样一个家族性的概念，它的跨学科体量是通过具有"文学性"的成员汇聚而成的，而"文学性"又具有多样化的语境含义和与时俱进的变迁张力。因此在各种五花八门的学术转向浪潮下（如伦理转向、后殖民转向、行星转向、翻译研究、文化研究转向），"文学性"始终是比较文学的边界。

五

在国内比较文学界思考如何调整学科边界并与其他学科交叉融合时，往往较少提及美国的"区域研究"（Area Studies）。"区域研究"在国内所对应的称谓有"区域学""地区学""地域学""区域国别学""区域和国别研究""国别和区域研究""国别研究""地区研

---

① [奥地利]维特根斯坦：《维特根斯坦读本》，陈嘉映主编、主译，上海：上海人民出版社，2020年版，第133—136页。

究""地域研究"等。2022 年 9 月，国务院学位委员会和教育部正式印发《研究生教育学科专业目录（2022 年）》，明确将"区域国别学"纳入第 14 类"交叉学科"门类的一级学科目录，于是国内学界终于将以上称谓统一为"区域国别学"。与美国的区域研究不同，我国的"区域国别学"有特殊的学科背景和学术目的，它主要脱胎于外国语言文学、政治学、世界史中有关国别和区域的相关研究。但在一定程度上，"区域国别学"也一直在借鉴和转换美国区域研究的遗产。在冷战结束后，区域研究一蹶不振，陷入了危机之中。这一危机延续至今，其构成原因与其学科诞生时就带有的政治敌意与思想偏见有关；但不得不承认，它也存留了一些有价值的学术遗产，如创新性的知识生产、系统性的人才培养模式，机制化的决策资政体系，交叉学科的合作模式和研究范式。因此，我们有必要了解美国区域研究的兴起背景、危机与挑战，以及它在当代的学科新变。

从区域研究的创生背景来看，它兴起于 20 世纪 40 年代，是冷战的直接产物，为满足战后的军事竞争和海外行政管理的需求而创立。从 1943 年到 1953 年，区域研究在社会科学研究理事会（Social Science Research Council，SSRC）等学术领导层的规划下完成了长达十年的创生史，基本上形成了稳定的学术范式与制度格局。[①] 在创生阶段，区域研究的演进一方面以冷战为推力，紧跟冷战的节律与步调；另一方面也与当时美国社会科学界的反实证主义和反"学科门户主义"（disciplinary parochialism/disciplinary provincialism）潮流相纠葛，区别于"二战"前发展而来的"常规学科"（conventional

---

① 牛可：《地区研究创生史十年：知识建构、学术规划和政治—学术关系》，载《北京大学教育评论》2016 年第 1 期，第 31—61 页。

discipline）。①也就是说，区域研究既扣着一顶"意识形态"的政治帽子，又披着一件"跨学科研究"的学术袈裟，而正是这种吊诡的"二重性"奇迹般地造就了一门学科的神话。

沿着这一思路，区域研究就不仅仅是服务于国家情报部门和国防安全部门的政治项目。它还具有内在的学术抱负与生产机制，具体来讲就是为美国"世界主义"或"普遍主义"的智识理想绘制知识地图。区域研究的项目既面向共产主义阵营，也面向亚洲、非洲、中东、大洋洲、拉丁美洲等区域，涉及习俗、宗教、历史、文化等许多方面。如果说苏联学是区域研究的"反共范式"，那么这些涉及第三世界国家与地区的研究就是"覆盖范式"。②这两种范式共同构

---

① 牛可：《美国地区研究创生期的思想史》，载《国际政治研究》2016年第6期，第8—15页。

② 刘康将区域研究的学术研究范式概括为"冷战"与"发展"，前者指以反共为主题的研究，后者指以第三世界的发展为主题的研究。笔者认为，这一概括颇有不妥。首先，刘康的"发展"概念来自塞缪尔·亨廷顿的"发展学派"，而亨廷顿的发展理论有着自身的地域指向（主要指东南亚、环太平洋圈等"第三世界"的国家和地区），并不能涵盖当时区域研究所覆盖的偏远地方。其次，刘康进一步地指出："所谓的发展（development）更准确的说法应该是不发展（underdevelopment）"，"这个发展的范式实质上是一个遏制共产主义的范式"。这样一来，"发展"范式就应该包含在"冷战"范式之内。再次，从区域研究的纲领性文件《汉密尔顿报告》来看，区域研究意在通过"全世界覆盖"的研究范式（complete/total world coverage）来达到更加宏伟的"世界主义"与"普遍主义"的智识理想，而这一范式并未植根于冷战思维框架之中。牛可提醒我们："如果把地区研究仅仅看成是第二次世界大战以来美国对其海外知识匮乏的反应，而且仅仅从'国家利益'、政策需要的向度上来确认和衡量这种'匮乏'，那么，地区研究在创建运动伊始便以实现'全世界覆盖'为目标这个事实就不那么好理解了……如果是纯粹基于政策'效用'意义上的海外知识的短缺，是大可不必用'全世界覆盖'的方式来加以弥补的。一个简单的'选择性的'构建地区研究的方案就够了，比如说一个主要由苏联、远东和拉美构成的地区研究。"基于以上的考虑，笔者认为区域研究的研究范式应重新厘定为"反共"与"覆盖"两种较妥。参见刘康：《大国形象：文化与价值观的思考》，上海：上海人民出版社，2015年版，第204—206页。牛可：《地区研究创生史十年：知识建构、学术规划和政治—学术关系》，载《北京大学教育评论》2016年第1期，第20页。

建了区域研究复杂的学科话语形态。

有学者认为，区域研究严格说来并不能算作一门学科，而只能算作一类研究项目。费正清曾明确地指出："……所谓区域性研究并不是什么已具备了种种固定规则的新学科，它不过是一种人们所从事的教学、研究活动。因此，只需制订一个文学硕士研究项目就足够了，而不需要设立什么哲学博士研究专题。"①P. 福斯特（P. Foster）也指出："'区域研究'这个词首先是在军事智能活动的词句意义上使用的，现在用来描述强调特殊民族国家（伊朗或日本研究）或者国家群，它表现地理位置上的临近性特征，并且在社会结构、文化或语言与历史传统方面展示出共同特点（如拉丁美洲、南亚或撒哈拉沙漠以南非洲的研究）。这个词具有项目性而不是学科性的意义，尽管地区研究通常包括在人文和社会科学学科范围的研究和教学中。"②

然而，本杰明·史华兹（Benjamin Schwartz）却坚持使用"学科"这个概念来定义区域研究，他谈道："我承认，我使用这一词语，不是为了提升区域研究的地位，而是为了降低人文社会研究各学科的地位，它们都过于自吹自擂了……这种分工情况是从相当晚近的西方思想史潮流中发展出来的……这些学科中流行的许多普遍概念，诸如'现代化'的观念和'行为科学'的观念，不是来自这

---

① [美]费正清：《费正清自传》，黎鸣、贾玉文等译，天津：天津人民出版社，1993年版，第400页。
② [美]P. 福斯特：《区域研究：比较教育和国际教育》，朱旭东译，见[美]D. 亚当斯主编：《比较教育与国际教育》，重庆：西南师范大学出版社，2011年版，第33页。

些学科，而是这些观念塑造了这些学科。"①持此以论，区域研究也可以作为"学科"加以审视，它的地位与人文学科、社会学科相同。因此，区域研究就不仅只是政治的附属，他还有一套学科化的研究对象、研究方法与研究理念。

然而冷战结束后，区域研究因苏联解体而失去了政治意识形态的发展动力，再加上研究经费的缩减和后殖民理论的批判，区域研究走向了衰落，迎来了前所未有的危机与挑战，本书第三章会对此详述。

面对这一危机，美国埃默里大学人文学科教授兼非洲研究所主任伊万·卡普（Ivan Karp）提议让文化研究与区域研究联合起来，以解救区域研究的危机。他认为，在理解文化研究的多种理论范式的基础上，我们便可以在第三世界的语境中对其进行移植与改造。但要实现这一目的，文化研究就必须敞开胸怀直面他者的可能性，改变思考世界的方式，并且还要接纳第三世界的学者及其立场。②

斯皮瓦克也提出了复兴区域研究的主张，但她的意见与伊万·卡普针锋相对。她认为，区域研究应该与比较文学联合，而非文化研究。在《一门学科之死》中，她明确地指出了文化研究的弊害，认为美国的文化研究沉迷于他者的想象，使民族文学在翻译中失真，使文本原有的丰富内涵被扭曲，甚至将非洲视作一块没有差异的大

①[美]本杰明·史华兹：《作为一名批判性学科的区域研究》，刘玉宇译，见王中江编：《思想的跨度与张力：中国思想史论集》，郑州：中州古籍出版社，2009年版，第48—49页。
②[美]伊万·卡普：《理论能否旅行？区域研究与文化研究》，陈振东等译，载《国外理论动态》2013年第7期，第39—48页。

陆，以此作为"美国非裔"（The New World African）的背景。①因此，文化研究是"西方"概念之内的意识形态话语，基本上无视了他者的语言特质与文化异质性。而区域研究则具有重视语言训练的优良传统，如果我们将这一语言优势与比较文学的人文主义相结合，那么这两门学科就能复兴，构建成一门"新比较文学"。

　　这里的问题是，伊万·卡普将斯皮瓦克视为一个文化研究学者，他说："在文化研究中，嘉亚特里·斯皮瓦克关于'庶民研究'（subaltern studies）的讨论最早提到了产生于第三世界的研究材料，并且是面向第三世界的读者的。"②这表明他对"文化研究"的定义与斯皮瓦克是有分歧的。从斯皮瓦克对文化研究的批判来看，她所指涉的仅为"使用英语的美国文化研究"③，这必然不包括她自己所从事的后殖民研究或属民研究等。尽管如此，从伊万·卡普对文化研究提出的改造策略来看，他的主张也具有一定后殖民性，其立场与斯皮瓦克有颇多相似之处。他希望文化研究能够从他者的角度和立场上来改变自身的狭隘眼光，从中汲取有益的研究范式来为区域研究作出贡献。

　　相比之下，斯皮瓦克则更进一步地提出了复兴区域研究的具体方案，即语言训练、远志诗术（teleopoiesis）、行星想象等一系列文本策略来"走进他者"，从而应对区域研究与比较文学所面对的各种挑战。例如她在语言问题上强调："我们必须把南半球的语言看作活

---

① Gayatri C. Spivak, *Death of a Discipline*, New York: Columbia University Press, 2003, p. 19.

②[美]伊万·卡普：《理论能否旅行？区域研究与文化研究》，陈振东等译，载《国外理论动态》2013 年第 7 期，第 46 页。

③ Gayatri C. Spivak, *Death of a Discipline*, New York: Columbia University Press, 2003, p. 18.

跃的文化媒介，而不是把它们视作文化研究的对象；这种文化研究是无知的，但却被宗主国移民所准许。"①这种"南半球转向"的观点很明显已经超出了西方世界的二元对立话语，超出了以往区域研究的视线之外，是一种"去政治化"的学术观念，具有鲜明的属民主体意识。

斯皮瓦克的"新比较文学"构想成为后殖民时代构建一门全球共通性人文学科的呼唤，也成为比较文学发展史上的重要坐标。在斯皮瓦克的启发下，我们不禁思考，在当今跨学科研究的热潮中，比较文学能否与区域研究共同应对危机，迎接挑战，相互整合，从而走出一条新学科的路径？21世纪兴起的"比较区域研究"，又能否融合社会科学的研究方法，成为复兴区域研究和促进它与比较文学相整合的新契机？在国内语境下，当代学科的名称、目录及其建设方案有特定的行政机构制定，这决定了现今各学科的发展在实体的层面上与"危机"恰好相反。但在理论场域中，比较文学与区域研究仍然面临着一些危机和挑战，其中大有国际性的普遍性。唯有认识到这一点，我们才能正面应对这两门学科的危机与挑战。相信围绕着这两门学科的相关思考，能够给我们提供一些理论资源与启示，为当今国内建设交叉学科、新文科的议程尝试提供某种思维方案。

---

① Gayatri C. Spivak, *Death of a Discipline*, New York: Columbia University Press, 2003, p. 9.

第一章

比较文学的
"危机史"

　　"比较文学"自诞生以来就不断遭受着各种质疑。无论它作为一个理论术语还是一门学科，学界对其内涵、方法、理念及其与其他研究领域之间的关系都充满了争议。正如巴斯奈特所说："如果我们稍稍转换一下视角，重新审视'比较文学'这个术语，就会发现一部从 19 世纪初（当这个术语最早开始运用的时候）持续至今、充满激烈争论的历史。20 世纪末，后现代主义时代的批评家，仍然在努力解决一个多世纪之前就已被提出的那些问题：比较文学的研究对象是什么？比较是如何成为对象的？如果国别文学拥有经典，那么比较文学的经典可能是什么？比较文学的学者如何选择比较的对象？比较文学是一门学科吗？抑或只是一个研究领域？"[1]如此一来，比较文学的学科合法性就很容易遭到否定，从而带来对该学科及其研究者的致命打击。事实上，比较文学的学科史确实异常坎坷，其中以韦勒克的"危机论"与斯皮瓦克的"死亡论"为最。在比较宽泛的意义上，我们可以用"危机"一词来指涉比较文学屡次所受的致命批判。"危机"意味着某个危险的巨大考验，意味着一件事情的分水岭，意味着一个生死存亡的时刻，而比较文学的"屡次"危机，正说明了它每次危机都潜藏着转机。从学科史的视角来看，这些危机就汇成了比较文学独有的"危机史"，构成了梳理比较文学学科史的一条核心线索。

---

[1] [英]苏珊·巴斯奈特：《比较文学批评导论》，查明建译，北京：北京大学出版社，2015年版，第 3 页。

第一节　克罗齐、韦勒克与艾田伯：比较文学的方法论危机

一、克罗齐：多余的"比较"

意大利的贝奈戴托·克罗齐（Benedetto Croce）早在 20 世纪初就质疑"比较文学"这个术语及相关研究，认为它不可能成为一门学科。1903 年，克罗齐在与他人合作创办的《批评》杂志上发表了《比较文学》一文，辩驳了当时对"比较文学"的三种代表性的理解：第一种认为"比较文学"就是运用比较的方法研究文学；但克罗齐认为，"比较"是一种非常普遍的研究手段，所以不能界定"比较文学"的范畴。第二种认为比较文学研究应追溯国别文学之间的流变、转换、差异及影响；但克罗齐认为，这种研究漠视文学的创作活动，偏离了文学和艺术史真正关心的问题，无助于我们对文学作品的整体认识。第三种认为比较文学研究的是文学的比较史；但克罗齐反驳道，"文学的比较史"与"文学史"无甚差别，正如其先前所指出的，"比较"是一种普遍的认识方法，因此"文学的比较史"中的"比较"纯属多余。

克罗齐最后建议，比较文学应转向"历史—美学的综合"（historic-esthetic synthesis）的文学史研究，并将希望寄托在美国学者身上。[①]他充满希望地说："新的美国杂志不会局限于在欧洲学派已经收集到的大量材料中添加杂乱的材料（amorphous material），而

---

① [意]贝奈戴托·克罗齐：《比较文学》，见孙景尧、邓艳艳、曾新等编著：《西方比较文学要著研读》，上海：上海教育出版社，2014年版，第11—22页。

是将有助于实现几乎普适文学史（universal literary history）的所有部分都在等待的历史—美学的综合。我们相信，新世界（the New World，指美国）的学者会帮助我们，激励我们不时地走出尘雾弥漫的书斋和书柜。在那里，文学失去了新鲜感。他们会引导我们与他们一起呼吸生活中甜美而温柔的微风！"①

我们可以将克罗齐对比较文学的批评理解为"比较文学的方法论危机"。克罗齐所倡导的"历史—美学的综合"呈现出了他的一个核心观点——真正的历史批评也即美学批评，反之亦然。他认为，"对诗作历史的解释同时就是美学的解释"，"这两个因素在抽象分析中原是两个，但在现实当中，它们则只是一个行动"。②克罗齐将"历史—美学"的解释视作"艺术重现"的途径，而"重现"与"创造"都是艺术直觉的表现，都是"天才"和"鉴赏力"的统一，因此在本质上具有同一性。③因此，克罗齐实际上在倡议比较文学回归文学批评和文学史研究。毕竟，在克罗齐眼中，"全部的历史同时也是批评，全部的批评同时也是历史"④。

克罗齐对意大利的文学研究产生了极大的影响，使之转向了个人主义与表现主义的研究方式，一时诞生了不少传记、批评与心理分析类著作。韦勒克评价道："从整体上看，一种新的唯心主义几乎完全统治了意大利的思想界，它甚至渗透到文学性的新闻写作，渗

---

① [意]贝奈戴托·克罗齐：《比较文学》，见孙景尧、邓艳艳、曾新等编著：《西方比较文学要著研读》，上海：上海教育出版社，2014年版，第22页。
② [意]贝内代托·克罗齐：《美学或艺术和语言哲学》，黄文捷译，北京：商务印书馆，1992年版，第120页。
③ 张敏：《历史—美学的解释：克罗齐艺术批评方法论》，见周勋初、叶子铭、钱中文主编：《文学评论丛刊》（第3卷第2期），南京：江苏文艺出版社，2000年版，第54页。
④ Benedetto Croce, *Logic as the Science of Pure Concept*, tr., Douglas Ainslie, London: Macmillan and CO., 1917, p. 294.

透到那难以侵入的科学即语言学的领域；作为一种一般的思辨方法，它还影响到那些仍不信从克罗齐或真蒂莱的体系的人。"①正是因为克罗齐的广泛影响，比较文学在意大利发展滞缓，一直未流行起来，这一点在韦斯坦因对意大利比较文学发展史的记述中已明确指出。②

然而，在意大利极具影响力的克罗齐却对法国影响甚微。③在

---

① [美]勒内·韦勒克：《批评的诸种概念》，罗钢、王馨钵、杨德友译，上海：上海人民出版社，2015年版，第246页。

② [美]乌尔利希·韦斯坦因：《比较文学与文学理论》，刘象愚译，沈阳：辽宁人民出版社，1987年版，第223—224页。

③ 国内学界对克罗齐与法国学派的关系存在着一种误解，即认为克罗齐推动了法国学派的发展。如邓时忠认为："然而，尽管克罗齐的观点包含了反机械的'科学化'倾向的思想，但是，他在给草创期的比较文学造成重创的同时，却无意中刺激和推动了一个注重科学的实证主义的比较文学影响研究的法国学派的形成。"参见邓时忠：《大陆台港比较文学理论研究》，成都：巴蜀书社，2006年版，第7—8页。又如张敏认为："在克罗齐诘难的推动下，到20世纪30年代前后，比较文学终于渡过了其发展史上的第一次危机，告别了上个世纪之交缺乏理论自觉和自我意识的草创阶段，形成了以法国学派为基础的独立学科所必须的理论上质的明确规定性……"参见张敏：《冰点的热度：比较文学和世界文学论集》，太原：山西人民出版社，2002年版，第40页。
以上论断均无文献佐证，且在逻辑上存在悖谬。韦勒克指出，克罗齐是一个彻头彻尾的反实证主义者，他在《近来欧洲文学研究中对实证主义的反抗》中将克罗齐视为意大利反实证主义的代表，指出："从1894年他的第一本文学批评小册子问世直到1952年他去世为止，克罗齐经常撰写关于文学研究问题的文章，不懈地与他那个时代老一套的机械的和无批判的文学研究进行斗争，重新唤起了人们对意大利的黑格尔派文学史家德·桑克提斯的兴趣。"参见[美]勒内·韦勒克：《批评的诸种概念》，罗钢、王馨钵、杨德友译，上海：上海人民出版社，2015年版，第245页。
韦斯坦因也指出，克罗齐自始至终都在反对比较文学的学科建设，他说："克罗齐以自己与比较文学原有体制公然敌对的理论观念，取代了他的前辈桑克蒂斯那些前后不符，甚至时而互相抵触的观点。他在不同场合，以不同的方式给我们这一学科以沉重的打击，几乎要把它彻底粉碎。"参见[美]乌尔利希·韦斯坦因：《比较文学与文学理论》，刘象愚译，沈阳：辽宁人民出版社，1987年版，第228页。
既然克罗齐反对实证主义，那么以实证主义为标志的法国学派如何受到克罗齐的影响？既然克罗齐具有强烈的反比较文学学科意识，致使在其影响下，比较文学在意大利未能得以发展，比较文学的"意大利学派"（姑且称之）亦未能形成；那么，他如何能刺激到法国学派的形成？因此，笔者认为，克罗齐没有推动法国学派的发展，即使克罗齐能对法国学派产生影响，也应该是阻碍式的消极影响。

20世纪初，法国在整个欧洲的反实证主义与反事实主义潮流中堪称最为保守的国家。尤其是在"一战"后，法国已积累了卷帙浩繁的实证研究著作，唯事实主义似乎已经取得了成功。[①]在法国学派的努力之下，比较文学形成了以实证化、科学化、机械化为特征的体系。其学科性质不是文学理论、批评或审美研究，而是文学史研究（历史学研究），其研究对象不是文学的内部规律、特点，而是外部的文学国际关系史，其研究范式不是审美批评，而是精确、细致的考证，其研究目的不是平等、开放的民族文化交流，而是隐匿着欧洲中心主义（在某种程度上是法国中心主义）的文化扩张。可以说，法国学派所形成的这套研究体系几乎与克罗齐的观点背道而驰。

但是，克罗齐对比较文学的批判就像藏在豌豆公主被褥下的豌豆，总会有敏锐的学者感到它硌人的疼痛。法国学派毫不在意这颗豌豆，但总有人在意。法国学派的学术意识形态掩盖并回避了克罗齐的批判，但对于美国学派而言，克罗齐的批评却成为有助于攻讦法国学派的武器。并且，他们还以"危机论"的命题将这颗豌豆的痛苦放大了。

二、韦勒克：法国学派的危机

1958年9月，国际比较文学学会于教堂山（北卡罗莱纳大学所在地）举办第二届大会，韦勒克在会议上宣读了《比较文学的

---

① [美]勒内·韦勒克：《批评的诸种概念》，罗钢、王馨钵、杨德友译，上海：上海人民出版社，2015年版，第244页。

危机》一文，引起了学界的大讨论。①"比较文学的危机"（或"比较文学危机论"）就此成为一个著名的理论命题。韦勒克的比较文学观是一以贯之的，这在他与奥斯汀·沃伦（Austin Warren）合著的著作《文学理论》（初版于1948年，再版于1955年、1962年）第五章《总体文学、比较文学和民族文学》和后来的论文《今日之比较文学》《比较文学的名称与实质》（均收录于《辨异：续〈批评的诸种概念〉》）中均有呈现，可以看作是其"危机论"的补充。

　　实际上，韦勒克所说的"危机"专指比较文学法国学派的危机。他提出了比较文学从实证主义走向文学批评的转向，并由此推动了比较文学美国学派的发展。因此，"比较文学的危机"这个宏大的题目实际上指的是"法国学派的危机"。诚如上文所说，法国学派与美国学派的划分是印象式的，二者之间的分别其实是方法论之间的分别，也即实证主义与批评主义之间的分别。并非法国学者都是法国学派，美国学者都是美国学派。韦勒克曾多次表示，他对别人将自

---

① 关于当时会议的情形，韦勒克在后来的《今日之比较文学》（这篇文章是作者在1965年4月于哈佛大学召开的美国比较文学学会大会上的致辞，当时作者身为美国比较文学学会主席）一文中有详细记述。此文后收录于《辨异：续〈批评的诸种概念〉》一书。参见[美]勒内·韦勒克：《辨异：续〈批评的诸种概念〉》，刘象愚、杨德友译，上海：上海人民出版社，2015年版，第38—39页。

己视为美国学派的代表而感到不适。①我们在这里仍然使用"法国学派""美国学派"的称谓，只是姑且顺从国际学界的习惯。②概而论之，韦勒克对法国学派的批评主要有以下三点：

首先是"题材和方法的人为划分"③。韦勒克批判了梵·第根对比较文学与总体文学之间的强制划分以及由此确立的研究课题。在

---

① 韦勒克多次在不同的场合声明，他无意于代表美国学派，也无意于反对法国民族。在《今日之比较文学》中，他说："我在1958年教堂山会议上提交的文章只不过在我们的欧洲同行面前重申了我的不同看法。然而令我感到遗憾的是，这篇文章被人看作比较文学美国学派的一个宣言和对法国学派的攻击，其实我要反对的只是一种方法，而不是一个民族。我过去和现在都认识到，在法国多年来同样有对这种学术研究方法的类似批评。人们只要想想第一次世界大战前塔夫·朗松（Gustav Lanson）及其《大学批评》（La critique universitaire）受到的批评就可以明了。我知道，法国有许多文学批评家和文学史家从各种不同的角度对伽列主张的实证主义的唯事实主义给予了大胆的批评。我也很清楚美国有很多学者并不赞成我的观点，我从未以美国总体研究的发言人自居。我自己出生在欧洲，我绝不愿意被置于看起来反对法国，甚至某种程度上反对欧洲的尴尬处境中。"参见[美]勒内·韦勒克：《辨异：续〈批评的诸种概念〉》，刘象愚、杨德友译，上海：上海人民出版社，2015年版，第43页。

此后，在《比较文学的名称与实质》中，他再次提到这一点："特别令人沮丧的是，有人企图制造美、法比较文学观念之间的争论。必须说明，我并不是反对一个民族，哪怕反对一个学派的学者。我所反对的是一种方法，既不是为我自己，也不是为了美国，我的论点既非标新立异，也不是纯个人的；我只是说明了从文学整体引出的观点，那就是，比较文学与总体文学之间的区分是随意的、人为的，运用因果关系的解释是没有什么结果的，只能引起无限的倒退。"参见[美]勒内·韦勒克：《辨异：续〈批评的诸种概念〉》，刘象愚、杨德友译，上海：上海人民出版社，2015年版，第37页。

② 奥地利学者彼得·V.齐马指出，"法国学派"与"美国学派"分庭抗礼的观念正是始于韦勒克的"危机论"："由于韦勒克在论战中针对法国比较文学提出的批评，比较文学'法国学派'和'美国学派'的划分在50、60年代被学界普遍接纳。这种区分至今还未失却现实意义，这由一些新近出版的著作，比如布吕奈尔、比叔瓦和卢梭的《何为比较文学？》（1983）中显示出来。然而还在60年代初，荷兰比较文学家德·杜赫德（Cornelis De Deugd）就指出，一个统一的学派无论在美国还是在法国都未曾产生，因此从对两种分庭抗礼的学派的设想出发会误入歧途。甚至基亚在70年代也同这种'公认观念'保持了距离。它最终被卡雷的后继者艾田蒲系统性地克服了。"参见[奥地利]彼得·V.齐马：《比较文学导论》，范劲、高晓倩译，合肥：安徽教育出版社，2009年版，第30页。

③ [美]勒内·韦勒克：《批评的诸种概念》，罗钢、王馨钵、杨德友译，上海：上海人民出版社，2015年版，第268页。

梵·第根看来，比较文学研究的是两种文学之间的相互关系，而总体文学则研究囊括好几种文学的运动和风气。但韦勒克果决地说："试图在比较文学和总体文学之间设立一道人为的篱栅是注定要失败的。因为文学史和文学研究只有同样一个课题，即文学。那种希望将'比较文学'的研究范围限制于两种文学之间的外来交易关系（foreign trade）的做法，实质上是让它去注意文学之外的某些东西，去注意二流的作家、翻译、游记和'媒介'；一句话，让'比较文学'成为调查外国渊源和作家声望这些资料的附属学科。"①

其次是"渊源和影响的机械论观念"②。法国学派的代表人物，如梵·第根、伽列（即卡雷）、基亚，都将文学研究视为渊源和影响研究；在韦勒克的眼中，这是对文学作为一个艺术整体的割裂，是明显错误的研究方法。韦勒克指出："艺术品并不是渊源和影响的简单综合：它们是一个个的整体，在这样的整体中，从它处取得的材料已不再是些毫无生气的材料，它们已构成了一个崭新的结构……艺术品是自由想象的产物，它是一个整体，如果将它们分解成渊源

---

① [美]勒内·韦勒克：《批评的诸种概念》，罗钢、王馨钵、杨德友译，上海：上海人民出版社，2015年版，第262—263页。在《文学理论》中，韦勒克也有类似的批评，他说："'总体文学'这个名称可能比较好些，但它也有不足之处。它原是用来指诗学或者文学理论和原则的。在近几十年里，梵·第根想把它拿来表示一个与'比较文学'相对照的特殊概念。根据他的说法，'总体文学'研究超越民族界限的那些文学运动和文学风尚，而'比较文学'研究两种或两种以上文学之间的相互关系。但是，我们又怎么能够确定例如莪相风格是'总体文学'的题目，还是'比较文学'的题目？我们无法有效地区分司各特（W. Scott）在国外的影响，以及历史小说在国际上风行一时这两种情形。'比较文学'和'总体文学'不可避免地会合而为一。可能最好的办法是简简单单地称之为'文学'。"参见[美]勒内·韦勒克、[美]奥斯汀·沃伦：《文学理论》，刘象愚、邢培明、陈圣生、李哲明译，杭州：浙江人民出版社，2017年版，第37页。
② [美]勒内·韦勒克：《批评的诸种概念》，罗钢、王馨钵、杨德友译，上海：上海人民出版社，2015年版，第268页。

和影响，其整体性和意义就会遭到严重的损害。"①

最后是"慷慨然而却是出自文化民族主义的动机"②。韦勒克指出，比较文学在心理动机和社会动机上存在着一个矛盾：它虽然是对19世纪学术研究中的狭隘民族主义的反动，但往往又被当时当地的狂热民族主义所裹挟。韦勒克形象地指出，在爱国主义者的学术研究中，存在着一种"记文化账"的现象，这实际上是文化扩张主义的表现。他说："法、德、意等国的许多比较文学的研究者们虽然基本上出自爱国的动机，却造成了一种记文化账的奇怪现象。他们尽可能证明自己国家对其他国家多方面的影响，或者更为巧妙地证明自己国家比任何国家都更能充分吸收和'理解'外国的大师，以便将功劳都记在自己国家的账上……这种文化的扩张主义甚至在美国也能发现……"③

在论述了比较文学的危机之后，韦勒克提议我们废除"比较"和"总体"，而只简单地说"文学研究"或"文学学术研究"。这里的文学研究不再是实证主义的，而是一种综合的审美批评，是一种以"文学性"为核心的批评："我们必须正视'文学性'的问题，它是美学的中心问题，是文学和艺术的本质。"④韦勒克用祈使性的语气呼吁道："在文学研究中，理论、批评和历史在通力合作以完成其

① [美]勒内·韦勒克：《批评的诸种概念》，罗钢、王馨钵、杨德友译，上海：上海人民出版社，2015年版，第264页。
② [美]勒内·韦勒克：《批评的诸种概念》，罗钢、王馨钵、杨德友译，上海：上海人民出版社，2015年版，第268页。
③ [美]勒内·韦勒克：《批评的诸种概念》，罗钢、王馨钵、杨德友译，上海：上海人民出版社，2015年版，第267页。
④ [美]勒内·韦勒克：《批评的诸种概念》，罗钢、王馨钵、杨德友译，上海：上海人民出版社，2015年版，第270页。

中心任务：对一部艺术品和一组艺术品进行描述、解释和评价。比较文学，至少是它的官方理论家们，一直回避这种合作，死死抱住'事实的联系'、渊源和影响、媒介和声望作为自己唯一的研究课题：现在，它必须设法回到当代文学研究和文学批评的巨流中去。"①

上述言论不由得让我们联想到克罗齐。虽然没有直接的证据表明，韦勒克继承了克罗齐的思想，但他直指一种"历史—美学的综合"，与克罗齐异口同声。实际上，韦勒克意识到了自己是对克罗齐的呼应，在《比较文学的危机》首段就提到了这位前辈及狄尔泰等人对法国学派的质疑。他也曾说过极其类似于克罗齐的话："真正的文学研究所关心的并不是死板的事实，而是价值和质量。这就是何以文学史和文学批评无界限的原因。"②这句话与克罗齐的那句"全部的历史同时也是批评，全部的批评同时也是历史"③有异曲同工之妙。

按照韦勒克的逻辑，回到了文学研究和文学批评之后，文学的艺术性就能彰显出来，在这种艺术性中，存在着一个超然于民族主义立场的客观性，存在着一种似乎能够解放全人类的普惠价值。这一审美救赎论位于《比较文学的危机》的结尾部分：

一旦我们不再将文学视为争夺文化声誉的论战中的一个论据，

---

① [美]勒内·韦勒克：《批评的诸种概念》，罗钢、王馨钵、杨德友译，上海：上海人民出版社，2015年版，第270页。
② [美]勒内·韦勒克：《批评的诸种概念》，罗钢、王馨钵、杨德友译，上海：上海人民出版社，2015年版，第269页。
③ Benedetto Croce, *Logic as the Science of Pure Concept*, tr., Douglas Ainslie, London: Macmillan and CO., 1917, p. 294.

看作外贸的一件商品，或看作民族心理的一件指示器，我们就将获得人类能够获得的唯一真正的客观性。这不再是一种中立的唯科学主义，一种冷漠的相对主义和历史主义，而是一种与对象在其本质上的交锋：这是一种心平气和的紧张的沉思，它将引向分析并最终引向价值的判断。一旦我们把握了艺术和诗的本质，把握了它战胜人类死亡和命运的力量，把握了它创造一个新的想象世界的力量，那么民族的虚荣就会随之消失。人，一种普遍的人，各地方、各时代的人，就会以其千差万别的形象出现。而文学也将不再是古玩家的消遣，一种各民族之间借贷情况的统计，甚至也不再是相互之间的关系网的描绘。文学研究将成为一种像艺术本身一样的想象行动，从而成为人类最高价值观念的保存者和创造者。①

也许韦勒克的这一观点在政治家和社会学家眼中会过于天真，毕竟，文学的社会力量往往极其有限，或许它永远都无法脱离意识形态的前提。伊格尔顿对"文学是什么"有过一个相当著名的论断："文学，就我们所继承的这一词的含义来说，就是一种意识形态。它与种种社会权力问题有着最密切的关系。"②在文学史的赤裸现实中，往往是政治介入文学而非相反。阿多诺的名言"奥斯威辛之后写诗是野蛮的"可以解读为艺术直面政治的精神悲哀。无论如何，对于韦勒克这位深受形式主义影响的新批评派学者来说，文学的审美力量是极为强大的，甚至能够"战胜人类死亡和命运"。这由此生发出

---

① [美]勒内·韦勒克：《批评的诸种概念》，罗钢、王馨钵、杨德友译，上海：上海人民出版社，2015年版，第272页。
② [英]特里·伊格尔顿：《二十世纪西方文学理论》，伍晓明译，北京：北京大学出版社，2007年版，第21页。

了一个宏伟的抱负，即要从整体上看待文学。这里的"整体"不是一般意义上的整体，它既指文学应作为一个整体大于部分之和的艺术有机体，也指文学应作为一个超越地方疆域和民族语言的全球文学。在《文学理论》中，韦勒克提出了"全球文学史"的概念：

> 无论全球文学史这个概念会碰到什么困难，重要的是把文学看作一个整体，并且不考虑各民族语言上的差别，去探索文学的发生和发展。提出"比较文学"或者"总体文学"或者单单是"文学"的一个重要理由，是因为自成一体的民族文学这个概念有明显的谬误。至少西方文学是一个统一的整体。我们不可能怀疑古希腊文学与古罗马文学之间的连续性，西方中世纪文学与主要的现代文学之间的连续性，而且，在不低估东方影响的重要性，特别是圣经的影响的情况下，我们必须承认一个包括整个欧洲、俄国、美国以及拉丁美洲文学在内的紧密整体。①

也就是说，韦勒克希望比较文学转向文学研究，而文学研究即文学批评、全球文学批评，也即全球文学史。这里的一系列概念虽有侧重，但都密不可分，甚至在韦勒克的特别强调下互等。韦勒克曾在《比较文学的名称与实质》中特别指出了他所认可的"真正的批评"的内涵："这种批评意味着对价值与质量的重视，对艺术品本身及其历史性的理解的重视，因此要求批评史具有这样一种理解力。最后，它还要求有一种国际的角度，能够看到整个文学史与文学研

---

① [美]勒内·韦勒克、[美]奥斯汀·沃伦：《文学理论》，刘象愚、邢培明、陈圣生、李哲明译，杭州：浙江人民出版社，2017年版，第37—38页。

究的未来理想。"①于是我们不妨说，这里的"全球文学史"就是韦勒克所设定的比较文学转向的终极目标。

需要强调的是，韦勒克的"比较文学危机论"是要转变比较文学的方法论，而克罗齐在反对比较文学的方法论之外，还反对这门学科的建制。韦勒克仍然极为重视比较文学的作用，无论是它的已有成果还是未来潜力。在《今日之比较文学》的结尾，他说："在我们的变革中，比较文学作为一门结晶化的学科起着举足轻重的作用。我们必须从组织的角度看到比较文学的重要性，必须强调我们在共同事业中各种不同的学会、期刊、通讯、学术会议……所起的作用和价值。"②在《比较文学的名称与实质》的结尾，他也说："比较文学当然要克服民族的偏见与地方主义，但并不因此无视或减少不同民族文学传统的存在和活力。我们必须丢弃错误的、不必要的抉择，我们既需要民族文学，也需要总体文学。我们既需要文学史，也需要文学批评。我们需要一个广阔的视野和角度，这只有比较文学能够提供。"③如果误以为"危机论"是韦勒克对比较文学学科的诘难，或者是破而无立的拆解，那么就很容易忽略韦勒克悉心开具的方法论药方。

①[美]勒内·韦勒克：《辨异：续〈批评的诸种概念〉》，刘象愚、杨德友译，上海：上海人民出版社，2015年版，第37页。
②[美]勒内·韦勒克：《辨异：续〈批评的诸种概念〉》，刘象愚、杨德友译，上海：上海人民出版社，2015年版，第52页。
③[美]勒内·韦勒克：《辨异：续〈批评的诸种概念〉》，刘象愚、杨德友译，上海：上海人民出版社，2015年版，第37页。

三、艾田伯：比较并非理性思辨

艾田伯在 1963 年出版了《比较并非理性思辨：比较文学的危机》①一书。该书的主要内容原本要作为会议论文在 1958 年的教堂山会议上宣读，但因为美国签证问题，他错过了这次学术会议。他认为，倘若这份报告能够宣读，那么美国学派和法国学派之间剑拔弩张的分歧就能有所缓和。在书名问题上，汉语界一般遵从罗芃先生的初译，即《比较不是理由：比较文学的危机》②；但史忠义指出，法语题目"Comparaison n'est pas raison"中的"raison"一词有"理性思维"的意思，且结合该文内容及其学生的相关论述，正确的

---

① 《比较不是理由：比较文学的危机》有以下中译本：

1.[法]艾金伯勒：《比较不是理由：比较文学的危机》，罗芃译，载《国外文学》1984年第2期，第99—138页。

2.[法]艾田伯：《比较不是理由：比较文学的危机》，见张沛主编：《比较文学基础读本》，北京：北京大学出版社，2017年版，第114—121页。（此文转载自《国外文学》1984年第2期所载罗芃译文，但有大量删节）

3.[法]艾金伯勒：《比较文学的目的，方法，规划》，戴耘译，见干永昌、廖鸿钧、倪蕊琴选编：《比较文学研究译文集》，上海：上海译文出版社，1985年版，第93—121页。（此文仅翻译了原文第三部分，且为英译本转译）

4.[法]艾田伯：《比较不是理由：比较文学的危机》，罗芃译，见[法]艾田伯：《比较文学之道：艾田伯文论选集》，胡玉龙译，北京：生活·读书·新知三联书店，2006年版，第1—49页。（该文转载自《国外文学》1984年第2期所载罗芃译文，选集中的其他译文则皆为胡玉龙新译）。

鉴于人名的一致性和译本质量，本文选用第四个译本。值得注意的是，罗芃的翻译去掉了原文开篇的几个段落，其中有关于"比较文学是人文主义"等重要观点。参见陈思和：《昙花现集》，上海：上海人民出版社，2015年版，第147—159页。

② 另外，也有学者将书名翻译为《比较无理则：比较文学的危机》，参见[美]约翰·J.迪尼：《法国的比较文学研究》，许文宏、冯明惠译，见刘介民编：《比较文学译文选》，长沙：湖南人民出版社，1984年版，第337页。

译法应为"比较并非理性思辨"。①如此，从题目上看，比较文学的危机就在于其错误的研究方法——理性思辨了。这一论点与艾田伯主张比较文学走向一种拥抱具体批评的比较诗学有关。

艾田伯的"危机论"可以看作是对韦勒克观点的呼应，但他强调，他的观点是"独自形成"的，没有"偏听一家之言"。②所以，他的"危机论"不是对韦勒克思想的全盘承继或附庸。因此，他和韦勒克的观点虽有大量相似之处，但又有区别，其中最为明显的是他的中庸立场以及具体而微的应对策略。他开宗明义地说："用'危机'这个字眼虽然有趋时之嫌，虽然时下人们作文著书，不问什么题目，为了吸引读者，一律把青楼的红灯拿来乱挂，但是比较文学经历了无妨称之为危机的遭遇，这却是事实，而且少说也有二十年了。我在这本书里自告奋勇来给比较文学的危机做一番诊断，目的是开个药方，至少是建议几味药，能不能达到目的，那只有天

---

① 史忠义说："乍一看法文题目，即使草草地读一遍原著也不易把握。但若略通一点20世纪西方比较文学史，问题便迎刃而解了。//1963年艾文发表前，法国比较文学界基本上承袭着传统的实证影响研究，即所谓的'法国学派'。艾文旨在指出，如果拘泥于实证影响研究，比较文学必然陷入危机。比较不是理性思辨，必须不断拓宽研究领域。"参见史忠义：《20世纪法国小说诗学、比较文学和诗学文选》，开封：河南大学出版社，2008年版，第293页。又说："艾蒂昂伯勒的学生，法国著名汉学家米歇尔·鲁阿教授在她的国家博士论文中曾经说：'La comparaison n'est pas raison, elle n'est pas déraison non plus.'（巴黎，伽利玛出版社，1971）。意思是说，比较不是理性思辨，但也不是非理性。她的话无疑也是对的，同时证明'raison'一词确实是理性思辨的意思。"参见史忠义：《20世纪法国小说诗学、比较文学和诗学文选》，开封：河南大学出版社，2008年版，第294页。

② [法]艾田伯：《比较不是理由：比较文学的危机》，罗芃译，见[法]艾田伯：《比较文学之道：艾田伯文论选集》，胡玉龙译，北京：生活·读书·新知三联书店，2006年版，第47页。

知道。"①

他首先指出了危机的起源，承认比较文学中确实（至少）存在的两个流派，即法国学派和美国学派，二者所持的观点"势不两立"。前者是"历史主义"的，属于文学史的分支，是"完全的琐闻轶事式的意义上的文学史"；后者是"批评主义"的，即使不关注两国之间的历史联系或影响关系，"文学的比较也不但是可行的，而且是平行的"②。

在这两个学派之间，艾田伯的站位很明显。作为一位法国学者，他更倾向于美国学派，而非法国学派。他申明，"法国学派"并不是"铁板一块的正统派"，有很多学者都各立门户、各抒己见；他自己也绝不代表法国的同行，而是"以一个自由射手的身份来讲话"③。他像韦勒克一样，在文中对法国学派进行了不留情面的批判，认为他们对比较文学属于文学史研究的做法实际上是对居斯塔夫·朗松（1857—1934，法国著名文学史家）历史研究法的机械运用。朗松在其享誉甚久的著作《法国文学史》中表明，文学研究是为了修身养性、赏心悦目，教学更要陶冶学生的文学情趣，而历史研究只是文学研究、作品欣赏的前导。因此，法国学派的研究者，诸如巴尔登斯贝格、梵·第根、伽列（即卡雷）、基亚等人，其实是盗用了"朗

---

① [法]艾田伯：《比较不是理由：比较文学的危机》，罗芃译，见[法]艾田伯：《比较文学之道：艾田伯文论选集》，胡玉龙译，北京：生活·读书·新知三联书店，2006年版，第1—2页。

② [法]艾田伯：《比较不是理由：比较文学的危机》，罗芃译，见[法]艾田伯：《比较文学之道：艾田伯文论选集》，胡玉龙译，北京：生活·读书·新知三联书店，2006年版，第20—21页。

③ [法]艾田伯：《比较不是理由：比较文学的危机》，罗芃译，见[法]艾田伯：《比较文学之道：艾田伯文论选集》，胡玉龙译，北京：生活·读书·新知三联书店，2006年版，第19—20页。

松主义"的名义，没有注重朗松的理论原则，专去搜集那些无意义的传记材料。①

艾田伯基本赞同以韦勒克为首的美国学派的观点，认为文学研究应主要探讨作品的审美价值，而非仅仅聚焦于历史研究、事实联系。他说："美国的韦勒克以及其他许多人是对的。他们认为，比较文学历史的研究和文学的比较研究并不相吻合。文学是人类加给自己自然语言的形式体系，文学的比较研究不应该局限于事实联系的研究，而应该尝试探讨作品的价值，对价值进行判断（为什么不这样做），甚至可以——这是我个人的意见——参与提出价值，这些价值将不会像我们现在依靠它们生活或者因为它们每况愈下的价值那样缺乏依据。"②又说："和韦勒克一样，我认为，如果法国学派和苏联学派很有理由加以重视的历史研究不着眼于使我们终于能够专门地谈论文学，甚至谈论一般的文学、美学和修辞学，那么比较文学就注定永远也不能成其为比较文学。"③

但与韦勒克不同的是，艾田伯的看法更加中庸。一方面，他支持合理的历史研究。他说："我的意思不是要把历史学从我们的教学中剔除出去。就像有些人说的，我们已经置身于急流之中，历史从各个方面挤促、挤压着我们，经常还压迫着我们。从历史的角度，

---

① [法]艾田伯：《比较不是理由：比较文学的危机》，罗芃译，见[法]艾田伯：《比较文学之道：艾田伯文论选集》，胡玉龙译，北京：生活·读书·新知三联书店，2006年版，第21—22页。

② [法]艾田伯：《比较不是理由：比较文学的危机》，罗芃译，见[法]艾田伯：《比较文学之道：艾田伯文论选集》，胡玉龙译，北京：生活·读书·新知三联书店，2006年版，第24页。

③ [法]艾田伯：《比较不是理由：比较文学的危机》，罗芃译，见[法]艾田伯：《比较文学之道：艾田伯文论选集》，胡玉龙译，北京：生活·读书·新知三联书店，2006年版，第24—25页。

起码对时空范围内充分的'事实联系'进行考察，我以为对每个比较学者来说都是合适的，甚至是必须的。我所说的比较学者应该善于分析档案资料，善于收集阅读各种不起眼的杂志。"①另一方面，他拒斥完全排斥历史研究的纯文学批评。他说："我这样讲并不意味着我赞成好几个美国人在纯批评或者自命纯批评的影响下，对我们学科中凡可能是被他们轻蔑地叫着'实证主义'的经验均加以拒绝。"②

在表明了自己的学派立场和文学观之后，艾田伯针对比较文学的危机，开出了自己的"药方"，其建议可以归纳为以下几点：

其一是解决比较文学中的词汇问题。他认为，当前我们应该赋予这个学科词汇以更加精确的含义，既包含"比较文学"一词的含义，也包含比较文学研究中所使用的词汇的含义。因为在比较文学中，一种语言的概念在另一种语言中往往难以完全对应，概念自身的流变往往与外来概念相互渗透、拼缀，如"人民""种族""现实主义"。③所以，艾田伯认为："为了更好地研究比较文学，最要紧的是使它具备精确的有普遍价值的词汇。"④其具体措施是编撰一部辞

---

① [法]艾田伯：《比较不是理由：比较文学的危机》，罗芃译，见[法]艾田伯：《比较文学之道：艾田伯文论选集》，胡玉龙译，北京：生活·读书·新知三联书店，2006年版，第31页。

② [法]艾田伯：《比较不是理由：比较文学的危机》，罗芃译，见[法]艾田伯：《比较文学之道：艾田伯文论选集》，胡玉龙译，北京：生活·读书·新知三联书店，2006年版，第32页。

③ [法]艾田伯：《比较不是理由：比较文学的危机》，罗芃译，见[法]艾田伯：《比较文学之道：艾田伯文论选集》，胡玉龙译，北京：生活·读书·新知三联书店，2006年版，第26页。

④ [法]艾田伯：《比较不是理由：比较文学的危机》，罗芃译，见[法]艾田伯：《比较文学之道：艾田伯文论选集》，胡玉龙译，北京：生活·读书·新知三联书店，2006年版，第27—28页。

典，将一个词的所有含义都公允地列举出来，无论它属于什么意识形态阵营。艾田伯认为，这样一部辞典有利于实现美国学派和法国学派的融合。他充满希望地说："这样一部辞典将能够证明，历史和历史主义并非永远进步，也并非永远反对美学。它将有利于我们建立这样一种比较文学，这种比较文学把历史方法和批评精神结合起来，把考据和文章分析结合起来，把社会学家的谨慎和美学理论家的勇气结合起来，这样比较文学立时便可以找到正确的对象和合适的方法。"①

其二是全面提升比较文学学者的素养，使其既具有历史学修养、社会学修养和跨学科的文化修养，像狄德罗这种百科全书式的学者一样；也具有较高的审美鉴赏力，像朗松这种身为文学史家的文学爱好者一样。艾田伯设想，理想的比较学者应该是这样一种人："一方面具有百科全书式的才能，懂得几门 2000 年左右世界上最重要的书写语言；另一方面对文学美具有深切的感受。巴尔登斯柏耶、伽列、阿查尔各显其能，都尝试写了一些并非学术性质的作品……一个比较学者倘使缺乏对文学疯狂的热爱，缺乏创作经验，那他至少必须具备鉴赏力。"②

其三是拓展比较文学的研究领域，注重以下问题：语言之间的相互作用（外来语言的流传与影响、宗主国语言对殖民地语言的影

---

① [法]艾田伯：《比较不是理由：比较文学的危机》，罗芃译，见[法]艾田伯：《比较文学之道：艾田伯文论选集》，胡玉龙译，北京：生活·读书·新知三联书店，2006年版，第28页。

② [法]艾田伯：《比较不是理由：比较文学的危机》，罗芃译，见[法]艾田伯：《比较文学之道：艾田伯文论选集》，胡玉龙译，北京：生活·读书·新知三联书店，2006年版，第33页。

响)、比较文体学、比较格律学、比较韵律学、意象的比较研究、翻译的比较研究、体裁结构的比较研究。艾田伯以深厚的学识、丰富的实例和大量的选题论证了这些研究的必要性、趣味性及其存在的广阔空间。①

其四是调和两个学派的研究方法，使比较文学走向比较诗学。艾田伯说："把这样两种互相对立而实际上应该相辅相成的方法——历史的考证和批评的或审美的思考——结合起来，比较文学就会像命中注定似的成为一种比较诗学。由于这样的美学不是从思辨原则上加以推导的，而是在对体裁的历史演变或者从各种不同文化体形的（nature des cultures différentes）特点和结构上做了细致的研究之后归纳出来的，所以它不同于任何教条，它将会是有益的。"②这段话呼应了艾田伯此文的标题——"比较不是理性思辨"。其含义是，比较研究不是从抽象的理性思辨原则出发来进行研究，而是通过细致的、具体的、历史的、审美的研究最后归纳出美学原则。在这里，艾田伯还谈到了比较诗学的功能，即树立批评标准，纠正文学时弊："我们为什么要拒绝尝试建议一种固定因素系统，只要加以慎辨，这种系统就可以帮助现代文学摆脱混乱、迷惘、丑恶的状态。"③在韦勒克的《今日之比较文学》中，艾田伯的观点引起了他的回应。韦

---

① [法]艾田伯：《比较不是理由：比较文学的危机》，罗芃译，见[法]艾田伯：《比较文学之道：艾田伯文论选集》，胡玉龙译，北京：生活·读书·新知三联书店，2006年版，第34—42页。
② [法]艾田伯：《比较不是理由：比较文学的危机》，罗芃译，见[法]艾田伯：《比较文学之道：艾田伯文论选集》，胡玉龙译，北京：生活·读书·新知三联书店，2006年版，第42页。
③ [法]艾田伯：《比较不是理由：比较文学的危机》，罗芃译，见[法]艾田伯：《比较文学之道：艾田伯文论选集》，胡玉龙译，北京：生活·读书·新知三联书店，2006年版，第42页。

勒克认为，艾田伯所提出的比较文学的转向是正确的，虽然他所提出的语言学习要求太乐观了。韦勒克说："他要求我们全都学中文、孟加拉文或阿拉伯文。他低估了我们的惰性和我们要掌握东方语言将会遇到的障碍，然而，他提出比较诗学和真正研究世界文学的要求，从原则上说，却无疑是正确的。"①

其五是对未来的比较文学研究和教学制定合理、长远的规划。艾田伯提出，要改变比较文学学科教师数量少、选题有限的现状，集中教学力量，为学生提供丰富多样的课题，其中既要有每个国家自身感兴趣的课题，也要有一些能够引起国际化兴趣的课题。艾田伯在文中举了很多例子。至于具体的研究计划则需要各国比较学者来制定，逐步组织研究队伍，培养研究人员，填补比较文学的研究空白。②

第二节 巴斯奈特：比较文学的翻译研究转向

巴斯奈特的"比较文学危机论"在比较文学学科史上独树一帜，其总体观点是让比较文学中的分支翻译研究扩大其范围，提升其重要性，从而让比较文学让位于翻译研究。但巴斯奈特比较文学观念的矛盾之处在于，她对比较文学与翻译研究的学科定位、隶属关系作出了过于主观性的划分，从而使她预测的翻译研究转向"失灵"。

---

① [美]勒内·韦勒克：《辨异：续〈批评的诸种概念〉》，刘象愚、杨德友译，上海：上海人民出版社，2015年版，第51页。
② [法]艾田伯：《比较不是理由：比较文学的危机》，罗芃译，见[法]艾田伯：《比较文学之道：艾田伯文论选集》，胡玉龙译，北京：生活·读书·新知三联书店，2006年版，第43—45页。

无论如何，巴斯奈特敏锐地看到了翻译研究在后殖民研究中的重要价值，这对于扩大比较文学的学科版图，重建二者之间的平等关系，都具有十分重要的意义。

一、比较文学的衰落

巴斯奈特认为，当代"比较文学的危机"并未消失，而是走向了新阶段。她断言："当我们走向 20 世纪末的时候，已进入了问题不断的比较文学史的新阶段。毫无疑问，比较文学在西方已陷入了危机……"[1]其实许多人认为，比较文学在 20 世纪 70 年代末就已经过时了，新一代学生和学者放弃了比较文学，转向了其他领域，如文学理论、女性理论、符号学、电影和媒介研究、文化研究，而比较文学则被视为"自由派人文主义史前时代的恐龙"[2]。但巴斯奈特指出，比较文学的危机专属于西方比较文学，在非西方国家，如中国、日本及其他亚太国家，比较文学并未遭遇危机或表现出衰落的发展趋势，而且其发展基础是民族文学的特殊性——这正是西方比较文学学者所试图否定的研究方向。[3]这实际上是西方与非西方世界的比较文学在学术意识形态上的不同。许多发展中国家和殖民后独立的国家更加关注自我身份的民族性重建，而非西方所热衷的西方中心主义与文化帝国主义批判。

---

[1] [英]苏珊·巴斯奈特：《比较文学批评导论》，查明建译，北京：北京大学出版社，2015 年版，第 11 页。
[2] [英]苏珊·巴斯奈特：《比较文学批评导论》，查明建译，北京：北京大学出版社，2015 年版，第 6 页。
[3] [英]苏珊·巴斯奈特：《比较文学批评导论》，查明建译，北京：北京大学出版社，2015 年版，第 7 页。

巴斯奈特用"死亡"来形容比较文学当前的衰落之况。她说："如今，比较文学从某种意义上说已经死亡。"①造成比较文学死亡的原因有三："二元划分导致的狭隘性，非历史化研究方法的无用，以及将文学作为普世教化力量的盲目自信，共同造成了比较文学的死亡。"②巴斯奈特对这三个原因的具体阐释如下：

二元论是以梵·第根、巴尔登斯贝格和《比较文学评论》（*Revue de Littérature Comparée*，1921）③的参编者为代表的法国学派的学科观念。比较文学的研究领域被他们精确地划定，这种狭隘的学科观念带来了学科边界的森严壁垒，同时也带来了学科的危机。针对二元论中最广为接受的以语言为界的比较，巴斯奈特举例谈道："比较文学研究应该在两种语言之间展开，因此研究一位法国作家和一位德国作家是可行的。然而，研究两位都用英语进行创作的作家则是不可行的，不论这两位作家是否一位来自加拿大而另一位来自肯尼亚。对《贝奥武甫》和《失乐园》进行研究也是不行的，虽然前一部分作品是用盎格鲁-撒克逊语写成，但这种语言实际上是现代英语的一个较早的变体，两者同属于一个文学系统。"④然而，这种

---

① [英]苏珊·巴斯奈特：《比较文学批评导论》，查明建译，北京：北京大学出版社，2015年版，第54页。

② [英]苏珊·巴斯奈特：《比较文学批评导论》，查明建译，北京：北京大学出版社，2015年版，第54页。

③ 《比较文学批评导论》中译本误将其翻译为《比较文学教程》。参见[英]苏珊·巴斯奈特：《比较文学批评导论》，查明建译，北京：北京大学出版社，2015年版，第34页。该刊为法国比较文学季刊，由巴尔登斯贝格和阿扎尔在1921年创刊，"二战"时停刊，战后复刊。后由卡雷、巴塔伊翁、J.瓦西纳等人担任主编。参见上海外语学院外国语言文学研究所编：《中西比较文学手册》，成都：四川人民出版社，1987年版，第251—252页。

④ [英]苏珊·巴斯奈特：《比较文学批评导论》，查明建译，北京：北京大学出版社，2015年版，第34页。

二元论视角显然是荒谬的，它人为地为知识设置了限制。巴斯奈特批评道："二元论研究方法从来也没有发生过作用，它成功做到的无非就是限制比较文学学者们可以研究的项目，在以前从未有过障碍的地方设置障碍，有意选择忽视其他更大的问题。"①在很大程度上，巴斯奈特赞同韦勒克的"危机论"，认为对比较文学的陈旧分类应该摒弃，回到特定的文本、时代和语境中来。②

非历史化研究方法是以韦勒克为代表的美国学派的研究方法。由于受到形式主义和新批评的影响，美国的文学研究更加注重文本内部的审美机制和价值，文本外部的政治、历史则受到较少的关注。这种偏向可以看作是对欧洲实证主义的有意反拨。巴斯奈特指出了这种研究倾向背后的政治创伤和心理动因：

20世纪引以为豪的是技术进步、大众传媒的发展、医疗服务的改善以及工业社会中生活水平前所未有的提高，但是这些成就都因两次世界大战而失去了光彩。这两次使数百万人失去生命的战争起源于之前遗留的民族冲突和领土争端冲突。也难怪"新世界"中学习比较文学的一代学生更欣赏"伟大作品"模式下理想主义的跨国研究方法，因为这一方法相信伟大的国际性艺术的人文主义教化力量。这种研究的对象就是文本；语境被有意地搁置。③

---

① [英]苏珊·巴斯奈特：《比较文学批评导论》，查明建译，北京：北京大学出版社，2015年版，第35页。
② [英]苏珊·巴斯奈特：《比较文学批评导论》，查明建译，北京：北京大学出版社，2015年版，第36页。
③ [英]苏珊·巴斯奈特：《比较文学批评导论》，查明建译，北京：北京大学出版社，2015年版，第42—43页。

因此，美国学派的比较文学试图从文本中挖掘出去政治化的普遍审美价值，从而惠及自我与他者，达到一种教化的作用。这种对历史与政治的刻意回避实际上搁置了一些重要问题，这对于饱受欧美殖民侵略、经济剥削、文化霸权的一些后殖民国家而言是难以容忍的。巴斯奈特批评道："在这里，历史角度没有被提到；侵略、殖民化、经济剥削都被搁置在一旁，人们讨论的是文学，而且也只有文学，就如同所有的作家都在一个剥离外界现实的真空状态中创作一样。"①

认为文学具有普世教化的力量是西方比较文学所具有的一种盲目的自信，这在后殖民研究中被予以了激烈的批判。后殖民研究从另一个角度来说就是比较文学，它在所谓的"第三世界"的发展中以全新的视角审视了比较文学的西方中心主义，严厉地谴责了其政治行为。巴斯奈特指出，在西方世界以外，文学的分类、分期与批评方式都要加以重审，进而创造出本土化的文学体系。"欧洲和美国以外的比较文学需要从本土文化开始，然后再去审视国土以外的文学，而不是从欧洲典型的优秀文学作品开始，再来审视自己。"②这实际上是对西方文学经典的一种审慎的本土化，而不是被动地接受其教化。巴斯奈特引用了齐迪·阿姆塔（Chidi Amuta）对比较文学的批评，指出在非洲作家身上找出欧洲的影响的这种寻求是一种诡计，即欧洲文化对"原始的"文学创作的教化式影响。另外，"普遍"这一西方比较文学学者常用的词汇，也是欧洲狭隘、自私的地

方主义的表现。因此，对于许多"第三世界"的国家和地区而言，比较文学可以看作一种政治行为，它是"在后殖民时代重组和重新确定文化与民族身份进程的一部分"。①

二、翻译研究的兴起

虽然巴斯奈特认为比较文学已经"死亡"，但正如米勒的"文学终结论""比较文学死亡论"一样，这里的"比较文学"是狭义上的、西方意义上的"旧比较文学"，广义上的"比较文学"仍将存在，只要它发生正确的转向。所以巴斯奈特说："如今，比较文学从某种意义上说已经死亡……但比较文学却以其他方式在继续，如世界很多地方正在进行的对西方文化模式的彻底重估；来自性别研究和文化研究的新方法与新视野对学科界限的超越；翻译研究内部发生的跨文化交流过程的考察。"②其中，最能替代比较文学的是"翻译研究"，这是巴斯奈特一以贯之的观点。

在《比较文学批评导论》的第七章（最后一章）《从比较文学到翻译研究》中，巴斯奈特极力地论证比较文学何以应转向翻译研究。她指出，与比较文学衰落的局面恰恰相反，翻译研究自20世纪70年代以后获得了长足的发展，拥有了专门的协会、学术期刊、出版计划、大量博士论文，已然被视为一门独立的学科。③翻译研究之所

---

① [英]苏珊·巴斯奈特：《比较文学批评导论》，查明建译，北京：北京大学出版社，2015年版，第46页。

② [英]苏珊·巴斯奈特：《比较文学批评导论》，查明建译，北京：北京大学出版社，2015年版，第54页。

③ [英]苏珊·巴斯奈特：《比较文学批评导论》，查明建译，北京：北京大学出版社，2015年版，第167页。

以能繁荣发展，与该领域学者对翻译问题的发现及其地位抬升密切相关。译者、译本和翻译活动相比作者、原文和原创活动不再居于边缘性、次生性的地位。20 世纪 70 年代以后，翻译的地位得到提升，译者、译本和翻译活动相比作者、原文和原创活动不再居于边缘性、次生性的地位。伊塔玛·埃文-佐哈（Itamar Even-Zohar）、洛丽·张伯伦（Lori Chamberlain）、芭芭拉·约翰逊（Barbara Johnson）、芭芭拉·戈达德（Barbara Godard）、谢丽·西蒙（Sherry Simon）、安妮·布赖瑟（Annie Brisset）、苏珊娜·德·洛比尼埃-哈伍德（Suzanne de Lotbiniè re-Harwood）等学者都对传统的翻译观展开了不同程度的反思，巴斯奈特尤其注重埃文-佐哈的"多元系统理论"（polysystems theory），认为这一理论给翻译研究带来了根本性的变化，使人们重视其文学史中的重要作用。在世界范围内，边缘性文学系统的民族与国家甚至将翻译视作一种重要的文化策略，它代表拿来、反向侵占乃至复仇。在庞德、本雅明、德里达等当代学者和哲学家眼中，翻译的自主性、原创性和反叛性日益增强。在巴西、加拿大等西方以外的学术研究中，后殖民翻译理论和女性主义翻译理论彰显了译作之于原作（非西方之于西方）的复杂关系。巴斯奈特指出："巴西和加拿大的这些翻译理论家的共同目标在于：彰显译者的职能，在一种侵越行动中让译者显形——该侵越行动旨在改造旧有的以父权/欧洲为中心的等级制度。从他们的立场来看，翻译无疑是一项政治活动，而且是最重要的一项。"[1]

　　总之，在翻译研究的演进过程中，翻译愈加显示出不容忽视、

---

[1] [英]苏珊·巴斯奈特：《比较文学批评导论》，查明建译，北京：北京大学出版社，2015年版，第181页。

不可替代的重要作用，乃至成为比较文学的核心。在巴斯奈特与勒菲弗尔在 1990 年主编的《翻译、历史与文化》一书中，他们明确提出："鉴于翻译研究作为一门独立学科所取得的发展，以及该学科在方法体系上对比较学和文化史研究的借鉴，翻译已成为世界文化发展进程中重要的塑造力量。若不考虑翻译，任何形式的比较文学研究都无法展开。"①在《比较文学批评导论》中，巴斯奈特以宣言者的姿态声称，比较文学与翻译研究之间的支配与从属关系应该颠倒过来："比较文学作为一门学科的鼎盛期已经过去。女性研究、后殖民理论、文化研究者三个领域中的跨文化研究工作，已整体上改变了文学研究的面貌。从现在起，我们应当将翻译研究视为一门主要学科，而把比较文学看作一个有价值但是辅助性的研究领域。"②

三、比较文学与翻译研究的较量

直至今日，比较文学与翻译研究的学科关系并未发生巴斯奈特所预测的转变。在《二十一世纪比较文学反思》一文中，巴斯奈特自我评价了她在《比较文学批评导论》中提出的看法，她说：

这是一个有意识的具有煽动性的声明，一是要宣布比较文学的死亡，一是想提升翻译研究的形象。今天，反观那个主张，看来基本上是错误的：翻译研究在过去30多年里发展并不快，对比依然是翻译研究学术的核心。要是我今天来写这本书，我会说比较文学和

---

① Susan Bassnett, Andre Lefevere, eds., *Translation, History and Culture*, London: Pinter, 1990, p. 12.
② [英]苏珊·巴斯奈特：《比较文学批评导论》，查明建译，北京：北京大学出版社，2015年版，第185页。

翻译研究都不应该看作是学科：它们都是研究文学的方法，是相互受益的阅读文学的方法。比较文学的危机，源自过分规定性与明显具有文化特殊性的方法论的结合，它们实际上并不具有普遍适用性，也互不相关。[①]

这一自我否定与当今比较文学学科的自我更新有关，翻译研究因此始终无法与学科边界极具张力的比较文学争夺主流。在2009年的一篇访谈中，巴斯奈特谈到了她对翻译研究在过去30年里发展不满意的原因："那些把自己看作是翻译研究的学者在周围筑起一道墙，并没有把这个学科往前推动多少。我不得不读的那些引用劳伦斯·韦努蒂（Lawrence Venuti）、勒菲弗尔和我以及其他学者的文章，皆无新意。他们所做的个案研究缺乏理论化，决意不想向前推动这个学科。我认为我们都准备在翻译研究中向前大跨步了，但时至今日并没有跨出去。"[②]比较文学虽然屡遭危机，但正是由于"危机"已作为一个常识性的、基础性的学科理论，所以它反向建构了比较文学的话语体系，我们可以称之为"解构式建构"。严格说来，学科意义上的比较文学是宏观的比较文学，它提供了研究人员、学术机构、期刊与会议等平台；"危机论"意义上的比较文学则是狭义的比较文学，它指向某种具体的、历史的、学派化的比较文学学说，包括比较文学的学科定义、方法论规定、理论建构等。所以，"危机论"本身的繁荣可以看作比较文学学科充满活力的一种表现，它将

---

① [英]苏珊·巴斯奈特：《二十一世纪比较文学反思》，黄德先译，《中国比较文学》2008年第4期，第6页。
② [英]苏珊·巴斯奈特、黄德先：《翻译研究与比较文学的未来：苏珊·巴斯奈特访谈》，载《中国比较文学》2009年第2期，第17页。

促成比较文学的反思、转向与深拓。这一吊诡张力使"危机论"或"死亡论"成为意在复活、重建比较文学的悖论性行为。

因为宏观上的比较文学学科无法被宣布"死亡",所以巴斯奈特认为翻译研究将替代比较文学的预测也就无法灵验。另外,比较文学与翻译研究在宏观上都可以无限扩大,广义上的比较普遍存在,广义上的翻译也普遍存在,所以二者之间的学科关系也会越出从属性的规定,无论是翻译研究从属于比较文学,还是比较文学从属于翻译研究。在《比较文学批评导论》中,巴斯奈特指出,定义"比较文学"注定会失败:"比较文学研究最早的宣言其实也是反对定义的;不幸的是,后代学者们还是认为应当尝试做出明确的定义。直到最近,比较文学史一直是一种堂吉诃德式的努力过程,从一开始就注定要失败。"①然而对比较文学与翻译研究之学科关系的规定,本身便潜在预设了对二者的定义。倘若比较文学从属于翻译研究,那么翻译研究便是巴斯奈特所谓的"跨文化研究"。为了提高翻译研究的地位,巴斯奈特将翻译研究的领域拓展至全球化交际语境下的文化研究。她说:"翻译研究领域当下正在展开的海量工作、新创办的学术期刊、激增的国际会议、数量惊人的学术著作和博士论文,这一切都证明,翻译研究这个曾经不受重视的边缘领域如今已充满活力。由于运用了多种不同的方法体系,它已成为一个真正意义上的跨学科领域。因此,用跨文化研究(Intercultural Studies)这样的术语来称呼它,或许更为贴切。"②而式微的、从属于翻译研究的比

①[英]苏珊·巴斯奈特:《比较文学批评导论》,查明建译,北京:北京大学出版社,2015年版,第54页。
②[英]苏珊·巴斯奈特:《比较文学批评导论》,查明建译,北京:北京大学出版社,2015年版,第182页。

较文学，则特指西方中心主义的、形式主义的比较文学。巴斯奈特接着说："此外，现在已很难再将翻译研究视作'比较文学'的一个分支，部分原因是，当下'比较文学'这一术语，就像本书试图展现的那样，已没有什么实质性意义（并不是说开始时它曾有过丰富的意义）。还有部分原因在于，翻译研究是一个生机勃勃的领域，而作为一种形式主义实践的比较文学已经式微。"①这样一来，巴斯奈特虽然已强调了比较文学不能定义，但她在急于宣扬、抬高翻译研究的地位时，仍然陷入了一个预先定义的思维陷阱。所以"堂吉诃德式"的巴斯奈特在翻转比较文学与翻译研究之学科关系的时候，就注定了要失败。

这种失败促使巴斯奈特反省"比较文学"究竟该如何描述。她在《二十一世纪比较文学反思》中指出，比较文学究竟应为何物是不确定的："谈到比较文学，我曾把它看作一个研究主题、一个学科、一个研究领域，现在却不能确定该使用哪个术语。"②但巴斯奈特又接着说，比较文学是一种方法："应把比较文学仅仅看作一种研究文学的方法，而不是一个学科，应凸现读者的作用，同时注意书写行为和阅读行为的历史语境。"③一种什么样的方法？她说："比较文学的未来在于放弃任何规定性的方法来限定研究的对象，而聚焦于最广泛意义上的文学观念，承认文学流传所带来的必然的相互联

---

① [英]苏珊·巴斯奈特：《比较文学批评导论》，查明建译，北京：北京大学出版社，2015年版，第182页。
② [英]苏珊·巴斯奈特：《二十一世纪比较文学反思》，黄德先译，载《中国比较文学》2008年第4期，第8页。
③ [英]苏珊·巴斯奈特：《二十一世纪比较文学反思》，黄德先译，载《中国比较文学》2008年第4期，第9页。

系。"①也就是说，比较文学应作为一种没有具体规定的方法，它在最广泛的意义上被视为研究文学的联系。在 2018 年的一篇访谈《比较文学何去何从——苏珊·巴斯奈特教授访谈录》中，巴斯奈特表达了同样的意思："我相信比较文学或者翻译研究就本身的资格而言并不是学科，它们只是走近文学的方法。试图争论这些庞大而松散的研究领域是否是不同寻常的学科纯粹是毫无意义的时间浪费，这是因为它们非常多样化，而且是由如语言学、文学研究、历史、政治、电影、戏剧等其他学科组合成的一个综合体中派生出来的。"②这样一来，比较文学似乎就缺乏任何学科边界、方法论边界，这不但又回到了克罗齐对比较文学的最初质疑，而且还带来了当今文化研究兴盛下的文本对象泛化问题。对于这些问题，巴斯奈特似乎缺乏更加明确的辨析与回应。

无论如何，巴斯奈特仍然一以贯之地强调翻译研究的重要性。在《二十一世纪比较文学反思》中，她仍然说："翻译是促进文学史中信息流形成的关键方法，因此，任何比较文学的研究都需要把翻译史置于中心位置。"③虽然翻译研究在近些年的发展不尽如人意，但她仍然对翻译研究的前景抱以厚望。无论是思考比较文学还是翻译研究，巴斯奈特总是想将二者进行较量。即使比较文学只是作为一种方法，其"翻译研究转向"仍然是巴斯奈特的核心主张。

---

① [英]苏珊·巴斯奈特：《二十一世纪比较文学反思》，黄德先译，载《中国比较文学》2008年第4期，第9页。
② 张叉、[英]苏珊·巴斯奈特：《比较文学何去何从：苏珊·巴斯奈特教授访谈录》，载《外国语文》2018年第6期，第42页。
③ [英]苏珊·巴斯奈特：《二十一世纪比较文学反思》，黄德先译，载《中国比较文学》2008年第4期，第9页。

第三节 米勒：翻译的危机与文学的终结

解构主义耶鲁批评派的代表性学者 J. 希利斯·米勒（J.Hillis Miller）也曾谈到比较文学的危机。他的文章《比较文学的（语言）危机》（2003）很明显戏仿了韦勒克的《比较文学的危机》，在文中也首先对韦勒克进行了回应；但是他所指出的问题却与韦勒克不同，从题目中所增补的"语言"就可以看出其论述重心。米勒的"比较文学危机论"主要包含两个核心观点，其一如题目所说，与语言的危机相关，这里的语言问题主要指的是语言的翻译问题；其二则与他著名的"文学终结论"（或"文学死亡论""文学消亡论"）有关，这一论断在《论文学》《全球化对文学的影响》《全球化时代文学研究还会继续存在吗》《全球化与世界文学》等著作和论文中均有详尽的展示。在《比较文学的（语言）危机》中，米勒主要论述了第一个危机，但第二个危机也同样重要，只因他在别处多有论述，故在此处简略提及。

一、韦勒克"危机论"的偏颇

在论述比较文学的语言危机问题之前，米勒首先指出了韦勒克"危机论"的偏颇，大概有如下三点：

首先，米勒带有嘲讽意味地批评了韦勒克的审美救赎论。韦勒克在《比较文学的危机》中所表达的核心观点是比较文学法国学派的危机，比较文学应从法国学派的唯实证主义、唯事实主义和机械主义的研究范式转向一种审美批评，一种关注艺术性、内在性的文学研究。韦勒克说："题材和方法的人为划分，渊源和影响的机械论观念，以及慷慨然而却是出自文化民族主义的动机，这些似乎就是比较文学研究持久危机显露出来的症状。"①韦勒克继之绝对性地要求到，比较文学"必须设法回到当代文学研究和文学批评的巨流中去"，"必须正视'文学性'的问题，它是美学的中心问题，是文学和艺术的本质"。②在《比较文学的危机》的结尾，韦勒克眺望了回归文学批评后的比较文学将会带来的远大图景，这段话也被米勒所引用：

　　一旦我们把握了艺术和诗的本质，把握了它战胜人类死亡和命运的力量，把握了它创造一个新的想象世界的力量，那么民族的虚荣就会随之消失。人，一种普遍的人，各地方、各时代的人，就会以千差万别的形象出现。而文学也将不再是古玩家的消遣，一种各民族之间借贷情况的统计，甚至也不再是相互之间的关系网的描绘。文学研究将成为一种像艺术本身一样的想象行动，从而成为人类最高价值观念的保存者和创造者。③

　　然而米勒表示，这些表述似乎太过"耳目一新"了，其中一些宏大的用词似乎有点不着边际。他反讽地表示，韦勒克既然清楚地

---

① [美]勒内·韦勒克：《批评的诸种概念》，罗钢、王馨钵、杨德友译，上海：上海人民出版社，2015年版，第268页。
② [美]勒内·韦勒克：《批评的诸种概念》，罗钢、王馨钵、杨德友译，上海：上海人民出版社，2015年版，第270页。
③ [美]勒内·韦勒克：《批评的诸种概念》，罗钢、王馨钵、杨德友译，上海：上海人民出版社，2015年版，第272页。

指出了比较文学的未来之路，那么比较文学就能继续走下去，发挥它类似于修理水龙头的功能：比较—文学，文学就能改变人类命运；修理—水龙头，水就能畅快地流出来。（米勒在这里的比喻来自《哈佛先声》中的一则漫画。）的确，韦勒克极为重视文学的功用，似乎仍然秉持着古希腊时代的政治诗学观念。他在《今日之比较文学》中说："当今，美学与艺术的整个事业正在受到挑战：真、善、美和被希腊人看作的'用'，由康德最清晰地加以区分的这些领域正在遭受磨难，艺术作为人类一个主要活动、作为一个学科的观念正在遭受磨难。"[1]但是，这种看法似乎已经过时了。米勒在《论文学的权威性》中提到，是新媒介而不是文学主要发挥着影响人类精神和情感的作用。[2]另外，米勒还提到，韦勒克对他以及保罗·德·曼（Paul de Man）所代表的耶鲁批评派表示不满，韦勒克认为解构主义正在摧毁文学研究，其文章《文学研究被毁掉了》（*Destroying Literary Studies*）表明了他的看法；因此，韦勒克是一个极端的保守主义者，只允许文学和文学理论发挥神圣的审美救赎

---

① [美]勒内·韦勒克：《辨异：续〈批评的诸种概念〉》，刘象愚、杨德友译，上海：上海人民出版社，2015年版，第47—48页。
② 米勒对当今人们的精神生活描述道："如果你在看电影、电视，或者玩电脑游戏，或者上网，你就不可能同时又去阅读莎士比亚。所有的统计数字都说明，人们正在花费大量的时间做文学阅读之外的事情。我们必须承认，现在，诗歌已经很少再督导人们的生活了，不管是以公开的还是其他不公开的方式。越来越少的人受到文学阅读的决定性影响。收音机、电视、电影、流行音乐，还有现在的因特网，在规范人们的信仰和价值观（ethos and values）以及用虚幻的世界来填补人们的心灵和情感的空缺方面，正在发挥着越来越大的作用。这些年来，正是这些虚拟的现实（virtue realities）在诱导人们的情感、行为和价值判断方面，发挥着最大的能动作用（performative efficacy），而不是严格意义上的文学世界。"参见[美]希利斯·米勒：《萌在他乡：米勒中国演讲集》，国荣译，南京：南京大学出版社，2016年版，第114页。

功能。①

另外，米勒认为韦勒克《比较文学的危机》题名中的"危机"用词不当。他说："'危机'这个词意指转折点、至关重要的分水岭，比如在一种疾病的危急时刻，病人要么好转，要么死亡。然而，比较文学却总是处在危机之中，作为一门学科，它就是被专门设计成了这样的一个载体，承载着文学研究中永远的危机。"②因此米勒提醒我们，比较文学的危机要理解成"永久危机"，这是比较文学这门学科的特殊性所在。

二、比较文学的翻译危机

米勒认为，比较文学的"永久危机"并非韦勒克指出的理论或方法论上的分歧，而是广义上的翻译问题。米勒指出，比较文学确实存在缺乏固定经典而主要由方法和理论拼凑起来的问题，这使得比较学者喜欢从国别文学中抽取例子来证明理论，但除了理论却别无所教。因此，比较文学确实存在着一些危机，它来自"不同理论之间的相互抵触"，但这并非永久危机。③真正的"永久危机"在于广义上的"翻译"。他说："比较文学作为一门学科，其中心问题并不是'理论'，而是令人烦恼、难以解决的翻译问题，无论是语言之间的翻译、文化之间的翻译，还是从一种亚文化到另一种亚文化之

① [美]希利斯·米勒：《萌在他乡：米勒中国演讲集》，国荣译，南京：南京大学出版社，2016年版，第142页。
② [美]希利斯·米勒：《萌在他乡：米勒中国演讲集》，国荣译，南京：南京大学出版社，2016年版，第142页。
③ [美]希利斯·米勒：《萌在他乡：米勒中国演讲集》，国荣译，南京：南京大学出版社，2016年版，第143页。

间的翻译，都十分棘手。"①这里的"翻译"我们可以通俗地理解为"把某物转换成它的翻版"，其相近表述在译介学、翻译理论和文化研究中极为常见，但米勒在这里主要强调的还是语言的翻译。

米勒进一步解释道，翻译最基本的问题就是"语言能力"不足的问题："这个世界上充满了形形色色的语言，大约有几千种，仅欧洲就有几十种，有人告诉我，在非洲有两千多种。美国现在绝对是多语种国家。除了母语之外，我怎么才能够深入地学习这些语言，真正地'潜入'到那种语言深处，了解它所表达的文化呢？"②如其所言，若论语言的种类，世界上各个地方的语言确实数不尽数，而且还有各种充满了乡土差异、时间差异的方言、俚语、土语，这显然是研究比较文学的一个基础性问题。米勒举例指出了英式英语和美式英语之间的差异，即便同为英语，二者之间也总是存在着微妙的差异，有时甚至出现含义相反的情况。所以在某种程度上，翻译即背叛。③

米勒对翻译问题又作出了延伸，认为由此带来的一个比较文学危机是它总会伴随着某种"强势语言的文化帝国主义"④。这主要表现在主流语言可以作为一个比较的"中转站"而存在，似乎语言的翻译无损于其原义。例如，艾田伯就曾设想过一个巨大的翻译操作

---

① [美]希利斯·米勒：《萌在他乡：米勒中国演讲集》，国荣译，南京：南京大学出版社，2016年版，第143页。
② [美]希利斯·米勒：《萌在他乡：米勒中国演讲集》，国荣译，南京：南京大学出版社，2016年版，第143页。
③ [美]希利斯·米勒：《萌在他乡：米勒中国演讲集》，国荣译，南京：南京大学出版社，2016年版，第143—146页。
④ [美]希利斯·米勒：《萌在他乡：米勒中国演讲集》，国荣译，南京：南京大学出版社，2016年版，第146页。

平台，通过法语这个中介把其他语言文字进行转译。又例如，韦勒克的《近代批评史》完全由英语写成，引文中的诸多其他语言被翻译成了英语，这不禁令米勒嘲讽道，韦勒克对自己的翻译精确度过于自信了。另外，对于《近代批评史》，米勒还批评道，它暴露出了西方中心主义的强烈倾向："另一个危机是，我们发现，多卷本的《近代批评史》这种提法不大合适，不如叫作《西方近代批评史》，因为该书并没有包括中国、日本、印度和非洲国家的文学，也没有包含小语种以及大部分的妇女文学。在一个全球化的时代，传统西方比较文学中的西方中心主义应当受到广泛的质疑。"[①]米勒故意用"危机"一词来评价韦勒克的著作，显然是一种戏仿式的嘲讽。

米勒的"危机论"在学界的一个流行的解决方案是回归世界文学，这在当今被看作文学研究全球化的应有之义。然而米勒指出，这种解决方案有着明显的弊病：其一，世界文学仍然以英语为基础语言，无论是教科书、课程还是读本。这就又显露出比较文学旧有的危机，即翻译所带来的文学损耗、文化帝国主义和欧洲中心主义。"在美国，比较文学的欧洲中心主义就已经够明显了，而这些教科书又进一步把英语的霸权向全世界扩张。"[②]其二，无论是在教科书、课程还是在读本中，世界文学的范围太广，但所选的内容却十分有限，如此，选文就难免顾此失彼，缺乏代表性。"就这么广

---

① [美]希利斯·米勒：《萌在他乡：米勒中国演讲集》，国荣译，南京：南京大学出版社，2016年版，第146页。
② [美]希利斯·米勒：《萌在他乡：米勒中国演讲集》，国荣译，南京：南京大学出版社，2016年版，第147页。

的范围而言，任何选文都是有偏颇的。"①再加上所选的内容都要进行艰难的翻译，将非西方弱势国家、地区的文学纳入世界文学中非常困难。

米勒也举了若干例子说明比较文学的翻译危机。例如，他认为拉美魔幻现实主义小说在翻译过程中丢失了大量微妙含义，"西班牙语或葡萄牙语原版小说中大量的成语、典故和隐含的指涉都没有如实地进入英语译本中"；②又如托马斯·怀特的十四行诗《给想要追逐的》（*Whoso List to Hunt*）与其改译原作（即彼得拉克的抒情诗第190首）之间极易令人忽略的互文性内涵："如果你恰好不知道彼特拉克和《圣经》，也不知道凯撒是怎样给他的母鹿打上记号，那么，你可能就体会不到怀亚特诗中的大部分含义了。"③又如恩古吉·瓦·提安哥（Ngugi Wa Thiong'O，肯尼亚小说家）的英译小说《一粒麦种》（*A Grain of Wheat*）中有许多基库余语的原义没有表达出来，因而无法令不懂基库余语的读者深入理解这部小说。恩古吉甚至认为，基库余语应取代英语，因为英语的全球统治有不良的政治意味。就其创作而言，他认为只有使用自己的母语才能获得更好的表达效果。④又如，宇文所安（Stephen Owen，又译作史蒂芬·欧文）的英译之作《中国文学选集：从开始到1911年》（*An Anthology of Chinese*

---

① [美]希利斯·米勒：《萌在他乡：米勒中国演讲集》，国荣译，南京：南京大学出版社，2016年版，第147页。
② [美]希利斯·米勒：《萌在他乡：米勒中国演讲集》，国荣译，南京：南京大学出版社，2016年版，第148页。
③ [美]希利斯·米勒：《萌在他乡：米勒中国演讲集》，国荣译，南京：南京大学出版社，2016年版，第151—152页。
④ [美]希利斯·米勒：《萌在他乡：米勒中国演讲集》，国荣译，南京：南京大学出版社，2016年版，第152—155页。

Literature：*Beginning to 1911*）翻译了大量诗歌，但翻译问题颇多，引起了许多争议。米勒指出："我们甚至还不能肯定是否应称它为'中国文学'或'诗学'，因为我听说，这些词在中文里并没有精确的对应词。创作中国'诗歌'的法则以及它在中国文化中的意义，都和欧美文化中的诗歌有很大差异。"①又如，米勒以自己的博士生西蒙娜·索妮（Simona Sawhney）为例，讲述她克服困难自学梵语，从而写出有关印度文学与文化问题的优秀论文的经历。这被米勒当作应对比较文学危机的成功案例。"她的研究模式说明，新型全球化时代的比较文学不应该以英语为基础，而是应该建立在所需要了解的语言基础上。"②

　　米勒提出的应对危机的方法是"发展一种新型全球性、非欧洲中心化的比较文学"③。对于翻译的问题，米勒认为应首先学会研究对象的语言："虽然有人说，学习一种异质文化的语言，特别是欧洲人学习非欧洲国家的语言，这是一种文化策略。但我认为，为了研究某个课题而掌握必要的语言知识，这并不是帝国主义行为。与其相信什么都可以毫发无损地被翻译成英文，不如自己先学会这门语言。"④虽然米勒提出的这一策略看似非常简短，但这是应对比较文学与世界文学危机的唯一办法，只有在对外国语言深入学习的基础

---

① [美]希利斯·米勒：《萌在他乡：米勒中国演讲集》，国荣译，南京：南京大学出版社，2016年版，第155页。
② [美]希利斯·米勒：《萌在他乡：米勒中国演讲集》，国荣译，南京：南京大学出版社，2016年版，第158页。
③ [美]希利斯·米勒：《萌在他乡：米勒中国演讲集》，国荣译，南京：南京大学出版社，2016年版，第158页。
④ [美]希利斯·米勒：《萌在他乡：米勒中国演讲集》，国荣译，南京：南京大学出版社，2016年版，第158页。

上，才能对其文学有更深的理解和批评，才能担负文学研究的责任。这与艾田伯和斯皮瓦克对语言学习的强调有异曲同工之处。

三、"文学终结论"之于比较文学

米勒的"文学终结论"曾在中国学界引起过一阵讨论热潮，许多学者纷纷发出质疑：文学是人类的精神形式之一，怎么可能会终结？实际上，米勒的"文学终结论"中的"文学"特指"印刷文学"或"纸质文学"，他的意思是网络等新技术媒介的兴起使传统的纸质文学趋于消亡。文学这一概念在我们当代人的理解中当然也包含网络文学、短信文学、微博段子……但在此之前，文学的媒介形式是单一的，文学就是印刷文学。对于凝固于这一特定时间段的"文学"，米勒在《文学死了吗》中说："随着新媒体逐渐取代印刷书籍，这个意义上的文学现在行将终结。"[1]实际上，"文学终结论"中的"终结"也不恰当。米勒的意思是印刷文学占据统治地位的时代"将"终结，而不是"已经"终结。因此，这里的"终结"只是一种预测。他明确表示，书籍还要存在很长一段时间："印刷的书还会在长时间内维持其文化力量，但它统治的时代显然正在结束。新媒体正在日益取代它。这不是世界末日，而只是一个由新媒体统治的新世界的开始。"[2]

米勒虽然指出了印刷文学的终结，但是他也指出了广义上的文学的永恒。他著名的"文学终结论"宣言位于《文学死了吗》的首段。

---

[1] [美]希利斯·米勒：《文学死了吗》，秦立彦译，桂林：广西师范大学出版社，2007年版，第8—9页。

[2] [美]希利斯·米勒：《文学死了吗》，秦立彦译，桂林：广西师范大学出版社，2007年版，第17—18页。

他说:"文学就要终结了。文学的末日就要到了。是时候了。不同媒体有各领风骚的时代。文学虽然末日将临,却是永恒的、普世的。它能经受一切历史变革和技术变革。文学是一切时间、一切地点的一切人类文化的特征——如今,所有关于'文学'的严肃反思,都要以这两个互相矛盾的论断为前提。"①米勒显然在这里灵活地运用了"文学"这个词,带来了这段论述的误读张力。许多国内学者往往引用前半段,断章取义地认为米勒宣布了"文学的终结";再呼应本书的题目,得出了"文学之死"这一类似于"上帝之死""作者之死""理论之死"的命题。但实际上,米勒在后文重申了这段话,并指出文学的两个含义:"第一意义上的文学(作为一种西方文化机制),是第二意义上文学的一种受历史制约的具体形式。第二意义上的文学,就是作为一种普遍的、运用可视为文学的文字或其他符号的能力。"②在其他场合,米勒也曾表示,他所谓的"文学终结论"并不存在,或者说这里的"文学"特指"印刷文学"。在米勒1994年的演讲《因特网星系中的黑洞:美国文学研究的新动向——兼纪念威廉·李汀斯》中,他曾说过:"印刷书籍作为储存和提取信息的主要媒介的时代正在走向终结。"③在金惠敏《媒介的后果:文学终结点上的批判理论》(2005)的封底,有一段米勒的推荐语,其中写道:"我在此重申,我从来就不想说什么'文学的终结',我要说的仅仅是,在新媒介时代,印刷

---

① [美]希利斯·米勒:《文学死了吗》,秦立彦译,桂林:广西师范大学出版社,2007年版,第7页。
② [美]希利斯·米勒:《文学死了吗》,秦立彦译,桂林:广西师范大学出版社,2007年版,第21页。
③ [美]希利斯·米勒:《萌在他乡:米勒中国演讲集》,国荣译,南京:南京大学出版社,2016年版,第50页。

文学的文化作用已经和正在被削弱。"①

如此，"文学终结论"就应该修改为"印刷文学的媒介变革"，这才是米勒的原义；但贸然的修改也可能有损于误读的张力。毕竟，"文学终结论"语焉不详的震惊效果和误读阐释与文学的媒介变革具有互文性关联。我们不妨将"文学终结论"看作是文学媒介变革的一种修辞性强调。变革的结果是，印刷文学演变成其他文化媒介形式，其中有我们广义上理解的"文学"（如网络小说），也有电影、电视、网络游戏等新媒介文化。正是在这个意义上，即使是类似于印刷文学的数字化文本，也会被其他更有趣的视听媒介所替代。文学的行将终结与新媒体文化的兴起相伴相随。

"文学的终结"自然也会导致"文学研究的终结"，因为文学与文学研究的境况是互为表里的。米勒指出，文学即将消亡的征兆之一就是文学研究者转向其他领域，如理论、文化研究、后殖民理论、视觉媒体研究、大众文化研究、女性研究、黑人研究。这一转向使其更接近社会科学，而不再是传统意义上的人文学科。于是，文学在其写作和教学中常常被边缘化了。②值得注意的是，这里的"文化研究"并非法兰克福学派或伯明翰学派意义上的文化研究（这类研究有特定的范式，以政治批评为旨归），而是在广义的"文化"含义上的"文化研究"。米勒曾谈道："文化无处不在，而从定义看，又没办法了解。因而，文化研究一定是对一个不能研究的客体的研究，因为太阳之下，万事万物都可以是文化，而你永远不知道它是什么，

---

① 金惠敏：《媒介的后果：文学终结点上的批判理论》，北京：人民出版社，2005年版，封底。

② [美]希利斯·米勒：《文学死了吗》，秦立彦译，桂林：广西师范大学出版社，2007年版，第18页。

它做什么，它的目的又何在……我们今天所谓的'文化研究'是一种异质的，而且，从某种意义上，可以说是无定形的，它包含了各种不同的机构和实践的研究领域，很难说它们有什么共同的方法、目标和学术体制。"①而鉴于"文化研究"中"文化"的广泛含义，任何其他领域，包括文学，都可以视为文化中的一个组成。正如米勒所说："现在，文学和其他许多事物一样，只是文化的一种征象或者一个产品，它不仅跟电影、录像、电视、广告、杂志等一起，而且，还与人种学家所研究的非西方社会和我们自己的社会文化中的大量的日常生活习惯一道，成为文化研究的研究对象。"②如此，文学研究的行将终结就与文化研究的兴起相伴相随。

比较文学作为文学研究的领域之一，自然也面临着行将终结的危机。这一终结首先指比较文学在杂多的新媒体文化中被边缘化的现象。在《比较文学的（语言）危机》中，米勒指出了比较文学的危机与新媒体的崛起有关。他描述道，当今的学生、老师都不再阅读狄更斯、托尔斯泰、福楼拜的作品，而是在看电影、录像、电视、网上冲浪，文学在他们的生活和研究中变得不再重要。"传统意义上的文学在纷繁复杂的文化中变得越来越无足轻重，成为文化百家衣上的一个小小的补丁。"③传统意义上的比较文学所面临的命运只能逐渐被文化研究的浪潮所淹没。

---

① [美]希利斯·米勒：《萌在他乡：米勒中国演讲集》，国荣译，南京：南京大学出版社，2016年版，第44页。
② [美]希利斯·米勒：《萌在他乡：米勒中国演讲集》，国荣译，南京：南京大学出版社，2016年版，第66页。
③ [美]希利斯·米勒：《萌在他乡：米勒中国演讲集》，国荣译，南京：南京大学出版社，2016年版，第140页。

再者，比较文学中兴起的文化研究也带来了比较文学学科的过度膨胀。在《全球化对文学研究的影响》中，米勒以"伯恩海姆报告"（1993）为例，指出了当前比较文学的这一变化。在"伯恩海姆报告"中，"文学"早已不足以成为比较文学的研究对象，文学走向了语境化的文化，传统意义上的"文学"被边缘化了。米勒于是说："正如英语系的爆炸式发展，比较文学这个学科的膨胀，使它致力于研究几乎任何与人有关的事情，也因此丧失了其学科的确定性。"①换言之，比较文学等于比较文化，也就等于比较一切；如此，现在的比较文学也就缺乏自己的学科边界和研究特性了。

文化研究虽然给比较文学带来了严峻的挑战，但也同时带来了调转研究方向的机遇。比较文学中兴起的文化研究令"翻译"具备了新的含义，使原来比较文学排斥翻译的现象有所改变，使"可译性"得到认可。这表示强调原文阅读的比较文学已成为过去。米勒这样解释"可译性"："'可译性'是假设文化意涵在从一种语言翻译成另一种语言，一种媒介转换成另一种媒介，或者从一个学科转到另一个学科时，不会遭受重大损失。"②然而，当今的文化研究是比较文学承认可译性，并且注重翻译变异的文化语境及相关阐释。米勒对"翻译"所具有的新形式解释道："它不仅仅意味着从一种语言中寻找另一种语言的对等的表达形式，而且把另一种文化或者学

---

① [美]希利斯·米勒：《萌在他乡：米勒中国演讲集》，国荣译，南京：南京大学出版社，2016年版，第68页。
② [美]希利斯·米勒：《萌在他乡：米勒中国演讲集》，国荣译，南京：南京大学出版社，2016年版，第69页。

科全盘纳入自己的框架中。"①正如"伯恩海姆报告"所言（米勒也引用了这段话）：

　　我们必须继续强调精通外语的必要性和独一无二的益处，与此同时，也要减少对翻译的敌视。事实上，翻译可以作为一种很好的范式，用以观照不同话语传统之间的理解和解释的大问题。应当说，比较文学的一个任务就是解释不同的文化、媒介、学科和体制背后迥异的价值系统间的翻译之得失。而且，比较学者应当承担一个责任，也就是要确定他或她是在什么地点和时间上来研究这些实践的：我站在哪个立场说话？从哪个传统或反传统出发？我怎样把欧洲、南美洲或非洲翻译到一个北美洲的文化现实中，或者，实际上是把北美洲翻译到另一种文化语境中？②

　　实际上，对文化所导致的翻译之得失问题的阐释，正是国内学界兴起的"变异学"的内容之一。变异学中有以"译介学"为代表的"跨语际变异研究"，它的内涵是："文学作品在翻译的过程中，将跨越语言的藩篱，在接受国的文化和语言环境中被改造，在此过程中形成的变化即是变异学研究的焦点。"③变异学还有以"文化过滤"为代表的"文化变异学研究"，它的内涵是："文学从传播方转

① [美]希利斯·米勒：《萌在他乡：米勒中国演讲集》，国荣译，南京：南京大学出版社，2016年版，第69页。
② [美]查尔斯·伯恩海默等：《伯恩海默报告（1993年）：世纪之交的比较文学》，王柏华译，见[美]查尔斯·伯恩海默编：《多元文化时代的比较文学》，北京：北京大学出版社，2015年版，第48—49页。
③ 曹顺庆、王超等：《比较文学变异学》，北京：商务印书馆，2021年版，第8页。

向接受方的过程中，接受方基于自身文化背景而对传播方文学作出的选择、修改、创新等行为，构成了变异学的研究对象。"①可见，文化研究的视角打开了比较文学的新视野，对翻译的文本变异研究成为比较文学绕过翻译之危机的转机。

总之，米勒认为传统的比较文学行将终结，文化研究将取代比较文学。在这个意义上，米勒的"比较文学危机论"也可以说是"比较文学终结论"或"比较文学死亡论"，毕竟他也用了死亡叙事来描述比较文学的命运：

> 《多元文化时代的比较文学》一书收录了伯恩海默的报告以及由此引发的一系列思考文章，它实际上彰显了传统的比较文学在没入另一种形式的文化研究之际，所经历的死亡阵痛……昔日以欧洲为中心的比较文学，就像传统的、各自独立的欧洲国别文学研究一样，还会持续一段时间，与文化研究的新任务以及文化研究可能——也应该——会演变的各种地区研究，并行一段时间，但是，它的丧钟已经敲响了。伯恩海默的报告就是它的讣闻，只不过是它稍稍提前了一些。②

结合米勒所说的比较文学的另一危机——翻译危机，"文学终结论"的危机似乎更加严峻。前者主要指比较文学研究中难以克服的困难，而后者则令比较文学整个学科逐渐消失。但我们要清楚地认识

---

① 曹顺庆、王超等：《比较文学变异学》，北京：商务印书馆，2021年版，第8页。
② [美]希利斯·米勒：《萌在他乡：米勒中国演讲集》，国荣译，南京：南京大学出版社，2016年版，第70页。

到，这里的危机针对"旧比较文学"，"比较文学"本身不会消失，因为它是一个可以"旧瓶装新酒"的名词。毕竟，广义上的"比较"是一种永恒的、普遍的思维方法，广义上的"文学"也是一种永恒的、普遍的精神表现形式。米勒在《全球化对文学研究的影响》的最后提出了文学研究所具备的三种不可或缺的价值：其一，文学在书籍时代是文化自我表达和建构的主要方式，研究过去时代的语言、历史、作家、作品需要文学研究；其二，文学研究是理解语言的修辞、比喻、叙事所必不可少的手段；其三，研读文学是直面"他者之陌生性"和"无可削减的他者性"的必要手段。[①]这些价值也是比较文学能够幽灵式永存的原因。所以危机中的比较文学总是潜藏着转机，总会在时代的变迁下主动筹划其学科史，寻找可供生存的转向。

第四节 斯皮瓦克：比较文学的死亡与转生

斯皮瓦克在 2003 年出版的著作《一门学科之死》往往被看作"比较文学危机论"的终点。实际上，断言比较文学"死亡"或"终结"的理论家大有其人，如前文提到的克罗齐、巴斯奈特、米勒，但他们大多在文中夸张式地简略提及，而不像斯皮瓦克一样将之放在论著的标题处，使之具有抢眼的放大效应。斯皮瓦克的这部著作产生了深远的影响，使比较文学的"死亡论"成为学界无法回避的重要命题，引起了旷日持久的回应。斯皮瓦克何以如此强调比较文

---

① [美]希利斯·米勒：《萌在他乡：米勒中国演讲集》，国荣译，南京：南京大学出版社，2016年版，第70—71页。

学的"死亡"呢？"死亡"究竟有怎样深刻的蕴意？死亡之后的比较文学又何去何从呢？

一、学科即规训

斯皮瓦克的《一门学科之死》指的是一门"学科"，即"discipline"的死亡。这里的"学科"当然是指"比较文学"，但"discipline"在英语中还有其他许多含义。《牛津英语辞典》（*OED*）对这一词的解释包含三大类含义。第一大类与"惩罚"（punishment）有关，其中一条主要词义是："为了控制或纠正将来的行为而施加的惩罚（尤指体罚）；对行为不端或违法行为的惩罚，通常带有对接受者有益的含义；惩处（chastisement）。"第二大类与"训练、教导或方法"（training，instruction，or method）有关。其中一条主要词义是："学问或知识的分支；研究领域或专业领域；一个主题（subject）。现在也指：某一特定主题或领域的子类别或基本部分。"第三大类含义与"训练或教导产生的秩序"有关。其含义包括：（1）"因教导或训练而产生的有序举止和行动；以可控和有序的方式行为举止的性质或事实；自我控制、自律（self-discipline）。"（2）"在某种控制或命令下人们维持和遵守的秩序状态，如宗教团体的成员、学童、士兵、囚犯等；有序的、有规律的或受控的状态。"① 可见，"discipline"一词总与被动性的规训、控制、惩罚有关。

所以斯皮瓦克将"一门学科之死"而不是"比较文学之死"（Death of Comparative Literature）作为题目，似乎制造出了"学科"

---

① "discipline, n.", in *OED Online*, December 2022.

即"规训"的含蓄隐射。福柯的著作《规训与惩罚：监狱的诞生》（*Discipline and Punishment: The Birth of the Prison*）给人的启示是，学校本身就是一个规训场所，知识的秩序将人规训得符合制度、社会风俗和意识形态。规训带来的影响是个人化的下降、个体权力的剥夺和个性的驱逐。[①]学科其实就是对受教育者的知识规训，它包括对研究领域的精细划分，对学习时间的严格掌控，对课堂表现的空间监视，对选题和写作的要求、评价，而最终的学位授予则是一种权力意义上的审判——规训的成果最终是否合格由学科的掌权者（答辩主席）裁决。

比较文学作为一门"学科"，就必然要按照学科的整套教育体系和知识秩序实施"规训"。对"比较文学"的定义首先就是对这一研究领域的控制，包括对研究目的、对象、方法、假设、结论、目的的限制，这一限制的背后是主体对他者的镜像投射。知识无法摆脱主观性的预设，也就在一系列语言先见、思想先见中展开，其客观性是被主观性所允许的客观性。而一门界定严密、规定细致的学科，必然投射了太多规训性的企图，被一系列主观性的预设所设计、期待、压制。比较文学就曾被这样严密地规定。例如在法国学派中，比较文学被看作文学史的分支，主要研究的是文学之间的国际关系和事实关联（渊源与影响等），而并不关注文学的审美内涵、思想意义。其代表人物梵·第根曾说："真正的'比较文学'的特质，正如一切历史科学的特质一样，是把尽可能多的来源不同的事实采纳在一起，以便充分地把每一个事实加以解释；是扩大认识的基础，以

---

① [法]福柯：《规训与惩罚：监狱的诞生》，刘北成、杨远婴译. 北京：生活·读书·新知三联书店，2012年版，第216—218页。

便找到尽可能多的种种结果的原因。总之，'比较'这两个字应该摆脱了全部美学的涵义而取得一个科学的涵义的。"①法国学派的另一位代表人物卡雷也说："比较文学是文学史的一个分支：它是对跨国精神关系的研究，即存在于拜伦和普希金、歌德和卡莱尔、瓦尔特·司各特和维尼之间，存在于分属不同民族文学的作家的作品、灵感，甚至生平履历之间的实际关系。"②这些规定实际上把这门学科限定在了一个文化民族主义的框架中，从而论证以法国为发出者或接受者的文学影响或渊源，以期彰显法国文学精神的优越性、普世道义和宽广胸怀。而除此之外的研究则被排斥于比较文学，成为规训内的一种惩罚手段。研究者将被批评、嘲讽、排挤，如身为法国人但却倾向美国学派的艾田伯就曾被戏称成法国学派的"捣蛋鬼"和"逆子贰臣"③；如果是学生，则必须更换选题，否则将不被导师承认，导致拿不到成绩乃至学位。因此，与其说比较文学是门学科，倒不如说是种规训。

如此，比较文学之死就符合我们对现代教育的希冀。现代教育希望我们获得精神的自由与独立，这一理想始终贯穿于不断科学化、民主化与主体化的教育史中。与之衰落的是体罚式、禁律式、封建式的规训教育，它几乎被现代人视为师生共患的精神病史。而比较文学的学科史始终无法无视法国学派与美国学派的历史性规定，无法脱离比

---

① [法]梵·第根：《比较文学论》，戴望舒译，长春：吉林出版集团有限责任公司，2010年版，第4—5页
② [法]卡雷：《〈比较文学〉序言》，李玉婷译，见张沛主编：《比较文学基础读本》，北京：北京大学出版社，2017年版，第74—75页。
③ [法]艾田伯：《比较不是理由：比较文学的危机》，罗芃译，见[法]艾田伯：《比较文学之道：艾田伯文论选集》，胡玉龙译，北京：生活·读书·新知三联书店，2006年版，第20页。

较文学学者的学科化欲望。因此,"一门学科之死"顺理成章地成为一种学术的进步,一种知识的解放。比较文学的"去学科化"将促使人们真正自由地思考什么是"比较文学",如何去"比较""文学"。

二、有机体的死亡

"一门学科之死"暗含了一个隐喻,即比较文学这门学科是一个"有机体"(organism)。某个事物如果能够死亡,那么这个事物必定是一个具有生命的有机体。有机体与无机体相对应,它们最大的区别就在于前者有生命,而后者没有。比较文学既没有生命,也不是无机体,因为它不像石头、杯子、鼠标那样具有分子结构的实体。比较文学是一个抽象的描述,它既没有实体形貌,也没有客观性的属性。如果说一种水果的酸碱度、酸味或甜味是一种纯粹的客观性质,而比较文学的酸碱度、味觉感受("通感"意义上的审美描述)则只能是一种纯粹的主观感受。有机体与无机体最大的相同之处就在于它们客观的实体性。所以"比较文学之死"这个命题包含着两个隐喻的跨越,首先是将一个非实体比作实体,而后是将实体比作有机体。如果不从隐喻的层面上去理解比较文学,那么它永远都无法死亡,因为它不具备生命的前提。

那么比较文学为何是一个有机体呢?这就要从有机体与学科的类比基点谈起。生物学意义上的有机体主要指植物、动物与人,它们具有基本的生命特征,而生命的必要条件是具有一个有序、稳定的信息系统。随着生物信息论的发展,我们逐渐认为,任何一种有机体都具有生命,而生命其实就是有序的信息系统。控制论之父诺伯特·维纳(Norbert Wiener)有一个著名的比喻,即有机体可以比作消息。他在《人有人的用处——控制论与社会》中详述了这一比喻：消息本身表示秩序，它是噪声的反面，是混乱、瓦解和死亡的对立面，消息可以作为"模式"（pattern）传递。①如果缺乏信息或者信息系统崩溃，生命的密码将无法复制、传递，有机体也将融于外环境的嘈杂与渣滓之中。

当然，隐喻或者类比无法完全精确，因为在语言的层面，对事物的一切称谓都是主观性的感知，都是对某物与某物的幻觉式同一：有机的东西都是"活的"，而这种"活的"是一种生命化的类比，其基点是它能够繁殖，能够与外界进行物质交换，能够维持自身的稳定边界与形态。像病毒这样的东西，就在生命类比的边缘：许多生物学家认为病毒这种极为简单的微粒物质（由一个核酸分子与蛋白质构成的非细胞形态）更应该定义为无机物，但它却是有生命的。我们主观性地认为某物与某物都是活的，但他们之间的"活"却可能有异质性的差异，如病毒的"活"、植物的"活"与人类的"活"。它们之所以都活着，正是因为人类基于主观性的同一幻觉，基于生命的某种可类比的共同特征——信息。

所以当我们认为比较文学"活着"的时候，我们就主观性地预设了它是一个有机物。它具有丰富的信息系统，能够通过学术机构、出版机构、教育机构将自己的信息复制、传递下去，正如通用遗传编码的所有地球生命一样。我们甚至可以说它还具有遗传和变异的特点。这正是比较文学学术传统不断传承，却又不断发生转向的表现。

我们也可以将比较文学学科的运作、发展看作有机体内各个"器官"相互协调、运作的结果。比较文学此时就被比作最高级的有

①［美］诺伯特·维纳：《人有人的用处：控制论与社会》，陈步译，北京：北京大学出版社，2010年版，第83—84页。

机体——人。例如，学术理念是大脑，年轻的学者是心脏，出版机构是喉舌，教育体系是代谢系统，研究范式是劳动生产的四肢……它们环环相扣，共同构建了一个"活"的巨人。这一比喻就像霍布斯对国家的拟人化想象一样[①]，表达了我们对"学科"高度秩序化、自主化、协调化的想象。这种有机想象的反面则是对机械体和机械论的贬斥。

导致比较文学遭逢危机或走向死亡的原因正是它一度陷入了机械二元论的泥淖之中。韦勒克在《比较文学的危机》中批判了比较文学法国学派的三个核心问题，即题材和方法的人为划分，渊源和影响的机械论观念，以及慷慨但却出自文化民族主义的动机。[②]巴斯奈特也声称"比较文学从某种意义上说已经死亡"，她认为："二元划分导致的狭隘性，非历史化研究方法的无用，以及将文学作为普世教化力量的盲目自信，共同造成了比较文学的死亡。"[③]

斯皮瓦克的《一门学科之死》除了题目中明确出现"死亡"的

[①] 霍布斯将国家比作人的经典表述如下："因为号称'国民的整体'或'国家'（拉丁语为 Civitas）的这个庞然大物'利维坦'是用艺术造成的，它只是一个'人造的人'；虽然它远比自然人身高力大，而是以保护自然人为其目的；在'利维坦'中，'主权'是使整体得到生命和活动的'人造的灵魂'；官员和其他司法、行政人员是人造的'关节'；用以紧密连接最高主权职位并推动每一关节和成员执行其任务的'赏'和'罚'是'神经'，这同自然人身上的情况一样；一切个别成员的'资产'和'财富'是'实力'；人民的安全是它的'事业'；向它提供必要知识的顾问们是它的'记忆'；'公平'和'法律'是人造的'理智'和'意志'；'和睦'是它的'健康'；'动乱'是它的'疾病'，而'内战'是它的'死亡'。最后，用来把这个政治团体的各部分最初建立、联合和组织起来的'公约'和'盟约'也就是上帝在创世时所宣布的'命令'，那命令就是'我们要造人'。"参见[英]霍布斯：《利维坦》，黎思复、黎廷弼译，北京：商务印书馆，1986年版，第1—2页。

[②] [美]勒内·韦勒克：《批评的诸种概念》，罗钢、王馨钵、杨德友译，上海：上海人民出版社，2015年版，第268页。

[③] [英]苏珊·巴斯奈特：《比较文学批评导论》，查明建译，北京：北京大学出版社，2015年版，第54页。

字眼，还在致谢部分提到："我希望这本书将被当作一门濒死（dying）学科的最后一口气来阅读。"[1]除此之外，该书很少提到比较文学的死亡。但该书中多次表示要建构一门去政治化、去欧洲中心主义的、行星性的"新比较文学"；持此以论，"旧比较文学"的政治化、欧洲中心主义和全球化是导致其死亡的原因。可以想象，这三个原因都是比较文学法国学派与美国学派的弊病，它们机械地、二元地按照一套他者化范式来构建文学的世界版图，从而使比较文学失去了有机体的活性。如果说学术理念是比较文学这个巨人的大脑，那么斯皮瓦克对学术理念的诊断，恰如宣布了巨人的脑死亡。而这位巨人那尚未僵硬的四肢和劳作的庄园，则将随着岁月的流逝渐渐地冷却和荒芜。

有机体的潜在隐喻使比较文学获得了拟人化的形象，获得了"生"与"死"的可能，也获得了人文主义的价值坐标。比较文学这位巨人的死亡并不是一场悲剧，不少学者曾绞尽脑汁令其受创至死。如今的死亡令人振奋。但是，谁将继续替代他的位置，重建他遗留下来庄园呢？

三、比较文学的转生

在《一门学科之死》中，斯皮瓦克更多地设想了未来比较文学的蓝图。其实更准确地说，斯皮瓦克的蓝图属于"新比较文学"，而寿终正寝的是"旧比较文学"。在致谢和正文中，它特别使用了"新比较文学"（a new comparative literature，英文中有时加双引号）一

---

[1] Gayatri C. Spivak, *Death of a Discipline*, New York: Columbia University Press, 2003, p. xii.

词。这看似是一个比较随意的、临时化的命名，以致未被阅读者重视，但它却是与"比较文学"（或者说"旧比较文学"）的重要区分。实际上，《一门学科之死》的最初版本便是斯皮瓦克以"新比较文学"为题的讲座。[①]

"新比较文学"彰显了与"旧比较文学"的紧密联系。自从比较文学这位巨人倒下之后，他那冷却的身体就孤零零地躺在庄园里。在斯皮瓦克这位现代弗兰肯斯坦的理论手术刀下，巨人又奇迹般地站了起来。但是，这不是复活，而是转生。学界认为斯皮瓦克的《一门学科之死》复活了比较文学，但复活的含义是死而复生，也就是说，巨人还是那个巨人。但是，重新站起来的巨人已经改头换面了，他（她?）将"旧比较文学"的身体当作它重组的质料，而且还嫁接了一些其他的东西。

与复活不同，转生的巨人只是携带着"旧比较文学"的幽灵。斯皮瓦克在致谢中写道："一声喘息总比沉默要好。我们可以希望的是，学术界可能会有一些人不相信人文学科的批判优势竟被市场所占有和决定。也许不是马上——但总有那么一天吧？让幽灵起舞吧。"[②]这里的"幽灵"明显地与德里达所反复使用的"幽灵"相关联，毕竟，斯皮瓦克几乎完全继承了德里达的思想。按照岳梁的理

---

① 《一门学科之死》原为 2000 年斯皮瓦克在"批判理论下的韦勒克文库讲座"（the Wellek Library Lectures in Critical Theory）中的三次讲座。为纪念勒内·韦勒克教授的学术贡献，加州大学欧文分校（UCI）自 1981 年后每年都会举办以韦勒克为名的系列讲座，以支持新人学者。按照惯例，每年春季都会有一位著名的理论家带来三次讲座。斯皮瓦克此次讲座共分为三次，其总主题为"新比较文学"（The New Comparative Literature），第一次主题为"跨越边界"（Crossing Borders），时间为 5 月 22 日（周一）；第二次主题为"集体性"（Collectivities），时间为 5 月 23 日（周二）；第三次主题为"行星之思/大陆之思"（Planet-Think/Continent-Think），时间为 5 月 25 日（周四）。

② Gayatri C. Spivak, *Death of a Discipline*, New York: Columbia University Press, 2003, xxi.

解，德里达的"幽灵"既非实体，也非鬼怪，而是某种思想、观念、精神、范畴或理论体系；它也指符号或词汇，指时间和空间或二者的结合。幽灵是一种已成权威的东西，它是抽象概念的运动，指那些已经逝去的思想对我们的价值关照。[1]的确，在"新比较文学"的设计中，"旧比较文学"占据了相当多的分量，最明显的便是对"比较文学"这个称谓的保留，它本身就可以看作是延父之名。父亲的幽灵，就如哈姆雷特之父那样，成为戏剧演进—学科发展的主要动力，时刻萦绕在舞台。

转生之后的"新比较文学"增补了区域研究这门学科，这是斯皮瓦克所设想的一种跨学科研究方案。当然，区域研究这门冷战后兴起的"学科"（或者更准确地说，一个跨学科的研究领域）以冷战为主要发展动力。但冷战结束后，区域研究遭逢危机，直至今日都不复当初光景。比较文学和区域研究都属于西方中心主义话语的一部分，都具有白人男权中心主义的色彩；但如今，它们被斯皮瓦克试图整合在一起。斯皮瓦克指出："没有人文学科的支持，区域研究只能以跨越边界的名义侵略边界；没有经过改造的区域研究，比较文学仍会禁锢在自己的边界内，无法跨越出去。"[2]换言之，只有比较文学与区域研究相互融合，"新比较文学"才能以正确的姿态跨越边界。我们不妨想象，斯皮瓦克是一个敢于突破世俗之见的媒人，将比较文学与区域研究凑成了一对伴侣，虽然它们最初性别相同（那种政治上的好斗秉性可以想象为男性气质）。在彼此的牵制、帮

---

① 岳梁：《从幽灵到宽恕：德里达晚期思想研究》，苏州：苏州大学出版社，2014年版，第44页。

② Gayatri C. Spivak, *Death of a Discipline*, New York: Columbia University Press, 2003, p. 7.

扶之下，它们密不可分，生成了一个"盖娅化"的"新比较文学"，奇迹般地拥有了一种女性气质。这里的"盖娅化"是一种联想：斯皮瓦克认为"新比较文学"具有极强的包容性，应该"拥抱世界"（world embracing）①，这不禁令人想到育养万物的大地女神——盖娅。这种女性气质不再带有区域研究那种仇外的政治意图，同时也反对美国文化研究那种广泛的政治联想。因此，比较文学与区域研究的整合构建了一种"去政治化"的研究范式。

既然要拥抱全世界，那么"新比较文学"必然要涉及以往比较文学和区域研究较少涉及的地区，即南半球。斯皮瓦克极为关注南半球地区的文学，这一研究对象的转移无疑突破了比较文学的地缘边界。以往的比较文学，不管是法国学派还是美国学派，抑或所谓的"中国学派"，都仅在北半球打转。我们习惯了将地球划分为东方和西方，却往往忽略了南方和北方。同时，斯皮瓦克还主张用"行星"来替代"全球"，用"行星主义"的研究理念来重塑这门新的学科，凸显了人文研究的责任意识。关于斯皮瓦克对"新比较文学"研究范式、研究对象与研究理念的构建，后文会有进一步梳理和探讨。

转生之后的"新比较文学"还只是一个模糊的蓝图而已。斯皮瓦克反复地强调比较文学是一门"未来的学科"（discipline to come）。② "to come"也是德里达常用的一个表述，它所表示的含义是未来的不可知性、有待创造性。③保罗·帕顿（Paul Patton）对德

---

① Gayatri C. Spivak, *Death of a Discipline*, New York: Columbia University Press, 2003, p. 4.
② Gayatri C. Spivak, *Death of a Discipline*, New York: Columbia University Press, 2003, p. 15.
③ [英]尼古拉斯·罗伊尔：《导读德里达》，严子杰译，重庆：重庆大学出版社，2015年版，第129页。

里达的这一概念解释道："不能认为它是未来的现在，而是一种结构性的未来，它将永远不会在任何的现在现实化，即使它仍然能在现在发挥作用或者影响现在……未来代表的是永远开放的然而有待确定的未来，被理解为'为了有事件和未来而开放的空间，以便到来的是他者'……未来（to-come）这个词命名的正是以他者或者开放的未来为目标……"①如此，"新比较文学"就是一种既有预设的导向，又包含着不确定性的学科。理解了"to come"，我们就不难理解斯皮瓦克以下这段话：

> 对于这门学科来说，出路似乎是承认一种明确的未来先在性（future anteriority），一种"未来"性（"to come"-ness），一种"注定要发生"（will have happened）的性质。这是对因资源日益减少而走向自毁式竞争的一种防护，也是对比较文学最佳之处的防护：细读原文的技巧。这种规划哲学欢迎非穷举的分类法、临时性的系统构造，但不鼓励以自身为终点的制图式文学批评，因为诊断式的制图学并没有为"未来"（to come）敞开大门。正是在承认这样一个开放的未来（future）时，我们需要考虑区域研究的资源，特别是那些适合欧美之外的资源。②

秉持着"to come"的解构理念，"新比较文学"反对学科定义，反对先入为主的审美批评与价值判断，反对西方"世界文学"式的

---

① [澳]保罗·帕顿：《德勒兹概念：哲学、殖民与政治》，尹晶译，郑州：河南大学出版社，2017年版，第91—92页。

② Gayatri C. Spivak, *Death of a Discipline*, New York: Columbia University Press, 2003, p. 6.

文学地图。"新比较文学"没有一幅详细的肖像画，它在他者的眼中不断重置自身的形象。因此，与其说"新比较文学"是什么，倒不如说它不是什么。总之，比较文学那残余的幽灵也许会不断地转生，不断地重现，但它无法回到那个曾经的身体中去了。它的身体早已被切割、分解，成为拼接新身体的原料。

第二章

比较文学的
后殖民挑战

后殖民主义的兴起为比较文学引入了一个新的思想参数，进而撬动了整个学科乃至整个人文学界的思想结构。后殖民主义聚焦于宗主国对殖民地的文化、知识、语言、文学、教育的霸权控制问题，它既指殖民时代结束后对殖民问题的追思、批评与清算，也指对当下因殖民而导致的身份认同、民族冲突、心理创伤、文化变异等遗留问题的关注与处理。在比较宽泛的意义上，欧洲殖民主义及其当下相似的行为模式、思维模式所造成的影响均可纳入后殖民主义视野。鉴于当今的世界体系主要由欧洲的殖民历史所构造，所以全球政治、经济与文化问题或多或少都牵扯到后殖民主义问题。比较文学作为一种典型的西方中心主义知识话语，不可避免地会碰触到后殖民主义的思想场域。后殖民主义作为一种极具批判性的理论体系，往往与质疑、对抗和解构"西方"为旨归，这就给比较文学带来了全新的挑战。

第一节 去政治化

殖民主义是一种借助政治力量而使殖民地丧失主权的控制行为。当地人成为被殖民者，苦受经济剥削与劳动奴役。因此，殖民主义是在空间维度下所发生的暴力越界，它奴化异己的他者，使他者的主体性沦丧。在文化研究的视角中，一种地方性政治文化的侵占都可以比作殖民行为。虽然殖民主义的时代已经逝去，但殖民主义总以文化帝国主义的形式持久地影响着世界。残留着殖民主义的政治意识形态深远地影响着当今世界的政治、文化秩序，通过语言、技术、媒介和消费不断形成新的控制体系。从后殖民主义来看，比较文学是隐秘的控制体系的一种，它在现代性的世界传播中灌输着已经形成的差异定论（如西优东劣），持续性地控制着世界文学的经典篇目、审美价值、身份归属，而其背后则是政治化的民族主义、西方中心主义和文化扩张主义的野心。

后殖民主义不仅主张非西方对西方政治、身份与文化的对抗，而且警惕地方主义、民族主义在对抗中演变成新的普遍主义或中心主义。对于比较文学这门具有明显西方中心主义特点的学科来说，"反西方中心主义"当然是后殖民研究的主要使命；但更深层的是，"反西方中心主义"背后的福柯式"权力—知识"话语更需要得到祛除。福柯的启示是，任何知识的背后都存在着某种权力形式，二者黏连成了一个不可分割的体系。[①]不管是在何种语境中，政治的含义几乎都与权力、控制相关联，因此在后殖民主义的泛化研究中，政治问题也被本体化和泛化。"反西方中心主义"的深层问题于是成为一种"去政治化"的问题。

斯皮瓦克从后殖民主义的视角提出，比较文学应该"去政治化"。她说："我所提议的不是要将学科政治化。我们在政治中。为了避免一种敌意的、恐惧的和扬汤止沸的政治，我提议试一试去政治化。"[②]斯皮瓦克清楚地认识到根除政治是不可能的，因为"我们

---

① 福柯对"权力—知识"话语的基本表述如下："知识的形成离不开一个交流、注册、积累和替换的体系，这个体系本身就是一种权力形式，其存在和运转都与其他各种权力形式相联系。反过来说，权力的运用也离不开知识的抽取、占有、分配和限定。如此一来，就没有知识（connaissance）与社会，甚至科学与国家的对立了，有的只是'权力—知识'（pouvoir-savoir）的各种基本形式。"参见[法]福柯：《福柯法兰西学院讲座课程纲要：1971—1973》，郭峰译，见[法]福柯：《什么是批判：福柯文选Ⅱ》，汪民安编，北京：北京大学出版社，2015年版，第117页。

② Gayatri C. Spivak, *Death of a Discipline*, New York: Columbia University Press, 2003, p. 4.

在政治中"，政治性是人之本性。这里的意思是，通过"去政治化"，我们可以时刻保持一种对学科政治的警惕。毕竟，政治在卡尔·施密特（Carl Schmitt）等政治家眼中就是敌我斗争。他认为："所有政治活动和政治动机所能归结成的具体政治性划分便是朋友与敌人。"①

但是，斯皮瓦克试图改变这种政治思维，提倡德里达所谓的"友爱的政治学"。她说："我所提倡的去政治化是指敌对的政治学走向未来的（to come）友爱的政治学，并且思考在这样一种有责任的努力下比较文学的作用。"②也就是说，在这种友爱关系下，比较文学才能够实现"去政治化"，才能够带来后殖民主义的转型。

要理解斯皮瓦克的这一观点，首先要理解"友爱的政治学"的含义。德里达在《友爱的政治学》中对施密特的政治观念进行了质疑，他认为"施密特用来限定政治的纯粹'战争'或者纯粹'敌人'仍然是子虚乌有的"③。施密特那纯粹的敌友政治划分在现实中既很难存在，又排挤了"友爱"的政治可能。所以德里达回归亚里士多德的政治学，论证与呼唤"友爱"。他说："友爱的政治学：我们的主题，确实要求我们给予政治在这种超级疑难的一般逻辑之中，在亚里士多德建构的等级制度或者体系结构之中，以优先地位，甚至把政治孤立出来。一方面，我们已经看到，政治活动，真

---

① [德]卡尔·施密特：《政治的概念》，刘宗坤、朱雁冰等译，上海：上海人民出版社，2015年版，第30页。

② Gayatri C. Spivak, *Death of a Discipline*, New York: Columbia University Press, 2003, p. 13.

③ [法]雅克·德里达：《〈友爱的政治学〉及其他》，胡继华等译，长春：吉林人民出版社，2006年版，第161页。

正的政治行为或者政治操作，最终是要产生（创造或者制造）友爱的最高可能性。"①那么，友爱如何在敌对的政治划分中产生？德里达认为，首先是主动地爱，而后才能诞生被爱和爱的呼应，产生真正的友爱。他说："友爱就在于爱的行动，否则它就不存在；当然它也是爱的方式——爱的结果和爱的含义：因此，在成为一种情境之前，它就是一种行动；进一步说，在成为被爱的状态之前，它就是爱的行动。被动之前的主动……友爱本身自在地、真正地、本质地蕴涵着行动和主动性：要懂得'爱的行动'意味着什么，人们就必须爱；然后，他才懂得被爱意味着什么。"②显然，这种爱是一种超越兄弟情谊、男女爱情、血缘感情，乃至敌我仇恨的博爱，它体现于"非对称性和无限的他异性"③，是一种"不可公度的友爱"，一种"在范围上无限地超越了兄弟的一切表面形象的博爱"，一种"再也不会排斥任何人的博爱"。④德里达提醒我们铭记："博爱是友爱的别名。"⑤建立于此的政治学，将会迎来一种没有边界的、平等的、友爱的民主。

　　根据德里达与斯皮瓦克的政治观念，去政治化的"新比较文学"要求我们不断超越自身的情感囿限，主动地去接纳他者、他

① [法]雅克·德里达：《〈友爱的政治学〉及其他》，胡继华等译，长春：吉林人民出版社，2006年版，第267页。
② [法]雅克·德里达：《〈友爱的政治学〉及其他》，胡继华等译，长春：吉林人民出版社，2006年版，第21页。
③ [法]雅克·德里达：《〈友爱的政治学〉及其他》，胡继华等译，长春：吉林人民出版社，2006年版，第310页。
④ [法]雅克·德里达：《〈友爱的政治学〉及其他》，胡继华等译，长春：吉林人民出版社，2006年版，第315页。
⑤ [法]雅克·德里达：《〈友爱的政治学〉及其他》，胡继华等译，长春：吉林人民出版社，2006年版，第316页。

异性，乃至敌人。无论是东方学，法、美学派的比较文学，还是冷战后的区域研究、苏联学、情报学，他、我异同的对抗性思维明显地主导了学术范式；甚至说，"政治化"及其利益诱惑成为当时学者的学术追求。毕竟，在后殖民视域之外，学术言行不需要对自我集体之外的存在负责。但在全球化趋势无可避免的今天，人为设置的边界日益显得危险与邪恶。因此，需要提倡一种"去政治化的比较文学"，跨越边界，拥抱他者，克服历史遗留的情感障碍。

倘若比较文学能够应对"去政治化"的挑战，那么它就如斯皮瓦克所说，具有这样的特点："对于我们这门定义松散的学科来说，一个合乎逻辑的结果当然就是以其语言的精严（linguistic rigor）和历史的慧眼（historical savvy）包含了对所有文学展开研究的无限可能性。"[①]这种比较文学也不再响应时代要求，因为"时代"总是在某种地域的、当届的意识形态下更换其意涵。所以斯皮瓦克认为，"去政治化"又是"去时代化"，这就意味着"新比较文学"能不像伯恩海默报告那样迎合时代，而是要开放自身，拥抱整个世界，更多地关注语言和习语。[②]

第二节　不可判定的集体性

比较文学以集体性为前提，但在后殖民主义看来，集体性具有

---

① Gayatri C. Spivak, *Death of a Discipline*, New York: Columbia University Press, 2003, p. 5.

② Gayatri C. Spivak, *Death of a Discipline*, New York: Columbia University Press, 2003, pp. 4–5.

难以判定的特性。因此，比较文学的比较前提、文化前提、民族前提、区域前提、政治前提均面临着重估的严峻挑战，否则便无法维系或重构其学科合法性。

斯皮瓦克提出，我们在思考比较文学时必须要反复追问像"我们还有多少""他们是谁"这类集体性问题。这可以看作"新比较文学"必须要接受的挑战之一。在《一门学科之死》的第二章《集体性》中，斯皮瓦克解读了一系列文本，诸如德里达《友爱的政治学》、弗吉尼亚·伍尔芙（Virginia Woolf）《一间自己的房间》、塔依卜·萨利赫（Tayeb Salih）《移居北方的时节》、玛哈斯维塔·黛薇（Mahasweta Devi）《翼手龙、普兰·萨赫和皮尔萨》（*Pterodactyl, Puran Sahay and Pirtha*）。斯皮瓦克对这些文本的解读曲折迂回，其解读关乎比较文学，但更多地关乎集体性问题。她指出，她的文本选择和解读方式别有用意："在这一章中，我只是读了一些关于集体问题的文章。我选择了困难的，甚至是神秘的文本，因为在身份政治的激烈争论中，在课堂中，在媒体中，在选举政治中，在战争与和平中，在任何地方，这个问题往往回答得过于容易。如果我让步于那种安逸，我就不会挪动你一步。"[1]在对这些文本的解读中，斯皮瓦克指出了文中的集体都是"不可判定的"（undecidable）——无论是欧洲人内部的，欧洲人及其他者之间的，还是人类及其他者（如翼手龙）之间的。

诚如斯皮瓦克所言，比较文学往往会抹除集体内部的差异，又故意构建不同集体之间的差异，并在此基础上进行比较。而比

---

[1] Gayatri C. Spivak, *Death of a Discipline*, New York: Columbia University Press, 2003, p. 26.

较的结论又是基于预设的差异，无论是从集体性到文化性，抑或反之。中国比较文学一贯的东西比较可以说是"旧比较文学"的最佳代表：东方指中国，西方指欧美，两者各有同一性的文化特征。在比较逻辑上，一种预设的文化差异界定了两种集体；但这显然是一种逻辑谬误，因为它倒置了因果。斯皮瓦克指出："为了假设一种文化，我们必须先假设集体。不过，通常我们都是先在文化的基础上假设集体。"[1]这一逻辑似乎在说明，人类起源于文化，而非文化起源于人类。但事实上，任何文化的兴起首先需要形成某种集体。

现今，某种集体的概念往往首先是文化的概念，无论这种集体以地域为界，还是以民族、历史为界。这是文化的前置逻辑所形成的"东方主义"思维模式。"东方"与"西方"的文化二元划分似乎衍生出了铁板一块的东方人与西方人，从而衍生出了公式化与概念化的比较法。叶维廉的《东西比较文学中模子的应用》堪称一篇倒置集体性与文化关系的典型文章。这篇文章的核心观点是："一个思维'模子'或语言'模子'的决定力，要寻求'共相'，我们必须放弃死守一个'模子'的固执。我们必须要从两个'模子'同时进行，而且必须根深蒂固，必须从其本身的文化立场去看，然而加以比较加以对比，始可得到两者的面貌。"[2]在这篇文章中，叶维廉流露出了对形而上学的纪念，即以"相"（柏拉图的"idea"，又译为"理念""理式"）的回归和发现为批评旨归。[3]他在一种宏观的文化理

---

[1] Gayatri C. Spivak, *Death of a Discipline*, New York: Columbia University Press, 2003, p. 27.
[2] 叶维廉：《叶维廉文集》（第1卷），合肥：安徽教育出版社，2002年版，第38—39页。
[3] 叶维廉：《叶维廉文集》（第1卷），合肥：安徽教育出版社，2002年版，第32—33页。

解下，制造了两个模子，分属于两个地域，一个是西方，一个是东方。这两个模子代表了两种集体性，而集体内部的上百种语言和不同的民族差异均被抹除了。寻求"共相"的欲望在这里演变成了想象中的空间挪占，他异性被清除了。

后殖民主义认为，以文化刻画集体是比较文学的同一性幻觉之一。集体性是一种抽象化的通约，集体成员的数量越多，这种通约就越强硬，差异就摩擦得越狠，边缘者就越容易被放逐。因此，"旧比较文学"的集体性观念往往带来"内部殖民"，"萧墙之内"的矛盾甚至大于"萧墙之外"。我们姑且称这一问题为"比较文学的季孙之忧"。

"比较文学的季孙之忧"在巴斯奈特对不列颠诸岛比较文学的反思中得到了鲜明的体现。巴斯奈特指出，"不列颠"的政治概念和地理概念存在着相当大的差异，很容易让人误解。她说："'联合王国'（United Kingdom）一词包括了英格兰、苏格兰、威尔士以及北爱尔兰。马恩岛（The Isle of Man）和海峡群岛（Channel Islands）虽也是英国王室的领地，但在法律上并不是联合王国的组成部分。从地理位置上看，独立的爱尔兰共和国也是属于不列颠群岛的。"[1]所以巴斯奈特摒弃了"不列颠"而使用"不列颠群岛"来讨论比较文学问题。巴斯奈特还对不列颠群岛的语言构成进行了考察，根据其论述，我们可以整理出表 2-1。

---

[1] [英]苏珊·巴斯奈特：《比较文学批评导论》，查明建译，北京：北京大学出版社，2015年版，第56页。

表2-1 不列颠群岛语言构成表

		厄尔斯语
不列颠群岛语言构成	凯尔特语	北爱尔兰语
		苏格兰盖尔语
		威尔士语
		马恩岛语（注：仅存于文本）
		康沃尔语（注：仅存于文本）
	日耳曼语	英语
		苏格兰语
		古挪威语
	法语	（注：海峡群岛使用）
	其他移民语言	（注：一般为日常用语，种类日益繁多）

表格整理自：[英]苏珊·巴斯奈特：《比较文学批评导论》，查明建译，北京：北京大学出版社，2015年版，第57—58页。

对于英国比较文学学者而言，凯尔特语只有当地人才会，而且在英格兰学校不会教授凯尔特语。因此英语的霸权地位得到不断的巩固，而凯尔特语文学一直处于边缘状态。语言霸权与政治霸权相伴相随，凯尔特语的使用者就遭受了这样的双重暴力。巴斯奈特指出："对凯尔特语的压制，对说凯尔特语的人的不公平对待，以及数世纪以来对地名、洗礼名的英语化，留给人们的只有深切的悲痛——波罗的海和中亚地区那些被迫依照苏联的政策使用俄语的民族群体也有近似的感受；同样，这也使得作家们变得越来越政治化。"[①]凯尔特语至今的保留主要缘于当地人对自身民族身份的坚守，但马恩岛语和康沃尔语则基本销声匿迹。

---

① [英]苏珊·巴斯奈特：《比较文学批评导论》，查明建译，北京：北京大学出版社，2015年版，第60页。

在巴斯奈特精细的区域观察和历史梳理中，不列颠群岛的集体性被解构。将不列颠群岛文学笼统地视作英国文学的观点虽然很流行，但却很荒谬。将爱尔兰作家叶芝、乔伊斯视作英国文学的代表的做法很常见，但这显然缺乏对英国和爱尔兰之关系的常识性理解。在后殖民主义的视域下，曾经作为殖民者的英格兰和作为被殖民者的爱尔兰之间的复杂纠葛需要重新审定，游荡于其中的作家、作品的身份、情感、语言与集体性则要在具体的语境中详加辨认。当我们在谈英国文学的时候，我们要时刻反问：他们是谁？我们又是谁？如此，我们可以在一定程度上避免那种粗暴的集体性，进而将比较文学当作迎合或加强主流意识形态霸权的政治工具。

第三节 学科转型的恐惧

在后殖民主义的冲击之下，比较文学要做到去政治化和重思集体性，但其任务艰巨，且缺乏固定的参考范式。对此，斯皮瓦克认为，比较文学应该展开与区域研究的合作，将比较文学的细读优势、人文优势与区域研究的语言优势、跨界优势结合起来，从而塑造一门"新比较文学"。这一转向在研究范式、研究方法和研究理念上必然与"旧比较文学"分道扬镳，但转向之后的学科图景却又带有相当大的不确定性。毕竟，斯皮瓦克对集体性、行星性等概念的强调就充斥着解构主义的不可判定性、他异性等原则。对未知的恐惧是人之常情，后殖民主义的比较文学也自然面临着学科转型的恐惧。

首先是对丧失文化主导性地位的恐惧。"新比较文学"的开放性意味着全球所有文学都处于公平竞选的场域，进入世界文学经典的机会均等。后殖民主义对后殖民国家和民族的文本发掘与重视远超主导性文化，这就导致了资源有限的、西方中心主义的"世界文学"被改写，与之相应的"比较诗学""总体文学"等普遍主义理论范畴也将面临合法性的冲击。曾经挪占其他区域、民族资源的主流文学与文化必然要归还给"失主"，从而导致自己"掉价"。正如将叶芝、乔伊斯还给爱尔兰，英国文学就似乎会遭受重大损失；这无疑也会给某些文学史作家和硕博论文作者带来更致命的威胁。

在后殖民世界，以对抗性身份或本土地区为中心的研究正在兴起。例如在 20 世纪 70 年代兴起的非洲中心意识。一些非洲作家认为：要以非洲人、非洲经验、非洲语言和非洲视角来定义非洲文学；要从非洲出发，以非洲为中心来研究非洲文学与其他文学的关系。①毋庸置疑，这种本土中心主义完全颠倒了西方比较文学的中心视角。作为主导文化的"主人"，让比较文学接受后殖民主义的批评与矫正，无疑是种令人恐惧的伤痛。

其次是对学科边界失控的恐惧。比较文学的危机之一就是学科边界从文学研究转向文化研究，而"文化"从广义上说无所不包。文学作品的影视改编与原作的比较就是比较文学文化转向的表现，譬如，比较郭茂倩《乐府诗集》中的《花木兰》与好莱坞电影《花木兰》（妮琪·卡罗执导，2020 年）之间的异同似乎并无不妥。那么，比较中国电影《花木兰》（马楚成执导，2009 年）与好莱坞电影《花木兰》之间的异同是否为比较文学呢？二者都来源于文学，但都以影视的形式重现。既然文学的审美力量同样可以由电影实现，

① [英]苏珊·巴斯奈特：《比较文学批评导论》，查明建译，北京：北京大学出版社，2015年版，第88页。

那么韦勒克曾强调的比较文学之"文学性"是否也可以拓展到电影上？希利斯·米勒的"文学终结论"断言印刷文学将会消失，但广义上的、具有"文学性"的文学将永远存在，它是"作为一种普遍的、运用可作为文学的文字或其他符号的能力"①。如果仅将文学局限于狭义的印刷文学，那么比较文学自然也趋于终结。这一点，他的《比较文学的（语言）危机》一文明确指出：新媒体的崛起会带来比较文学的危机，文学将不再受到师生们的关注，他们更喜欢看电影、录像、电视和网上冲浪。②按照米勒的辩证观点，比较文学其实也可以永恒，只要能在广义的层面上认同文学和文学性。那么，比较上述所说的两部中、外《花木兰》电影，似乎也属于比较文学；但这难免让比较文学的"名"与"实"离得更远。

　　与比较文学对文学的偏执不同，区域研究不强调文学性，而强调他者性，文学只是呈现他者性的一种媒介。对于"新比较文学"来说，出路似乎是文学让位于文本；毕竟，文本更能代表米勒意义上的广义文学。新的学科呈现出语言学、人类学、影视学、历史学、社会科学等诸多学科随时介入的局面，从而形成一个以"文学"为中心，但接纳其他文本研究模式的超级学科。但是，这种跨学科的"新比较文学"会遇到制度性的障碍与恐惧，因为主导性的那种文本控制模式在其他学科的介入下会变得紊乱。语言学与田野调查将呈现原原本本的他者，而不再是西方文学史中的想象。后殖民电影则跨越了语言，直接以视觉化的形式呈现出他者的本原面貌，无论是

①[美]希利斯·米勒：《文学死了吗》，秦立彦译，桂林：广西师范大学出版社，2007年版，第21页。
②[美]希利斯·米勒：《萌在他乡：米勒中国演讲集》，国荣译，南京：南京大学出版社，2016年版，第140页。

文学的影视改编还是影视的文学改编，无论是历史还是当下。

最后是对研究质量难以预估和评估的恐惧。"旧比较文学"对学科领域、研究方法、研究理念的详尽规定或改革，总是在尽力控制比较文学，使其研究成果符合预测，尤其是符合西方的文化、审美与政治期待。但"新比较文学"既摆脱了主导文化的控制，又跨越了学科边界，因此其研究质量既难以预估，又难以评估。具有优劣评判权的"主人"不在了，评判的方法、工具也并非唯一，比较文学的学术价值将如何判定？既然无法判定其价值，那么它又该沿着哪条道路继续发展？斯皮瓦克认为，"新比较文学"的景象，宛若玛丽·L. 普拉特（Mary L. Pratt）在《比较文学与世界公民》中所描述的画面。[1]普拉特写道："现在，狐狸能够在鸡舍长驱直入；然而母鸡们也能随心所欲地去任何一个地方。动物们将在牧场与牧场之间、围栏与围栏之间自由出入；奇特的杂交将会出现，新的物种也将随之诞生。先前隔离开的肥料堆如今乱作一团，所有的动物在肥料堆中嬉戏打闹，享受着冬日的温暖。新秩序和新领导的出现着实还需要一些时日，但是，退休的农夫不会回来了。"[2]这段话显然是对《动物农场》的戏仿，其中的动物代表的是不同类型的比较文学。可以设想，在去政治化之后，比较文学可以随心所欲地跨越边界，可以带来更多的交叉学科成果（新的物种），其学科图景既丰富且绚烂，但也不排除会出现混乱狼藉的局面。

在理念和实践上，斯皮瓦克都在松懈比较文学的控制权，让他

---

① Gayatri C. Spivak, *Death of a Discipline*, New York: Columbia University Press, 2003, pp. 20–21.

② [美]玛丽·露易丝·普拉特：《比较文学与世界公民》，王柏华译，见[美]查尔斯·伯恩海默编：《多元文化时代的比较文学》，北京：北京大学出版社，2015年版，第64页。

者回归他者，而非困于镜像。"新比较文学"必须脱离那种由上至下式的学科定义和利益化操纵；与之相反，它要提供一种由下至上式的开放性结构和责任化援助。斯皮瓦克提出的一系列关键用语，诸如"为她而努力"（work for her）①、"放手"（let go）②、"走进当地人"（go native）③，都旨在强调一种比较文学的责任意识。难能可贵的是，她自愿投入两项长期的无薪工作中，其一是投入建设反全球化网络的阵营、联盟中；其二是建立赤脚学校并培养少儿师资，这项工作实际上是在他者的世界发展比较文学的长远打算。④斯皮瓦克以身作则，示范了责任化的"新比较文学"所能带来的实践效果。然而，这些工作均无法在短期内看到成效，也无法用欧美化的学科规范、教育标准来评价。斯皮瓦克以勇敢、奉献式的姿态挑战着西方中心主义比较文学的价值体系，践行了其后殖民主义理念；但除她之外，能够忍受无薪工作，跨越到欧美之外边缘地区的学术领域的学者寥寥无几。

---

① 这里的"她"指伍尔芙所虚构的"莎士比亚的妹妹"。伍尔芙在《莎士比亚的妹妹》中虚构了莎士比亚的妹妹这一人物形象。她认为，如果莎士比亚有一个和他一样天赋异禀的妹妹，那么她只能留在家里，不能上学，早早地被迫嫁人。即便她离家出走，像莎士比亚一样来到伦敦，也不可能受到戏院的待见。最后，她意外怀孕了，并在一个冬夜里选择了自杀。伍尔芙认为，这个故事虽然是虚构的，但却寓言式地反映了16世纪天才女性的境遇。在文章的最后，伍尔芙呼吁，要为她而努力，哪怕是处于贫困和微贱中。只要给予她力量，她的悲剧就不会在今天重现，像她一样的女性就能在今天获得自由。参见[英]弗吉尼亚·伍尔芙：《莎士比亚的妹妹：伍尔芙随笔集》，伍厚恺、王晓路译，成都：四川文艺出版社，2019年版，第90—102页。斯皮瓦克将伍尔芙虚构的这一女性形象及其呼吁称为"幽灵之舞"（ghost dance），将之与德里达的"幽灵"相关联。她认为，召唤这一幽灵即"新比较文学"的任务。Gayatri C. Spivak, *Death of a Discipline*, New York: Columbia University Press, 2003, p. 35.
② Gayatri C. Spivak, *Death of a Discipline*, New York: Columbia University Press, 2003, p. 34.
③ Gayatri C. Spivak, *Death of a Discipline*, New York: Columbia University Press, 2003, p. 54, 55, 70.
④ Gayatri C. Spivak, *Death of a Discipline*, New York: Columbia University Press, 2003, p. 35–36.

第三章

美国区域研究的
危机与挑战

美国的区域研究兴起于"二战"之后，以冷战意识形态下的"反共范式"和世界主义智识理想下的"覆盖范式"作为自身研究范式，衍生出了庞大的学术团体、学术机构和研究项目，获得了令人瞩目的成就。但在冷战之后，"反共范式"因苏联的解体而被验证了自身的失败，"覆盖范式"在后现代理论的冲击下也面临着合法性的质疑，区域研究自此陷入了严重的危机之中。那么，这场危机的思想实质究竟是怎样的呢？促使其危机产生的原因具体有哪些？区域研究在今天面临哪些挑战？区域研究是否还能复兴？本章将从苏联学的衰落、研究经费的缩减和后殖民理论的冲击这三个层面来分析区域研究的问题结构、危机成因与思想挑战。

第一节 苏联学的衰落

在区域研究中，大量与苏联有关的研究被统称为"苏联学"，这门"学科"堪为区域研究的代表。冷战期间，美国为了遏制共产主义，便在"战略情报"的新理念下大力支持区域研究的建设，并将苏联学视为最重要的研究问题，运用极强的意识形态思维剖析和批判苏联共产主义，形成了"极权主义"（totalitarianism）和"修正主义"（revisionism）两大理论范式。①随着大量国家层面的基金支持，研究苏联的项目吸引了大批知识分子的参与，最终将"二战"前的"俄语文学""俄国研究"这类"边缘学科"脱胎成了史无前例的

---

① 万青松：《冷战期间美国苏联学的发展历程考察》，载《冷战国际史研究》2018年第2期，第201页。

"超级学科"，一跃而为整个人文社会学界的中心。①

但苏联的解体竟令美国中央情报局与苏联学界始料未及，这不禁成了苏联学最大的反讽。马克·阿尔蒙德（Mark Almond）指出："共产主义的崩溃已成历史。它现在显得是不可避免的。但是，我们应当记得，现代历史的大事件中，1989 年柏林墙倒塌或者 1991 年克里姆林宫的红旗被永久收下都几乎没有得到什么专家的事前预测。"②加州大学教授迈克尔·厄本（Michael Urban）和 M. 费施（M. Fish）在《后苏联学有未来吗？》中也谈道："对于苏联学家而言，苏联的解体表明苏联学是一个巨大的失败。甚至在东欧变化期间，他们还以为苏联体制是长久不变的，至少还有前途；到'革命'急速加剧的 1990 年，苏联学家们还在焦虑戈尔巴乔夫如何捍卫改革，以抵抗苏共内部的保守势力。"③这些表述反映了美国苏联学界对苏联的严重误读，宣告了苏联学的失败。

苏联学的失败并非偶然，它从诞生之际就是一种"军事学术"，充斥着扭曲的意识形态话语逻辑，从事研究的知识分子处于一种虚假与狂热的人文生态之中。再加上大量投机分子的参与，一些真正具有人文操守的知识分子反而会受到政治上的排挤与威胁。林精华指出：

---

① 林精华：《文学国际政治学》，北京：社会科学文献出版社，2013 年版，第 210—213 页。
② [英]马克·阿尔蒙德，《没有戈尔巴乔夫的 1989 年：假如共产主义没有崩溃，将会怎样？》，丁进译，见尼尔·弗格森主编：《未曾发生的历史》，南京：江苏人民出版社，2001 年版，第 315 页。
③ Michael Cox, eds., *Rethinking the Soviet Collapse, Sovietology, the Death of Communism and the New Russia*, London: Pinter, 1998, p. 166.

学养很好的俄国史学家 H. 亨利·休斯（H. Stuart Hughes，1916—1999）任职政界时，因对国务院热衷于冷战的情形不满，1947年底被迫离职，转任哈佛大学教师工作。但是，在麦卡锡当政的1952年，他又因1948年曾支持缓和冷战的副总统亨利·华莱士竞选总统，再被驱逐出哈佛大学。这类有良知的学者遭遇不测者不在少数。当然，这也就刺激苏联学界充满了大量的投机分子：芝加哥大学社会学家巴林顿·莫尔（Barrington Moore Jr.，1913—2005）因其诸多研究成果有着明显的反苏联倾向，如《苏联政治学：权力的窘境》（1950）、《恐怖与进步：苏联》（1954）等，得到官方认可，在各大学皆平步青云；这种意识形态化的研究，使其社会学论著也充满冷战色彩，如《专制与民主的社会起源：现代世界的贵族和农民》（1866）、《资本主义与社会主义制度下的权力和不平等》（1984）等。[①]

可见，苏联学研究者是在利益的诱惑下进行学术研究的，这样的研究成果当然就相当值得怀疑。冷战之后，这些谬见便被纷纷揭穿，苏联学界也开始进行自我反省与自我批评，严肃地审视自身的政治偏激、投机主义、学术腐败、语言障碍、制度软弱、信息错误等问题。但无论如何，苏联学此时的失败已经是不争的事实，这门在冷战期间建立起来的"超级学科"最终只能无可避免地与苏联一

---

① 林精华：《文学国际政治学》，北京：社会科学文献出版社，2013年版，第220页。引文中的"《专制与民主的社会起源：现代世界的贵族和农民》（1866）"有误，该书首次出版于1966年而非1866年。中译本参见[美]巴林顿·摩尔：《专制与民主的社会起源：现代世界形成过程中的地主和农民》，王茁、顾洁译，上海：上海译文出版社，2013年版。

同"解体"了。

美国文博大学政治系教授于滨围绕苏联学研究的重要杂志《共产主义问题》（*Problems of Communism*）分析了苏联学在冷战之后的变故：

共产主义的苏联经过 1989—1991 年间的巨变演变成民主的俄罗斯，美国解决了作为国际共产主义龙头的"苏联问题"，包括《共产主义问题》杂志在内的整个美国苏联学/俄罗斯学也立即陷入了危机。冷战期间，美国国务院设有专门款项，资助美国的苏联问题研究。比如 1983 年国务院的"苏联和东欧问题教育拨款法"（Soviet and East European Training Act of 1983），直接资助"美国斯拉夫研究发展协会"（American Association for the Advancement of Slavic Studies）、"美国国际研究与交流董事会"（The International Research and Exchange Board）、"美国俄语教师协会"（American Council of Teachers of Russian），以及《共产主义问题》杂志等学术和行业组织。共产主义问题的"解决"，美国政府立刻开始减少以致最终停止了对这些组织的资助……1992 年 4 月 29 日，美国新闻署主任亨利·卡托（Henry Catto）在没有事前通知《共产主义问题》杂志编辑部的情况下，突然宣布取消《共产主义问题》。1992 年 6 月，《共产主义问题》出版了最后一期，中止了其 40 年的历程。美国"赢得了"冷战，《共产主义问题》也寿终正寝了。①

---

① 于滨：《转型的迷茫与困惑》，载《俄罗斯研究》2011 年第 6 期，第 133—134 页。

可见，冷战后苏联学的危机在根本上是投资价值的危机。既然苏联已经不再对美国的国家安全构成威胁，那么与之相关的学术投资自然也就停止了，《共产主义问题》杂志的停刊就是有力的佐证。而除此之外，另外一些杂志则将"苏联"替换为其他字眼，如创刊于 1961 年的《苏联思想研究》（*Studies in Soviet Thought*）更名为《东欧思想研究》（*Studies in East European Thought*），创刊于 1949 年的《苏联研究》（*Soviet Studies*）也更名为《欧亚研究》（*Europe-Asia Stuedies*）。正如威廉·V.华莱士（William V. Wallace）所说："人们普遍认为，除了本质上具有历史意义的期刊外，任何期刊都不可能再使用'苏联'这个标题。苏联已不复存在。"[1]杂志的更名标志着苏联学的转型，此后的苏联研究其实已经进入了"后苏联学"阶段。

后苏联学对苏联学的反思主要集中在两个层面：第一个层面是从学科的角度来反思苏联学之所以失败的原因，审视研究方法论上的错误及其知识界的过度想象。这类反思在 20 世纪 90 年代很流行，其主要目的在于汲取苏联学的经验教训，从而为学术管理体制和学科框架提出新的建设性意见。[2]但是，这种学界内部的反思也有其局限性，因为反思的结果未能深入分析共产主义与资本主义意识形态之间的矛盾张力，也很少触及现代性主体与他者之间的认知关系与构型模式。第二个层面是从苏联的解密档案来重新分析冷战史中的问题，纠正苏联学情报中的错误，这被西方学界称为"档案革命"。依靠这些更加客观的一手资料，一些长期争论和悬而未决的问题得

---

[1] William V. Wallace, "From Soviet Studies to Europe-Asia Studies", in *Europe-Asia Studies*, Vol. 45, No.1, 1993, p. 1.

[2] 林精华：《"苏联学"的起始和终结：来自后冷战时代的反思》，载《俄罗斯东欧中亚研究》2013 年第 2 期，第 91 页。

到了解决或有了新的观点，例如苏联经济增长的速度问题、苏联1932—1933 年的饥荒问题、斯大林的评价问题等。此时的档案研究较少受到冷战思维的影响，更加客观化的社会科学研究方法和更加开放的国际合作交流越来越多，甚至美国苏联学学者与俄罗斯学者都可以联手合作。①但是，解密档案的重现也并不意味着苏联研究就能够得到重新发展的机遇，档案伦理、解读真实性和意识形态之间的纠葛仍然是悬而未决的问题。

所以后苏联学难以重振苏联研究，它在某种程度上只是延续了美国学界对苏联的研究兴趣，而未触及苏联学之所以遭逢危机的思想本质。从苏联学或区域研究的整个知识生产方式来讲，它其实是一种"仇外"（xenophobia）的他者指涉模式。周蕾（Rey Chow）指出，区域研究是"世界标靶时代"（the age of the world target）下的思想产物。马丁·海德格尔（Martin Heidegger）在《世界图像的时代》（*The Age of the World Image*）中针对 20 世纪的美国霸权及其军事强权提出了极为重要的洞见，即科技将世界的理解方式重构为一种视觉感知方式，"世界成为图像"成为现代性的本质，并且"世界之成为图像，与人在存在者范围内成为主体，乃是同一个过程"②。周蕾说："补充海德格尔的论点，或许我们也可以说，在这个轰炸的年代，世界成了标靶，整个世界基本上被当成攻击的目标来把握。把

---

① 郑吉伟：《"档案革命"与西方"苏联学"的复兴》，载《当代世界与社会主义》2014年第4期，第60页。
② [德]马丁·海德格尔：《林中路》，孙周兴译，上海：上海译文出版社，2014年版，第86页。

世界当成攻击的目标来思考，意谓把世界当成摧毁的对象。"①持此以论，区域研究就是一种"视觉研究"，而苏联也就是美国目光下最清晰、最明亮的标靶。所以苏联学真正的危机在于现代性西方主体的知识生产方式，即不断生产"我们"与"他们"这两种知识范畴的科学计算方式。"他们"作为"我们"的危险对象与目标区域，于是就成为原子弹存在的意义。苏联学之所以成为区域研究里规模最大的研究，是因为苏联与美国一样掌握了"一架飞机＋一颗原子弹＝一座城市"的科学计算方式，所以美国必须要紧紧地盯牢苏联，时刻准备轰炸。而"凡是事件的历史意义超出原子弹轰炸者封闭的知识范畴，将永远不会获得应有的关注"②。所以苏联的解体令苏联学失去了存在的意义，区域研究在整体上也被对象问题的不确定性所困扰，但作为现代性构型的视觉思维仍然主导了冷战后美国面对世界的姿态。仇外者难以在轰炸视线之外妥善处理他性，所以必须以轰炸的目光来获得安全感，即确保他者的目标源源不断。因此，"随着冷战结束与苏联的瓦解，美国必须寻找到另一个作战的对象。如同许多论者经常指出，毒品、贫穷与非法移民早已成为新的攻击目标，连同穆斯林、阿拉伯人与共产主义分子（即古巴、朝鲜与中国大陆），都是不惜一切代价必须予以'吓阻'的重大威胁"③。

因此，与其说苏联学是"在作战的基础上生产知识"，倒不如说

---

① [美]周蕾：《世界标靶的时代：战争、理论与比较研究中的自我指涉》，陈衍秀译，台北：麦田出版社，2011年版，第70页。

② [美]周蕾：《世界标靶的时代：战争、理论与比较研究中的自我指涉》，陈衍秀译，台北：麦田出版社，2011年版，第92页。

③ [美]周蕾：《世界标靶的时代：战争、理论与比较研究中的自我指涉》，陈衍秀译，台北：麦田出版社，2011年版，第95页。

它是"在生产知识的基础上作战"。如果现代性的知识生产方式未被触及，那么西方仍然会延续二元对立的思维方式制造敌对的他者。从这个意义上讲，"苏联学"永不衰落。从学界对苏联学的反思来看，苏联解体带给美国的教训被普遍认为是知识生产环节的问题而非存在意义的问题，因此，后苏联学似乎又在很大程度上重复着苏联学的旧路。例如，美国历史学家帕特里克·沃恩（Patrick Vaughan）凭论文《布热津斯基：冷战期间富有远见的政治历程与学术生活》（2003）被波兰艺术与科学研究所和波兰驻华盛顿大使馆授予波兰最高博士学位，而兹比格涅夫·布热津斯基（Zbigniew Brzezinski）正是以极端反苏的主张而闻名。又如以"遏制战略"闻名的冷战重要推手乔治·F.凯南（George F. Kennan）在2005年3月18日去世时被美国最有影响力的《纽约时报》和《华盛顿邮报》头版刊登其照片，并被评为"冷战时代的顶级战略家""构筑美国外交政策的圈外人"等。以研究冷战和大战略为名的耶鲁大学教授约翰·L.加迪斯（John L. Gaddis）的一系列著作，如《历史景观：历史学家如何描绘过去》（*The Landscape of History：How Historians Map the Past*，2002）、《我们现在知道：重新思考冷战历史》（*We Now Know：Rethinking Cold War History*，2003）、《冷战：一段新的历史》（*The Cold War：A New History*，2005）、《乔治·F.凯南：美国人的生活》（*George F. Kennan：An American Life*，2011，此书于2012年获普利策传记奖）、《大战略》（*On Grand Strategy*，2018），都受到了美国大众的广泛欢迎和认可。[1]可见，苏联学的危机或许还存在着市场化

---

[1] 林精华：《"苏联学"的起始和终结：来自后冷战时代的反思》，载《俄罗斯东欧中亚研究》2013年第2期，第92页。

的"转机"，作为一种知识型的"苏联学"其实并未离我们远去。在消费社会的后现代语境下，价格往往就是价值的唯一衡量标准，一些学者当然更愿意遵循这一资本主义市场化的学术定律。但依靠市场存活的学术，在自律性和反思性上所能达到的程度就有待怀疑了。反观苏联学兴起之初，它所依赖的正是国家资金的大量投入，这与当今书店里依旧陈列的大量苏联研究著作似乎有着一样的存在基础，那就是经济基础。

第二节　研究经费的缩减

冷战时期的区域研究资金基本上由国家政权（state）、情报机构（intelligence）、基金会（foundations）三者支撑；因此，区域研究的研究计划、研究对象、研究方法基本被这三者掌控。由于大量的经费支持，区域研究在 20 世纪 40 年代后期得到了迅猛的发展，迎来了"黄金时期"。美国杜克大学中国研究中心主任刘康描述了当时的情况："雨后春笋般出现的各种各样的区域研究中心，其研究经费中有 96% 到 98% 来自五角大楼和中央情报局。这是一个很惊人的数字。这些中心除了作大量政策战略性和应用性研究以外，对基础学科的建设也起到了举足轻重的作用。哥伦比亚大学的著名犹太裔学者保罗·拉扎斯菲尔德（Paul Lazarsfeld）被视为现代西方传播学之父……他的研究经费有 80% 以上来自中央情报局……麻省理工学院也于 1953 年成立了一个国际关系研究中心（Centre for

International Studies），开始时全部的经费来自中央情报局。"①除此之外，福特基金会、洛克菲勒基金会和卡内基基金会等大财团也给予了区域研究大量资金支持；尤其是其中的福特基金会，为区域研究的学科制度化做出了相当大的贡献。戴维·L.桑顿（David L. Szanton）指出："在1950年，福特基金会建立了著名的'国外区域研究基金项目'（Foreign Area Fellowship Program，FAFP），这是第一个资助美国区域研究培训的大规模全国遴选计划……到1972年，这一项目已经资助社会科学和人文学科领域的约2050名博士生在世界各地进行培训和研究活动。1972年，福特基金会将'国外区域研究基金项目'转变为有美国社会科学研究理事会（Social Science Research Council，SSRC）和美国学术团体协会（American Council of Learned Societies，ACLS）共同参与的跨学科（人文与社会科学）'区域研究委员会'（Area Studies Commitees）。在接下来的30年时间里，主要是在福特基金会的持续资助之下，这两个学术组织资助了将近3000项区域研究博士论文奖学金，而借助其他基金会的力量，它们又资助了另外2800项博士后区域研究奖学金。福特基金会还向这两个学术组织合办的区域研究委员会的田野发展工作坊、会议和出版项目提供了数百万美元的资助。而与此同时，基金会还直接向大约15所美国研究型大学提供了1.2亿美元的资助，以帮助这些大学建立跨学科的区域研究中心。总之，从1951年至1966年，福特基金会在区域研究培训、科研和相关项目上的投入超过2.7亿美

---

① [美]刘康：《大国形象：文化与价值观的思考》，上海：上海人民出版社，2015年版，第202—203页。

元。"① 从这些数字可以看出，区域研究的资助经费在冷战期间达到了怎样惊人的程度。

随着后冷战时代的到来，区域研究受到了激烈的反省与批判，区域研究的研究范式、研究成果与研究基础受到了诸多质疑；但作为一种战略经验和情报谋略，美国国家安全部门仍在立法层面上巩固相关法案："1980 年，《国防教育法》第六款有关区域研究和语言学习的相关条文被并入《高等教育法》第六款，并做了相应调整。至此，《高等教育法》中有关区域研究的项目以立法的形式稳定下来。发展至 1992 年，该法包括七个相关项目，分别为国家资源中心项目、外语和区域研究奖学金项目、本科生国际研究和外语项目、语言资源中心项目、美国海外研究中心项目、国际研究项目、国际公共政策研究所项目。1998 年版，《高等教育法》再次修订，第六章中又增加了一个区域研究项目，即获取海外信息的技术创新与合作项目。"②2001 年，"9·11"事件极大地刺激了美国政局。美国的中东研究专家对"9·11"事件几乎没有什么预见，这一方面使区域研究再次受到学界的质疑，但另一方面也说明区域研究应该得到重视和加强。于是国防安全再次提上了议程，国家对区域研究的拨款在其后几年呈增长趋势，《国防教育法》第六章（支持发展高等教育系统中的语言及其相关学科）相关的项目以及富布莱特–海斯（Fulbright-Hays）计划的资助金额在 2001—2004 年得到了持续的增长。可惜好景不长，自 2004 年以后，这些项目的拨款数额便有明显

---

① [美]戴维·L.桑顿：《美国区域研究的起源、性质与挑战》，袁剑译，见刘新成主编：《文明研究（第一辑）》，杭州：浙江大学出版社，2014 年版，第 109—110 页。
② 刘宝存、孙琪：《美国大学区域研究：发展、影响及争论》，载《比较教育研究》2013 年第 11 期，第 50 页。

的下降趋势。①无论如何，近年的资助已不可能达到冷战期间的盛况了。刘康指出："现在美国没有任何一所大学会接受中央情报局一分钱的直接赞助。现在美国的立法已经不允许中央情报局直接给学术单位提供经费。它可以给学者个人，某个研究机构的个人可以给中央情报局做某些具体的项目，但作为研究机构层面的资助已经被法律否定了。"②伊万·卡普也指出："资金拥有者越来越不愿为区域研究提供资金支持——特别是当研讨这些区域问题对超级大国的经济发展没有意义时，他们就更不愿意提供资金了。"③

除了国家层面的资金缩减之外，学科层面的资金支持也越来越少，这与近些年西方学界社会科学研究方法论的转型有关。20 世纪80 年代以来，社会科学逐渐形成了注重理性演绎、形式建模、量化统计等研究方法论。因此大量的学者转向了对普适性政治行为法则的总结归纳，而非对国家与地区的历史背景和语言进行深入研究，这使区域研究和社会科学之间的冲突越发明显。④在这种研究范式的更替下，大量区域研究学者形成了对知识的科学化观念，更加程式化和定量化的研究方法成为被广泛采用的主流研究模式。一方面，经济学的方法论影响了其他社会科学的研究范式，许多政治学家也开始像经济学家那样来用模型推论政治问题。一旦这种普遍性的经

---

① Mary Ellen, O'Connell, Janet L. Norwood, eds., *International Education and Foreign Languages: Keys to Securing America's Future*, Washington, DC: National Academies Press, 2007, p. 33.

② [美]刘康：《大国形象：文化与价值观的思考》，上海：上海人民出版社，2015 年版，203 页。

③ [美]伊万·卡普：《理论能否旅行？区域研究与文化研究》，陈振东等译，载《国外理论动态》2013 年第 7 期，第 39 页。

④ 程多闻：《区域研究与学科之间的争论与融合》，载《国际观察》2018 年第 6 期，第 137 页。

济学方法论工具代替了细致和复杂的特殊性研究，那么相关研究就会更加符合西方预设的结论，过滤掉他者的文化与语言的异质性问题。这必然会在一定程度上扭曲研究对象在经济、文化、政治上的实际情况，使区域研究对于国家政策的有用性大大减少。另一方面，这使许多学者不再对区域研究感兴趣，因为学者们从非西方世界得到的数据不能充分地建构定量模型，现代经济学上的验证与推论方式就很难奏效。许多学校的经济学基本上停止了对区域研究学者的资助，如美国加州大学伯克利分校。[1]而为了符合日益现代化和体制化的学术机制，产出比低效的语言训练、田野调查、实地考察必然会被一些聪明的学者做出技术性的简化甚至抛弃，原来区域研究中的一些课题则或被并入到其他学科之中，或只能被迫中止。

近些年，美国政府大量缩减对全国语言资源中心的资助。2011年的金额仅有 1800 万美元，资助经费一下子比上一年缩减了 2600 万美元。这导致数百个区域研究中心出现了困难，甚至停止了一些研究项目和语言学习项目。[2]从此之后，美国的区域研究便持续面临着经费缩减的危机。2013 年，俄克拉何马州的参议员汤姆·科本（Tom Coburn）提案要求削减"国家科学基金会"资金以减少对政治学和区域研究的支持。虽然汤姆·科本的提议最终被舆论反弹，但这一事件却直接反映了美国日益严重的"孤立主义"倾向对区域研究的排挤；针对此事，北美中东学会会长南森·布朗（Nathan Brown）在《华盛顿邮报》撰写长文《我为美国资助区域研究辩护》，

---

① 徐四季：《从古代东方学到现代区域研究：从学科史角度探究当前区域（国别）研究的定位问题》，载《区域与全球发展》2018 年第 3 期，第 150 页。
② 张小溪：《美国区域研究中心面临发展危机》，载《中国社会科学报》2013 年 10 月 18 日，第 A03 版。

称自己正是在读博期间接受"国家科学基金会"的区域研究专项奖学金，才得以完成论文，进而成为资深中东学者。在文章中，他痛心地指出，区域研究一直是美国国内外政策的核心，而讽刺的是，美国正在摧毁它重要的国家资产。南森·布朗是站在外交战略的立场上来强调区域研究的重要性的，但外交是一种灵活而易变的手段，随时都要根据国际形势做出调整；因此，区域研究的外交地位也不是一成不变的。"如果说1989年之前，政府在区域研究中扮演了重要的角色，那么此后则是跨国公司扮演了一个更为重要的角色。文化多元主义、多样性、灵活性和多重身份得到承认并按市场需求作出适时调整。今天全球任何一个跨国公司都不会忽视文化的多样性和差异。"①虽然区域研究现在被跨国公司用作市场战略，似乎有了资金上的转机；但是，这种区域研究也极大地改变了自身的研究范式，被裹挟在商业模式下了，所以学术性的区域研究仍然需要国家、政府或教育机构的资金支持。

自特朗普上台之后，"特朗普主义"盛行，区域研究的政府投资似乎更加不容乐观。特朗普的一系列政策都昭示着美国日益强烈的排外主义、保守主义、孤立主义和本国优先主义情绪，其贸易保护和单边利益至上行动堪为"逆全球化"之举。②在美国历史上，孤立主义严重的时期如19世纪和20世纪初，美国政治、学界和大众对外部世界是不怎么感兴趣的。区域研究是随着"二战"后美国的"扩张主义"情绪才得到了规模化的财政投资。③如果孤立主义情绪

① 黄世权：《区域研究与政治》，载《国外理论动态》2005年第11期，第47页。
② 盛斌、宗伟：《特朗普主义与反全球化迷思》，载《南开学报（哲学社会科学版）》2017年第5期，第38—49页。
③ 牛可：《美国"地区研究"的兴起》，载《世界知识》2010年第9期，第64页。

在特朗普的政策下持续催化，那么区域研究在学界的重视程度和投资程度就必然会持续萎靡。美国曾以为全球化就是美国化，美国将会是全球化的最大赢家，但随着经济全球化的边际递减效应，美国获得的经济效益严重不符预期，贸易逆差和财政赤字加大，而特朗普作为全球化受损阶级的代言人，必然要背弃自由国际主义的外交战略，淡化国际责任意识，推行经济民族主义政策，捍卫本土利益。这样一来，区域研究就会被排外情绪所影响，只能停滞于缺乏利用价值的投资危机之中了。

第三节 后殖民理论的冲击

区域研究与后殖民理论具有某些相似的特征，二者皆以地缘因素划分和确定研究对象，地缘特性便成为其研究对象的标识。H. D. 哈鲁图涅（H. D. Harootunian）指出："后殖民研究与以前的区域研究异曲同工，都是根据区域划分理论和学术分支，如东亚、中东、南非、亚洲。它们是地理标识，只是在地图上才有其客观实在性。"[1]但是，与区域研究的国家意识形态话语不同，后殖民理论是在反殖民语境中诞生的一种反抗性话语，它的目的在于揭露西方帝国主义的强权逻辑与殖民暴行，从而保护非西方国家与属民的利益。因此，后殖民主义对区域研究就形成了直接或间接的批判与抵抗。与后殖民主义相关的后现代研究、后结构主义和文化研究也往往产

---

[1] [美]H. D. 哈鲁图涅，《后殖民之无意识/区域研究之渴望》，陈琳译，载[美]尹晓煌、何成洲主编：《全球化与跨国民族主义经典文论》，南京：南京大学出版社，2014年版，第65页。

生话语的相互渗透，共同挑战着区域研究的合法性建构。

　　后殖民理论虽然很难追溯到一个明晰的起点，但在美国却以爱德华·W. 萨义德（Edward W. Said）1978 年出版的《东方学》为重要诞生标志，而此时，区域研究对后殖民理论的批评几乎是漠视甚至是拒斥的，因为后殖民主义所追求的人文主义理念与区域研究学者的利益背道而驰。哈鲁图涅指出："区域研究的主要任务成了为维持其已确立的知识结构和全套课程去寻找资金和赞助，因此它越发抗拒新的文化策略。这些策略本可以弥补这种受资金驱使的研究方法的不足。"①区域研究学者不会轻易放弃那些来自国内或国外的研究基金，而这些基金看重的正是区域研究已经形成的那种意识形态化的知识生产方式。哈鲁图涅推理道："比较可靠的猜测是，萨义德的批评挑战了区域研究的新殖民根源（这也是区域研究最初存在的原因）及其对知识的理解，尽管这一状况在 20 世纪 70 年代中期，就已经在美国高等学府和研究机构之中相当普遍。由于在培训项目、人员录用和课程建设上的投资过于庞大（联邦政府当然提供了资助），区域研究根本不可能接受这种想要彻底拆修旧有知识体系的批评。"②因此，区域研究中的种种老套的对抗性话语策略还在持续地运作着，封闭在自己的知识圈里，甚至连 20 世纪 70 年代以来在北

---

①[美]H. D. 哈鲁图涅，《后殖民之无意识/区域研究之渴望》，陈琳译，载[美]尹晓煌、何成洲主编：《全球化与跨国民族主义经典文论》，南京：南京大学出版社，2014 年版，第 78 页。
②[美]H. D. 哈鲁图涅，《后殖民之无意识/区域研究之渴望》，陈琳译，载[美]尹晓煌、何成洲主编：《全球化与跨国民族主义经典文论》，南京：南京大学出版社，2014 年版，第 80 页。

美流行的激进后结构主义理论都一并拒斥于外。①

直到苏联解体后，后殖民理论才作为一种批判性话语流行于学界。阿里夫·德里克（Arif Dirlik）指出，"后殖民"这一术语流行于20世纪80年代末，其直接影响来自佳亚特里·斯皮瓦克、霍米·K. 巴巴（Homi K. Bhabha）、詹姆斯·克利福德（James Clifford）和英国"文化研究"群体的著述。这一术语迅速受到广泛关注的原因在于它是来自西方学术界内部的反思，它的命名发生在"第一世界学术圈内"而不是"第三世界或本土居民"中，是"人们对过去和现在的殖民主义经历进行重新解读和重新阐释"的结果，而不是"殖民地居民对自身与帝国主义语言的经历进行长期反思而积累的产物"。②这表明，后殖民理论往往被视为西方学界内部的文化反思与资本主义帝国的危机控制。因此，后殖民理论对区域研究的反思也构成了西方世界适应新的全球政局并弥补思想缺陷的重要环节。但是，对于一些左翼激进理论家而言，后殖民理论的意义更在于重构世界主体性并与资本主义意识形态作根本的对抗，而实现这种政治对抗的场域却主要在于语言和文本。徐贲指出，后殖民主义的"对抗性批评"（Oppositional Criticism）其实是一种"话语的政治"，而非我们在一般层面上所理解的政治。"它并不以党派、政策或国家权力为其活动领域，它关注的是历史、文学、哲学等等的意义解释，因为它相信，对这些意义的争夺和构建最终导致人的意识和社会的

---

① [美]周蕾：《世界标靶的时代：战争、理论与比较研究中的自我指涉》，陈衍秀译，台北：麦田出版社，2011年版，第95页。
② [美]阿里夫·德里克：《后革命氛围》，王宁等译，北京：中国社会科学出版社，1999年版，第90页。

变革。"①因此，区域研究正是后殖民理论的重要批判领域，曾经支撑着区域研究的帝国主义逻辑、殖民主义意图和中心主义偏见必然要遭到从语言到文化政治的揭露与反思。虽然在冷战期间，后殖民理论未能实际对区域研究产生影响，但萨义德的东方主义已经对区域研究进行了话语的介入。在萨义德的审视下，区域研究的历史其实就充满了对他者"文化利用"的"偏见史"。

　　萨义德在《东方学》中批判了阿拉伯和伊斯兰研究中根深蒂固的偏见，揭露了区域研究中的东方学信条："其一是理性、发达、人道、高级的西方，与离经叛道、不发达、低级的东方之间绝对的、系统的差异。另一信条是，对东方的抽象概括，特别是那些以代表着'古典'东方文明的文本为基础的概括，总是比来自现代东方社会的直接经验更有效。第三个信条是，东方永恒如一，始终不变，没有能力界定自己；因此人们假定，一套从西方的角度描述东方的高度概括和系统的词汇必不可少甚至有着科学的'客观性'。第四个信条是，归根到底，东方要么是给西方带来威胁（黄祸，蒙古游民，棕色危险），要么是为西方所控制（绥靖，研究和开发，可能时直接占领）。"②在这些信条的影响下，区域研究对东方世界的印象和理解几乎与现实完全脱节，而这对美国在地区事务的处理上造成了很大的不利。萨义德指出："为政策制定者提供建议的中东专家深深陷入了东方学的泥淖而无力自拔。但这一投入缺乏坚实的基础，因为专家们是以精英政治、现代化和稳定性这类广为流传的抽象观念作为

---

① 徐贲：《走向后现代与后殖民》，北京：中国社会科学出版社，1996年版，第168页。
② [美]爱德华·W.萨义德：《东方学》，王宇根译，北京：生活·读书·新知三联书店，1999年版，第385—386页。

其政策提议的根据的，而这些东西大部分只不过是东方学的老旧观念在政治领域的一种翻版，大部分已经完全不适于用来描述近来在黎巴嫩发生的事情或更早些时候巴勒斯坦发生的对以色列的抵抗。"①与苏联学的那种不切实际的浮躁相似，区域研究中的东方学对第三世界缺乏基础性的了解，更难以做出精准的预测。东方人与东方学家之间的关系在本质上是一种福柯式的权力关系，它时刻被种族中心主义和帝国霸权主义操控着，西方根本无法真实地再现他者。当然，"东方学"不仅仅只是意味着对东方进行学术研究的学科，它更重要的内涵是一种普遍意义上的现代性文化霸权的表述/再现（representation），一种有关于西方与非西方之间的话语支配关系和修辞方式。因此，类似于区域研究的这种知识上的"堕落"是需要长期检视和修正的。正如萨义德在《东方学》的结尾所表示的："如果东方学知识有什么价值和意义的话，那也正在于它可以使人们对知识——任何知识，任何地方、任何时候的知识——的堕落这一现象能有所警醒。这种堕落现在也许比以前更甚。"②

霍米·巴巴的后殖民理论与萨义德的反本质主义论调相似，但他超越了萨义德在东方学中建构的"自我/他者"二元论原型③，更加强调身份的杂交性、殖民关系的矛盾性和心理空间的复杂性。在霍米·巴巴的理论体系中，他者是混杂的、流动的和过渡性的，而

---

① [美]爱德华·W.萨义德：《东方学》，王宇根译，北京：生活·读书·新知三联书店，1999年版，第413页。
② [美]爱德华·W.萨义德：《东方学》，王宇根译，北京：生活·读书·新知三联书店，1999年版，第422页。
③ 瞿晶：《边缘世界：霍米·巴巴后殖民理论研究》，北京：文化艺术出版社，2011年版，第36—40页。

区域研究却恰恰忽略了他者身份的杂交性与文化的差异性，在其权力运作的过程中只注重对他者的文化多元主义的分析。霍米·巴巴谈道："文化多样性是对预先给定的文化内容和习俗的认识，它被把握在相对主义的时间框架里，产生了多元主义、文化交流、人文性等关于自由的观念。文化多样性也代表了一种激进的修辞手法，即把被生活在各自历史位置的互文性所玷污的整体文化分离开来，这些文化安全地存在于一种独特的集体身份的神话记忆的乌托邦主义之中。"[①]这也就是说，文化多样性建立在"预先给定的文化内容和习俗"以及虚构的集体性想象之上，它忽略了文化的整体结构与复杂变动。根据霍米·巴巴的观点，文化和身份只是一种功能性的结构，在特殊关系和语境中以特殊的方式呈现，只具有临时的合法性而并不具有本质性。因此，以国家、民族、身份或习俗特征来界定研究对象的区域研究就难以真实地理解他者的文化位置，而他者的混杂性反倒有可能将区域研究的地位与权威消解。霍米·巴巴认为，混杂性通过对殖民主体的重估与策略性转换，使他者的殖民身份发生了必要的变形和移置，扰乱了殖民者的权力结构。[②]在区域研究中，这种对抗性表现为被研究者对研究者的干扰，最典型的表现就是苏联解体与"9·11"事件，苏联学与中东研究专家对此类意外事件毫无防备，因此被学界广为诟病，而区域研究也随之陷入了危机。在后殖民语境下，文化霸权主义和文化帝国主义的渗透并不是没有阻力的，他者的身份和形象会在这种意识形态的影响下发生变形，从而使主体自身陷入认同的危机之中。

---

① Homi K. Bhabha, *The Location of Culture*, New York: Routedge, 2004, p. 50.

② Homi K. Bhabha, *The Location of Culture*, New York: Routedge, 2004, p. 163.

斯皮瓦克则更加彻底地否定了异文化再现的合法性，这也就否定了区域研究进入他者的可能。斯皮瓦克从伊曼努尔·列维纳斯（Emmanuel Levinas）和德里达继承的他异性思想运用到全球化批判之中，因此区域文化对于斯皮瓦克来说可能是异质性的，具有不可表述的性质。因此，区域研究的表述其实就是一种"认知暴力"（epistemic violence），即使被认知的他者丧失了自我表达的权利，而依附于帝国主义话语之下。所以区域研究和异文化之间的关系是压制与被压制的关系，区域研究无论得到何种详尽的数据与情报，都无法真实和客观地再现他者，因为他者的"声音"——主体地位、文化身份和观念形态等等，都已被认知暴力所过滤和扭曲。区域研究中的"覆盖范式"在斯皮瓦克的理论体系中，其实就是对第三世界的文化渗透与霸权操控，其目的无非是在全球化资本主义体系内建构剥削结构，开拓劳动市场。这样，宗主国的世界主体的地位就可以通过经济、文化与权力的合谋而强化，区域研究中的跨学科研究方式——政治学、经济学、历史学和人类学等学科的联合——其实就是一种全方位的侵占策略，正如斯皮瓦克所说："没有人文学科的支持，区域研究只能以跨越边界的名义侵略边界；没有经过改造的区域研究，比较文学仍会禁锢在自己的边界内，无法跨越出去。"[①] "他者空间"（Other Space）的不断属民化使他者的主体意识无法完成反抗行为，因为叙事者或是使他者在经济、文化与政治上只能依附于宗主国的中心主义话语而渐渐"消声"，或是将他们的异质性心理空间通过西方的文化结构与语言再现出来，而他们自身却

---

① Gayatri C. Spivak, *Death of a Discipline*, New York: Columbia University Press, 2003, p. 7.

缺乏相应的意识形态体系和表达渠道。至于未被区域研究属民化的反抗者，如苏联，就会被描述为撒旦的化身、破坏世界和平的人类公敌。于是，"区域"就成为一个被施暴的他者空间，它不过是西方要维护自身霸权地位的一种政治学术。对于斯皮瓦克而言，后殖民主义的意义就在于揭露这种帝国主义暴行，用"策略本质主义"（strategic essentialism）的方法解读他者的异质性，抵达"绝对他者"（wholly other）的"不可抵达性"（unreachability），重新激活在区域研究中被压抑的沉默他者。

第四章

比较区域研究的方法论
建构及其挑战

　　2007 年以来，欧美学界兴起了对"比较区域研究"（Comparative Area Studies，CAS）的讨论，以"比较"的方法推动了"区域研究"和"学科"（社会科学学科）的融合，重塑了美国冷战后便走向衰落的区域研究，具有逐渐走向新的学科建制的倾向。该话题始于德国学者马蒂亚斯·巴泽道（Matthias Basedau）和帕特里克·克尔纳（Patrick Köllner）的一篇论文《区域研究、比较区域研究和政治研究：语境、实质和方法论挑战》[①]。论文发表后，一些欧美学者注意到了该话题的价值，纷纷撰文回应。2018 年，由阿里尔·阿尔姆（Ariel Ahram）、帕特里克·克尔纳和鲁德拉·希尔（Rudra Sil）主编的论文集《比较区域研究：方法论原理与跨区域应用》出版。该书围绕着"比较区域研究"的发展情况、研究方法和实践案例进行了较为全面且深入的讨论，汇总了比较区域研究近十几年的研究成果。[②]大力提倡比较区域研究的机构是位于德国汉堡的德国全球与区域研究研究所（German Institute of Global and Area Studies，GIGA）[③]，许多关于比较区域研究的重要学术成果都来自该研究所的学者。本章将从比较区域研究的背景、定义、类型、功能和挑战等几方面对其进行引介和分析。

[①] Matthias Basedau, Patrick Köllner, "Area Studies, Comparative Area Studies, and the Study of Politics: Context, Substance, and Methodological Challenges," in *Zeitschrift für Vergleichende Politikwissenschaft*, Vol. 1, No. 1, 2007, pp. 105—124. 在这篇论文正式发表之前，作者曾将其初稿《区域研究与比较区域研究：GIGA 德国全球与区域研究研究所的机遇与挑战》（2006）作为讨论文件公布于 GIGA 官网，后被删除。

[②] Ariel I. Ahram, Patrick Köllner and Rudra Sil, eds., *Comparative Area Studies: Methodological Rationales and Cross-Regional Applications*, New York: Oxford University Press, 2018.

[③] 德国全球与区域研究研究所建立于 2006 年，其前身为建立于 1964 年的德国海外研究所（German Overseas Institute, GOI）。该研究所致力于分析非洲、亚洲、拉丁美洲和中东的政治、社会和经济发展以及全球问题。

第一节　比较区域研究的创生背景

冷战结束后，美国的区域研究走向衰落，其学术理念、研究范式与知识结构屡屡受到学界的诟病。这些争论既来自区域研究自身对苏联学的失败等问题的反思，也来自其他学科的介入与批评，如文化研究、文化人类学、历史学（全球史或世界史）和政治科学等等。"对于区域研究，特别是在美国，"帕特里克·克尔纳等学者指出，"最重要和最持久的挑战也许来自政治科学的方法论之争。"①政治科学不满于区域研究的经验化方法，而是注重对普遍性政治行为规则的探究。在冷战情势紧张的 20 世纪 60 年代，这种方法论的期待就已经非常明显，加布里埃尔·A.阿尔蒙德（Gabriel A. Almond）等著的《发展中地区的政治》就成为比较政治学的经典之作，该书在新的理论框架下对不同发展中区域的"政治体系"（political system）进行了系统的比较，对建构普化意义的研究范式进行了有益的尝试。②冷战结束后，这种对社会科学化研究的期待仍然十分强烈，乃至成为学界的主流倾向。③区域研究因此呈现出了一种从"对象主义"转向"方法主义"

① Patrick Köllner, Rudra Sil and Ariel I. Ahram, "Comparative Area Studies: What It Is, What It Can Do," in Ariel I. Ahram, Patrick Köllner and Rudra Sil, eds., *Comparative Area Studies: Methodological Rationales and Cross-Regional Applications*, New York: Oxford University Press, 2018, p. 10.
② [美]加布里埃尔·A.阿尔蒙德等：《发展中地区的政治》，任晓晋等译，上海：上海人民出版社，2017年。
③ Patrick Köllner, Rudra Sil and Ariel I. Ahram, "Comparative Area Studies: What It Is, What It Can Do," in Ariel I. Ahram, Patrick Köllner and Rudra Sil, eds., *Comparative Area Studies: Methodological Rationales and Cross-Regional Applications*, New York: Oxford University Press, 2018, p. 11.

的局面①，"学科"一时占据了上风，"理性选择理论"（Rational Choice Theory）也成为"支配性的学术话语霸权"②。

但"理性选择理论"也有自己的弱点，并受到了一些学者的质疑。这方面最具有代表性的是罗伯特·贝茨（Robert Bates）和查尔默斯·约翰逊（Chalmers Johnson）之间的争论。贝茨认为，区域研究未能生产真正科学的知识，因此从事区域研究的学者应该注重对数据模型、数学原理和"理性选择理论"的学习与应用；但约翰逊认为，对他者的语言和文化的理解只能依据复杂的个体化语境（individual context），所谓的"理论"更像是一种康德式的普遍主义假象，并不能真正地解释他者的世界，穿越主体间的文化差异。③总

---

① 日本学者丸山真男指出，美国学者在研究日本或亚洲时存在着两种截然不同的研究动向，一种采取"对象主义"的方式，这类研究"主要以历史学家或地域研究的'专家'为代表。他们大致上继承了战前以来的传统，在尽可能广泛涉猎有关研究对象资料的基础上，采用对象主义方式来阐明制度及文化，不太关作为分析工具的范畴和其相互关系的精确化。在这一研究动向中，往往存在一种暗示的前提，即政治、法制、经济、思想、文化各个领域相关，其领域内诸多构成要素的相关性及其动态作为客观的前提条件内在于所谓对象本身之中"。另一种则采用"方法主义"的方式，这类研究"首先注意到的并非时间上的嬗递，而是'结构'体系上的相互作用性问题。尤其在诸如文化人类学、社会学、社会心理学那种基本概念的框架（framework）迄今已高度精确严密化的领域中，人们想探究在理论上构筑的各种各样的假说以全然不同于美国的文化为素材，在多大程度上经得住检验"。丸山真男的这种划分较为准确地概括了"区域研究"与"学科"之间的方法论差异。参见[日]丸山真男：《附录三：评贝拉的〈德川宗教〉》，见[美]罗伯特·贝拉：《德川宗教：现代日本的文化渊源》，王晓山、戴茸译，北京：生活·读书·新知三联书店，1998年版，第259—260页。
② [英]肖恩·布瑞思林：《区域研究、国际关系和国际政治经济学：中国国际关系研究再思考》，鹿琦译，见陈志敏、[加拿大]崔大伟主编：《国际政治经济学与中国的全球化》，上海：上海三联书店，2006年，第48页。
③ Robert H. Bates, "Area Studies and the Discipline: A Useful Controversy?" in *PS: Political Science and Politics*, Vol. 30, No. 2, 1997, pp. 166–169. Chalmers Johnson, "Preconception vs. Observation, or the Contributions of Rational Choice Theory and Area Studies to Contemporary Political Science," in *PS: Political Science and Politics*, Vol. 30, No. 2, 1997, pp. 170–174.

的来说，在 21 世纪前的几十年时间里，"政治学家们一直在争论案
例研究与统计研究、区域研究与比较研究、使用定量方法的'科学
的'政治研究与依赖丰富的文本和语境理解的'历史的'调查的优
劣"[1]。其结果是，区域研究仍然没有借由比较政治学构造出鲜明的
研究路径，区域研究的方法论共识也未能达成一致。[2]

相比美国区域研究在冷战后遭遇的经济危机，欧洲的区域研究
则一直受到持续的支持，这主要是因为其资助模式与美国大不相同，
其科研工作基本由高等科研院所和机构维系，而非纯粹意识形态化
的项目投资。例如，1916 年成立的英国伦敦大学的东方与亚洲研究
院（School of Oriental and African Studies，SOAS）、斯拉夫与东欧研
究院（School of Slavonic and East European Studies，SSEES），2003 年
成立的英国区域研究协会理事会（United Kingdom Council for Area
Studies Association，UKCASA）及其下属的大量区域研究协会，2006
年成立的德国全球与区域研究研究所（German Institute of Global and
Area Studies，GIGA），从 2009 年开始提供大量资金支持区域研究的
德国联邦教育与研究部（Federal Ministry of Education and Research，
BMBF），2013 年成立的墨卡托中国研究所（Mercator Institute for
China Studies，MERICS），2016 年成立的东欧与国际研究中心
（Centre for East European and International Studies，ZOiS）等等。尽管
不同国家的区域研究学者所面临的情况各异，但冷战结束后，世界

---

[1] Gary King, Robert O. Keohane, Sidney Verba, *Designing Social Inquiry: Scientific Inference in Qualitative Research*, Princeton: Princeton University Press, 1994, p. 4.

[2] Gerardo L. Munck, Richard Snyder, "Debating the Direction of Comparative Politics: An Analysis of Leading Journals," in *Comparative Political Studies*, Vol. 40, No. 1, 2007, pp. 5-31.

政治格局的改变对于这些学者来说都意味着一种学术话语的更迭，因此区域研究成为需要欧美学界共同来定位与反思的问题。

随着全球化跨国交往模式的日趋频繁，对不同国家地区的经济、文化、政治进行比较分析的研究模式也越来越普遍，"比较"似乎已成为一个颇具共识性的研究方法。就欧洲学界来说，"比较"一直是人文学界的重要研究传统，在20世纪英、法、德传播开来的"比较文学"（Comparative Literature）就是在"比较研究"中诞生的学科代表。①冷战之后，"比较"依然是渗透于各类学科中的主流研究思维之一，正如斯皮瓦克所说："冷战结束后，以欧洲为中心的比较文学和以地缘政治为导向的'区域研究'看起来无法立足了。但是，由欧洲传统维系的比较仍然具有一席之地。"②就美国学界而言，"比较研究"一方面在很大程度上受到了欧洲人文学术的影响，像比较文学等学科就在美国大学中取得了稳固的地位；另一方面，在政治科学中兴起"比较历史分析"（Comparative-Historical Analysis，CHA），也使"比较研究"有了新的问题领域（该领域在20世纪90年代末兴盛，在21世纪逐渐走向成熟）。③因此，从欧美整体氛围来看，"比较研究"的成熟似乎为区域研究带来了某种"转向"的可能，而比较区域研究就是对这种"转向"的直接回应。

总的来说，比较区域研究是为结束区域研究与"学科"之争的

---

① [美]勒内·韦勒克：《辨异：续〈批评的诸种概念〉》，刘象愚、杨德友译，上海：上海人民出版社，2015年，第7—37页。

② Gayatri C. Spivak, *An Aesthetic Education in the Era of Globalization*, Cambridge: Harvard University, 2012, p. 468.

③ 花勇：《比较历史分析的学术演进和经典议题：因果关系的过程分析》，载《国外社会科学》2017年第4期，第136—144页。

有益尝试，它以新的"方法论结构"提供了一条"中间道路"（middle path），以此来完成对区域研究的学科化改造。[1]从 20 世纪 90 年代末到 21 世纪初，罗伯特·贝茨、彼得·卡赞斯坦（Peter J. Katzenstein）、斯蒂芬·汉森（Stephen E. Hanson）等学者都认为区域研究与学科化的政治科学应该走向"休战"，但是更具建设性的调和方案与学科构想却很少有人提出来。[2]这里的困难之处在于，区域问题专家对宏观比较研究中的结论表示怀疑，但却没有经验和能力来了解更大范围或其他区域的实际情况，而社会科学中的比较主义者也经常会质疑单一语境的叙述是否在宏观的层面上会失效，或者能否与其他区域的整体语境相关联。比较区域研究就是在这一争论背景中被提出的，它试图解决以上两种方法论的"取舍"（trade-off）问题。帕特里克·克尔纳等学者就此指出："CAS 基于这样一种假设，即潜在的取舍永远无法完全解决，但可以通过研究策略来缓解这种矛盾，即通过语境相关的叙述和普遍化的比较来消除这种矛盾。这不仅更能让我们获得新的见解，了解不同社群之间的相似论辩与新结论，而且还扩大了一般比较学家和不同区域研究社群成员之间

[1] Vee Chansa-Ngavej, Kyu Young Lee, "Does Area Studies Need Theory? Revisiting the Debate on the Future of Area Studies," in *The Korean Journal of International Studies*, Vol. 15, No. 1, 2017, p. 96.

[2] Robert H. Bates, "Area Studies and the Discipline: A Useful Controversy?" in *PS: Political Science and Politics*, Vol. 30, No. 2, 1997, pp. 166-169. Peter J. Katzenstein, "Area Studies and Regional Studies in the United States," in *PS: Political Science and Politics*, Vol. 34, No. 4, 2001, pp. 789-791. Stephen E. Hanson, "The Contribution of Area Studies," in Todd Landman, Neil Robinson, eds., *The SAGE Handbook of Comparative Politics*, Los Angeles: Sage Publications, 2009, pp. 159-174.

的对话。"①所以，比较区域研究是一种内在地沟通"他者研究"的方法论桥梁，它可以通过多样化的研究类型和策略来兼容区域研究与"学科"的研究方法。另外，比较区域研究的方法论也能促进学术共同体的建设，这既为学者提供了良好的学术生态与合作机遇，也为跨学科研究及实践创造了必要的条件。

第二节　比较区域研究的定义与类型

比较区域研究的内涵是什么？从其创生背景来看，这个术语主要由德国全球与区域研究研究所（GIGA）发明和推广，因此我们可以参照该机构对它的定义：

比较区域研究（CAS）是一个学术研究领域，它将区域研究的语境敏觉性、知识和具体的、作为适当手段的比较方法相结合，从而有利于解决更广泛的学科与理论之争，并更好地洞察案例。因此，CAS的认知兴趣既包括普遍原理（generalisaiton），也包括特定问题（specification）。我们相信，具有语境知识和方法论的CAS有益于社会科学学科和特定区域研究（area-specific studies）。CAS能通过以下方式增加其价值：在学科和特定区域研究中互相丰富理论和概念剧目、分析框架和方法论工具；查明社会现象和理论是否受到地理

---

① Patrick Köllner, Rudra Sil and Ariel I. Ahram, "Comparative Area Studies: What It Is, What It Can Do," in Ariel I. Ahram, Patrick Köllner and Rudra Sil, eds., Comparative Area Studies: Methodological Rationales and Cross-Regional Applications, New York: Oxford University Press, 2018, p. 14.

和/或文化的限制；通过确定这些概念是否能够"旅行"以及旅行的距离来界定概念的范围；在比较的、语境敏觉的证据的基础上发现和形成新的理论和概念。CAS 可以视为全球普遍化、跨国研究和个体化、经验化的"深厚"（thick）案例之间缺失的环节。

该定义表明，比较区域研究是一种将"比较"的方法运用到区域研究的新学术领域，其特殊性在于研究方法论的建构。换言之，比较区域研究这一术语的内涵其实是对其研究方法的概括。根据这个术语的首创者巴泽道和克尔纳的意见，比较区域研究可以划分为以下三个类型，即"区域内比较"（Intra-regional Comparison）、"区域间比较"（Inter-regional Comparison） 和 "跨区域研究"（Cross-regional Comparison）。这三种研究类型的具体含义可以用表 4-1 表示。①

表4-1　比较区域研究的三种类型

	区域内比较	区域间比较	跨区域比较
比较的对象	比较区域内的实体（entity）	将不同的区域作为分析与比较的单元/实体	比较来自不同区域的实体
例子	非洲南部的不同政党	亚洲与拉丁美洲之间的区域合作	存在于非洲、拉丁美洲与中东的拥有丰富资源的国家

表格引自：Matthias Basedau, Patrick Köllner, "Area Studies, Comparative Area Studies, and the Study of Politics: Context, Substance, and Methodological Challenges", in Zeitschrift für Vergleichende Politikwissenschaft, Vol 1, No. 1, 2007, p. 110.

---

① Matthias Basedau, Patrick Köllner, "Area Studies, Comparative Area Studies, and the Study of Politics: Context, Substance, and Methodological Challenges," in *Zeitschrift für Vergleichende Politikwissenschaft*, Vol. 1, No. 1, 2007, p. 110.

　　"区域内比较"主要对特定区域内的不同实体加以比较，它与区域研究的研究模式十分相似，其研究对象与概念的语境相对而言是同质性的。[①]阿里尔·阿尔姆指出，比较区域研究其实是一种唐纳德·埃莫森（Donald K. Emmerson）所谓的"招募措辞"（terms of enlistment）[②]，即区域研究通过与政治科学这类"学科"的接洽来扩大自己的方法论剧目。[③]因此，"区域内比较"的研究方法收纳了区域研究的主流方法，即对特定区域目标的深度研究。这种比较能够深化特定区域内的研究对象之间的差异，这种差异并不是由区域语境的异质性差异所造成的，而是在更加复杂的社会事实与问题结构中产生的。

　　"区域间比较"将不同的区域作为分析与比较的单元/实体，并研究它们之间的异同之处，其主要问题包括在不同世界地区产生影

[①] Matthias Basedau, Patrick Köllner, "Area Studies, Comparative Area Studies, and the Study of Politics: Context, Substance, and Methodological Challenges", in *Zeitschrift für Vergleichende Politikwissenschaft*, Vol. 1, No. 1, 2007, p. 111.

[②] 唐纳德·埃莫森认为，"招募措辞"的使用者应为主导性的学科，这样一来，位于该学科边缘的研究就能被收纳进去。他谈道："与单纯的共存（coexistence）相比，基于区域的学问与学科学问相辅相成的情况表面上看更加准确，也更有吸引力。除了简单的并置之外，互补关系还包括互惠关系（mutuality）和相互作用。但是用谁的措辞（terms）？如果某一区域的研究在制度上处于该学科的边缘或从属地位，而该学科又具有某一智识视角（intellectual perspective）的特权，那么区域学者可能会面对与该学科的一种'互补性'（complementarity），这就要求他们采用这种特定的方法。这就是我在副标题中所说的'招募措辞'（terms of enlistment）。这种关系最让人反感的地方在于，它使这些区域学者减少了要提供的数据——这些数据作为原料要在下游工厂分选、加工并成为理论。这些下游工厂被学科及其信念所占有并操纵。" Donald K. Emmerson, "Southeast Asia in Political Science: Terms of Enlistment," in Erik Martinez Kuhonta, Dan Slater and Tuong Vu, eds., *Southeast Asia in Political Science: Theory, Region, and Qualitative Analysis*, Stanford, CA: Stanford University Press, 2008, p. 304.

[③] Ariel I. Ahram, "The Theory and Method of Comparative Area Studies", in *Qualitative Report*, Vol. 11, No. 1, 2011, pp. 69–90.

响的某些广泛性的、转换性的过程，也包括不同的区域模式对同一问题产生不同反应的原因，例如民主化、工业化与民族主义。[1]"区域间比较"更类似于社会科学的研究方法而非区域研究，它试图根据大样本研究和总体数据，来抹去存在于某一区域之内的多样性。[2]这种研究方法能够得到以区域为比较单位的总体特征，从而对不同区域的语境特点作出差异化的描述。

"跨区域比较"则以跨越不同区域的实体为比较的对象，这类研究有助于对不同语境中的相同概念和理论进行论证，也有助于修正语境变化下的概念和具体化理论，或是强调导致相同结果的不同路径并发现新的理论。[3]"跨区域比较"在研究工业化程度较高的国家中已经比较常见，这类研究与"比较政治学"的案例研究颇为相似。但是，在非西方世界，"跨区域比较"仍然面临着许多困难，因为它对研究者提出了较高的多语学习能力与文化知识水平。这就不仅与区域研究对专门化智识和批评深度的要求相一致，而且要求具备更广阔的地域视野和异质性语境的理解能力。通过对案例在不同区域中的比较研究，概念和理论能否"旅行"的问题就能得到更好的揭示，这自然有助于调和普遍性与特殊性之间的矛盾。[4]

[1] Matthias Basedau, Patrick Köllner, "Area Studies, Comparative Area Studies, and the Study of Politics: Context, Substance, and Methodological Challenges," in *Zeitschrift für Vergleichende Politikwissenschaft*, Vol. 1, No. 1, 2007, p. 111.

[2] Bert Hoffmann. "Latin America and Beyond: The Case for Comparative Area Studies," in *RELACS*, No. 100, 2015, p. 115.

[3] Evelyne Huber, "Letter from the President: The Role of Cross-regional Comparison," in *CP: Newsletter of the Comparative Politics Organized Section of the American Political Science Association*, Vol. 14, No. 2, 2003, p. 1.

[4] Matthias Basedau, Patrick Köllner, "Area Studies, Comparative Area Studies, and the Study of Politics: Context, Substance, and Methodological Challenges," in *Zeitschrift für Vergleichende Politikwissenschaft*, Vol. 1, No. 1, 2007, p. 112.

第三节 比较区域研究的功能

根据研究对象及其语境特性，比较区域研究划分出了不同的类型，既对以往的研究成果提供了分类依据和评价标准，也为未来的研究提供了多样化的研究方法。这种方法论建构使比较区域研究在"表述"（representation）、"概念及理论"和"实践性"三个层面彰显出独特的功能：

第一，在"表述"的层面上，比较区域研究能够通过"比较"的方法对区域的形成与特征有更深入的洞察，发现区域内、区域间与区域本身的问题特性，从而了解研究对象与区域之间的深层关联。在区域研究或"学科"中，语境差异的同质性或异质性划分并没有被十分强调，但比较区域研究对于语境差异格外重视，会针对语境的差异采用不同的研究方法，因此能够将研究对象置于更加客观的问题结构中，试图避免由语境差异所带来的误解与误释。

第二，在"概念及理论"的层面上，比较区域研究能够测试概念与理论能否在不同的区域和国家中"旅行"，从而对其进行调整和重释。区域研究与"学科"往往被人文学科诟病为"西方中心主义"的知识话语，这既涉及冷战期间的意识形态问题，又涉及西方主体生产的深层"权力—知识"话语；而比较区域研究对概念、理论能否"旅行"的自我侦察心态，以及对区域研究和"学科"各自弱点的暴露与改造，都具有一定的去殖民化和"去偏狭化"（de-parochializing）的能力，虽然它从更为激进的后殖民异质论来看仍然具有一定的局限性。

　　第三，在"实践性"的层面上，比较区域研究能够为具体区域中的相关问题和跨区域的普遍现象提供详细信息和比较分析，从而为不同学科、机构提供有益的知识情报和研究范式。在以往的区域研究中，其研究范式往往被美国国家安全机构和情报部门所规定，从而被诟病为一种意识形态化的智识生产；在"学科"中，相关研究也容易演变成纯粹的数据测验和理论演绎，被讽刺为"象牙塔中的艺术"。而比较区域研究经过自身方法论的改造，能够在一定程度上兼具智识性和学科性，这就使其既可以为大国关系、区域经济发展和冲突预测等当代政治经济问题提供参照，也可以为田野调查、历史编纂、语言文学研究等人文学科问题提供丰富的知识资源与理论路径。

　　因此，这些功能在一定程度上破除了"偏狭主义"（parochialism）的智识局限，使区域研究和"学科"之间互相诟病的缺陷得到一些补正。以往的区域研究往往被"学科"诟病为"水平无知"（horizontal ignorance）[1]，因为区域研究总是局限于案例的深度调查之中，而缺乏普遍化的理论能力和稳固的分析、推理方法；比较区域研究对跨区域、跨语境问题的强调则有助于区域研究学者采用比较研究的方法论，从而拓宽区域问题的视野。"学科"往往被区域研究诟病为"垂直无知"（vertical ignorance）[2]，因为他们缺乏

---

[1]　Christian Von Soest, Alexander Stroh, "Comparisons Across World Regions: Managing Conceptual, Methodological, and Practical Challenges," in Ariel I. Ahram, Patrick Köllner and Rudra Sil, eds., *Comparative Area Studies: Methodological Rationales and Cross-Regional Applications*, New York: Oxford University Press, 2018, p. 70.

[2]　Christian Von Soest, Alexander Stroh, "Comparisons Across World Regions: Managing Conceptual, Methodological, and Practical Challenges," in Ariel I. Ahram, Patrick Köllner and Rudra Sil, eds., *Comparative Area Studies: Methodological Rationales and Cross-Regional Applications*, New York: Oxford University Press, 2018, p. 70.

案例的深度研究，对他者文化和语言没有精严的学术训练，往往基于二手文献和数据进行理论分析与归纳；而比较区域研究则强调案例与理论的深度对话，强调异质性语境对概念的差异性影响，因此为发现新的概念与理论提供了方法论契机。

比较区域研究近年来在研究项目上的突破显示了其功能的优越性。在德国学术机构 GIGA 的推动下，比较区域研究的研究项目形成了以下四个代表性议题：其一是"责任性与参与"（Accountability and Participation）。该项目对正在进行的政治议程进行比较分析，这些政治议程对民主体制产生促进或破坏作用，并在南半球甚至全球传播专制政治和实践。其二是"和平与安全"（Peace and Security）。该项目旨在揭示身份认同、意识形态、机构部署和国际干预如何影响了和平与冲突。其三是"全球化与发展"（Globalisation and Development）。该项目研究在全球化经济语境下持续发展的政治经济基础，通过基础实证研究、政策分析设计和政策干预测试，努力将理论与实践结合起来。其四是"全球秩序与外交政策"（Global Orders and Foreign Policies）。该项目研究碎片化的全球秩序对全球和区域多边主义及其问题解决能力的影响。这些研究项目整合了区域研究与"学科"的话题兴趣，而且在大国外交、国际治理和国际秩序重建等问题上具有一定的政治参与性，为全球政治与经济的发展提供了颇具典范意义的研究范式。

第四节 比较区域研究的挑战及其应对策略

比较区域研究要实现自己的智识抱负和方法论目标，就必须要回应当下所面临的诸多挑战。这些挑战既来自区域研究和社会科学本身的先天缺陷，也来自重新确立研究方法论过程中的策略难题，还来自人文学科对人文理念合法性的质疑。这些挑战看似使比较区域研究的境况变得艰难，但却为其方法论的进一步改善提供了明确的方向。这是我们在接受比较区域研究方法论的过程中所必然要考虑的参数，否则就很有可能会陷入雷蒙·威廉斯（Raymond Williams）所谓的"方法论陷阱"[①]之中。

　　首先是概念可比性的挑战。比较区域研究以"比较"为方法论基础，而"比较"的合法性来源于概念的可比性。但在异质性语境下，概念是否具有可比性，或者说如何找出具有可比性的概念，则成为一个前置性的难题。例如，"民主"的含义在中东和美国是不同的，前者比后者对上帝的意志有更多的考虑。但中东的"民主"也并非与美国的毫无共同点，否则我们不可能会对"民主"有比较性的认识。艾田伯曾指出，一个抽象概念尤其会出现多种语言难以相互对应的情况。[②]如果我们不加考量地运用这些概念，那么这些概念一方面可能会过滤掉研究对象原本所富含的语言信息，另一方面也

[①] Raymond Williams, *Problems in Materialism and Culture*, London: Verso, 1980, p. 21.

[②] 艾田伯说："一涉及抽象概念，一种语言的概念就很难和其他语言概念相对应。这一点有谁能比一个比较学者知道得更清楚呢？倒不如说这些概念互相渗透，每一个概念都由好几个外来的概念拼缀而成，而这些外来的概念又因语言的差异而不同。比如，德语中'Volk'（人民）这个词含有一种矫饰的、种族主义的意义，和法文中的'peuple'（人民）完全不同。德语'Völkisch'（人民的）的含义绝不是法语的'populaire'（人民的），然而比起来几乎是一个科学概念、可以译作法语的'racial'（种族的）的德语'rassisch'（种族的）这个词，它既带有褒义，又带有浪漫和左倾的色彩。即便如此，在纳粹的影响下，这个词终于滑向不折不扣标准德语的'raciste'（种族主义）的含义。"[法]艾田伯：《比较不是理由：比较文学的危机》，罗芃译，见[法]艾田伯：《比较文学之道：艾田伯文论选集》，胡玉龙译，北京：生活·读书·新知三联书店，2006年版，第26页。

可能会附加研究者语言系统中的语境含义，使研究结论变成一种"自我指涉"，而失去了对研究对象的准确、客观的把握。在跨区域研究中，概念极易因语境的异质性而产生歧义和挪用，最终导致比较结论的错误和失效。

有学者提出，可以通过概念的"提纯"（refine）来应对这一问题。具体来讲，就是将概念的"核心"（hard core）与"保护带"（protective belt）建立起来，前者是概念的基础含义，后者是特殊的表达形式，这样就可以既不损害概念的基本含义，又能显现出它的语境差异。[1]但是，这同时也对我们对"概念"的理解、翻译与运用提出了极高的要求，而且它受限于预先设定的、具有可比性的小样本案例。所以当区域与案例数量较多的时候，仅用一两个语境中的概念仍可能会造成问题本身的剪裁。因此也有学者指出，研究者在这种情况下应该冒冒风险，提出新的具有可比性的概念。这种做法"既是挑战也是机遇，它必须防止跨区域概念的'过度扩展'（over-stretching），注意调整概念在具体的本地语境中的含义和指称"[2]。

其次是策略适用性的挑战。比较区域研究面对非常复杂的语境差异，既有同质性的语境，又有异质性的语境，再加上每种研

---

[1] Christian Von Soest, Alexander Stroh, "Comparisons Across World Regions: Managing Conceptual, Methodological, and Practical Challenges," in Ariel I. Ahram, Patrick Köllner and Rudra Sil, eds., *Comparative Area Studies: Methodological Rationales and Cross-Regional Applications*, New York: Oxford University Press, 2018, p. 73.

[2] Patrick Köllner, Rudra Sil and Ariel I. Ahram, "Comparative Area Studies: What It Is, What It Can Do," in Ariel I. Ahram, Patrick Köllner and Rudra Sil, eds., *Comparative Area Studies: Methodological Rationales and Cross-Regional Applications*, New York: Oxford University Press, 2018, p. 19.

究类型所涉及的对象性质和数量都不尽相同，策略适应性的问题成为研究者必须要考虑的问题。正如巴泽道和克尔纳所说："待研究案例和变量的数量、它们的选择及其相关'现实世界'的状况，都极大地影响了研究策略的适用性（applicability）。后者可能是最重要的，它影响了比较区域研究中对研究策略的选择。"[①]因此，比较策略要根据研究对象的情况加以调整，才能使自身具有更强的适用性。

为了应对这一挑战，巴泽道和克尔纳在社会科学研究方法的启发下，制定出了一套系统化的比较策略。社会科学中的比较研究有"定量研究"与"定性研究"及其所对应的"大样本分析"（large N analysis）和"小样本分析"（small N analysis）这两种研究策略，这为比较区域研究提供了方法论的借鉴。定量研究的大样本分析与比较是一种统计学的方法，它要求精确的统计数据，但粗线条的勾勒和因果关联会使一些例外的案例被忽略。定质研究的小样本比较则基于案例的深度调查和研究之上，它避免了大样本分析与比较的粗略缺陷，而且恰当的案例也能很好地提炼出问题的联系与规律，其挑战在于，识别这种符合要求的案例有一定的困难。要应对这一问题，我们一方面可以在"区域内研究"中采用"最大相似系统"

① Matthias Basedau, Patrick Köllner, "Area Studies, Comparative Area Studies, and the Study of Politics: Context, Substance, and Methodological Challenges," in *Zeitschrift für Vergleichende Politikwissenschaft*, Vol. 1, No. 1, 2007, p. 117.

（Most-similar-system）①的策略，明确同质性语境中的变量及其差异关系，选取中小样本作为研究案例；另一方面可以在"区域间比较"和"跨区域比较"中采用"最大相异系统"（Most-different-system）的策略，明确异质性语境（也有非异质性语境的可能）中的常量及其相似关系。其中，"区域间比较"适用于选取小样本作为研究案例，"跨区域比较"则可选取大样本（配合跨国分析策略）或中小样本（配合最大相异系统分析策略）作为研究案例。②在定量研究与定性研究的综合之下，比较区域研究就能尽量调和区域研究与"学科"的特殊性与普遍性矛盾，形成一条"中间道路"。

　　但值得注意的是，如果只是按图索骥式地移植以上的比较策略，那么就忽略了语境本身的复杂性问题。从后现代主义的反二元论观点来看，集体性的身份想象和泾渭分明的主体边界只是一种同一性

---

① "最大相似系统"由约翰·密尔（John S. Mill）的"差分法"（difference method）发展而来，后由亚当·普沃斯基（Adam Przeworski）和亨利·泰尼（Henry Teune）在《比较社会探究的逻辑》（*The Logic of Comparative Social Inquiry*，1970）中明确提出。它在这里的含义是："案例的选择是基于大量的相似点和关乎变量的差异，这些变量之间被假设存在某种关系。相似点可以看作是一个类似于其他条件不变（ceteris paribus）的分句，可以被排除掉再来解释差异。因此，我们就可以相对确定这种联系是由其他变量引起的。这些结果甚至具有普遍化的可能，因为我们可以宣称，在样本给出的条件下，我们可以观察到被调查变量之间的必然联系。"参见 Matthias Basedau, Patrick Köllner, "Area Studies, Comparative Area Studies, and the Study of Politics: Context, Substance, and Methodological Challenges," in *Zeitschrift für Vergleichende Politikwissenschaft*, Vol. 1, No. 1, 2007, p. 118.

② Matthias Basedau, Patrick Köllner, "Area Studies, Comparative Area Studies, and the Study of Politics: Context, Substance, and Methodological Challenges," in *Zeitschrift für Vergleichende Politikwissenschaft*, Vol. 1, No. 1, 2007, p. 119.

幻觉①；因此，任何比较单位都蕴含着无限的时空化差异，这就导致了对同质性语境或异质性语境加以判定的困难。即便相对地确定了比较单位的语境性质，也难免会因时空问题产生因果解释的差异。图利亚·法莱蒂（Tulia Falleti）和茱莉娅·林奇（Julia Lynch）就此指出，相同的因果机制会根据语境的不同而产生不同的结果，它不是简单的输入与输出的程式，而是充满了复杂时空条件下所汇聚的临时性变量。因此，巴泽道和克尔纳对语境性质的简单划分很可能在比较分析中产生先在的误导。法莱蒂和林奇建议运用周期化（periodization）的方法标明案例分析在多层语境中的起止点，这样就可能会获得更好的因果解释，使定性研究的语境因素得到更充分的考虑。②对于比较区域研究来说，这种时间化的语境分析策略也同样适用，这样就能在一定程度上使案例分析防范语境化的误判与误置。

　　另外，在案例选择的问题上，马蒂亚斯·巴泽道和帕特里克·克尔纳只考虑了案例的选取数量，未考虑到案例的选取规则，而后者恰恰决定了案例之于定性研究的相关性、有效性与典型性。我们或可参照詹姆斯·马奥尼（James Mahoney）和加里·戈茨（Gary Goertz）针对案例选择问题所提出的"可能原则"（Possible Principle）和"范围条件"（Scope Conditions）。这两位学者认为，在对革命、福利国家发展、种族屠杀和经济增长等问题的定性研究中，研究者

---

① 对边界和集体性问题的讨论可以参见斯皮瓦克的《一门学科之死》第二章《集体性》和哈拉维的《赛博格宣言》第二节《身份的断裂》。Donna J. Haraway, Manifestly Haraway, Minneapolis: University of Minnesota Press, 2016, pp. 5-90. Gayatri C. Spivak, *Death of a Discipline*, New York: Columbia University Press, 2003, pp. 25-70.

② Tulia G. Falleti, Julia F. Lynch, "Context and Causal Mechanisms in Political Analysis", in *Comparative Political Stuides*, Vol. 42, No. 9, 2009, pp. 1143-1166.

会选择可能产生利益结果的"否定案例"（negative cases），这种选择形式就是"可能原则"。"否定案例"与"无关案例"的区分是"可能原则"生效的关键，这需要我们另外遵循"包含规则"（Rule of Inclusion）和"排除规则"（Rule of Exclusion）。"包含规则"认为，如果至少一个自变量的值与利益结果正相关，则案例是相关的；"排除规则"认为，如果案例在任何可消除的自变量上的价值可以预测不产生利益的结果，那么这些案例是不相关的。如此，"可能原则"就能选取适当的"否定案例"进行研究。另外，在同质性案例的选取过程中，"范围条件"也是一个重要的语境前提，如果未对其充分重视，研究者可能会不适当地排除某些同质性案例，或不适当地引入某些未被认识的异质性案例。与"可能原则"不同的是，"可能原则"仅仅排除了"非肯定案例"（nonpositive cases），而"范围条件"均排除了"肯定案例"和"非肯定案例"。①对于跨区域研究而言，"可能原则"与"范围条件"为案例的选择提供了具体的规则，从而使样本的数量受到了限制，但以此为基础的定性研究在因果阐释的有效性上则有了更好的保证。

最后是理念合法性的挑战。比较区域研究试图解决的主要问题是区域研究与社会科学的方法论之争，却对 20 世纪 70 年代中期兴起的后殖民主义批评缺乏回应；但是，后殖民主义对区域研究的批评却是致命的，它直接挑战了研究理念的合法性问题。在区域研究发展的黄金时期，萨义德便指出了区域研究中存在着的"东方学"

---

① James Mahoney, Gary Goertz, "The Possibility Principle: Choosing Negative Cases in Comparative Research", in *American Political Science Review*, Vol. 98, No. 4, 2004, pp. 653-669.

信条和根深蒂固的"权力—知识"话语。"东方学"在"二战"前以英、法为研究中心，而随着世界政治格局的变化，美国一方面汲取和转移了欧洲"东方学"的传统，另一方面又从社会科学的角度将"东方学"转化成了区域研究的分支。在萨义德看来，新区域研究与老"东方学"几乎完全一致："社会科学家和新东方专家出场了，他们似乎并不宽阔的肩膀将要承受整个东方学的传统衣钵……他们使其面目一新，几乎难以辨认。然而，无论如何，新东方学家接受了老东方学家对东方文化的敌视态度并且将其一直保留了下来。"①而更糟糕的是，"东方学"的这种意识形态偏见会在任何"他者研究"的范式中不断地流传与翻新，就像区域研究所显示的那样，"旧的东方学分崩离析，然而分裂出的每一碎块都仍然分有着东方学的传统信条"②。

所以从后殖民主义的角度来看，比较区域研究也很有可能会走上"东方学"的老路，因为比较方法论对区域研究的改造并不涉及价值立场的批判。诚如斯皮瓦克所说："比较设定了一个公平的竞争环境，但如果仅从潜在利益的视角出发，这个环境就从来都不是公平的。换句话说，它从来不是一个比较和对照的问题，而是判断和选择的问题。"③所以"比较"并不能应对后殖民主义的挑战，如果在方法论上没有表现出他者的立场，那么比较区域研究仍会重蹈区

---

① [美]爱德华·W. 萨义德，《东方学》，王宇根译，北京：生活·读书·新知三联书店，1999年版，第372页。
② [美]爱德华·W. 萨义德，《东方学》，王宇根译，北京：生活·读书·新知三联书店，1999年版，第364页。
③ Gayatri C. Spivak, *An Aesthetic Education in the Era of Globalization*, Cambridge: Harvard University, 2012, p. 468.

域研究中的"东方主义"思维模式。

后殖民主义对区域研究所提出来的改造策略是让它与文学研究相结合，这对比较区域研究来说也具有一定的适用性。萨义德指出，区域研究的一个显著缺陷就是对文学文本的忽略，其结果使地区及其人民成为非人化的态度、趋势和数据。但是，文学作品能有效地改变人们用来表述东方的固定模式，如形象、刻板印象、抽象概括等。"文学文本或多或少能更直接地言说活生生的现实。其力量不在于它是阿拉伯的，或法国的，或英国的；其力量存在于其语词之中，这些语词，如果借用并归结一下福楼拜《圣安东的诱惑》中的比喻，打破了东方学的偶像并且打落了他们怀中搂着的那些瘫痪的大孩子——这正是他们对东方的看法。"①斯皮瓦克则更明确地指出，区域研究应该与比较文学整合为一门"新比较文学"，让文学研究改变区域研究无法真正进入他者的窘境。在理念上，斯皮瓦克激活了"行星"这一后殖民概念，试图用一种异质性的空间和时间观念置换全球化的政治秩序，"新比较文学"因此也就转向了以往被区域研究和比较文学所忽视的南半球。斯皮瓦克谈道："有了被区域研究增补的比较文学的支持，假设的集体就跨越了边界，这时，人们也许会试图把他们自己理解（figure）为——想象（imagine）为——行星的，而不是大陆的、全球的或世界的。"②可见，斯皮瓦克站在了异质性的后殖民立场上来看待区域与他者，她试图构建一种平等对话的国际关系与主体关系。这种理念在克服"偏狭主义"与"西方中心主义"上更具批判力度。

---

① [美]爱德华·W. 萨义德，《东方学》，王宇根译，北京：生活·读书·新知三联书店，1999年版，第373页。

② Gayatri C. Spivak, *Death of a Discipline*, New York: Columbia University Press, 2003, p. 72.

　　然而，倡导比较区域研究的学者很少从后殖民主义的角度展开讨论。值得注意的是，在《比较区域研究：方法论原理与跨区域应用》的导言中，作者以这样一句话来作为结尾："通过鼓励汇集和分析来自多个领域的研究成果，CAS 可以向学者、资助者和决策者等证明，以区域为焦点的研究以及跨区域（或区域间）的比较可以告诉我们许多关于塑造我们周围世界的力量的知识。"①这里的"资助者""决策者"和"我们"值得我们警惕，比较区域研究是否仍然为政治服务？这与区域研究的区别在哪里？比较区域研究是否具有他性意识和责任意识？文学研究应该怎样介入？这些问题，还需要从后殖民主义的视角进一步地透视和反思。

---

① Patrick Köllner, Rudra Sil and Ariel I. Ahram, "Comparative Area Studies: What It Is, What It Can Do," in Ariel I. Ahram, Patrick Köllner and Rudra Sil, eds., *Comparative Area Studies: Methodological Rationales and Cross-Regional Applications*, New York: Oxford University Press, 2018, p. 26.

第五章

比较文学与区域研究的整合

面对比较文学与区域研究的危机，斯皮瓦克提出了独特的学科改造的方案。她提议将比较文学的细读优势、批判优势与区域研究的语言优势、跨学科优势结合起来，这样，比较文学与区域研究的危机就能同时化解，整合为一门具有"行星性"的新学科——"新比较文学"。从目前的回应来看，斯皮瓦克的构想已被视为比较文学学科发展史上的重要坐标，受到了西方学界的广泛关注[1]；但是，限于斯皮瓦克一贯的理论难度与晦涩文风，目前国内外研究对其主要观点的梳理和反思均有一定程度的不足，且在国内研究中出现一些误读。因此，本章将聚焦于斯皮瓦克的学科改造方案，为"新比较文学"的"蓝图"勾勒出更加细致的轮廓，并进一步反思其理论局限、实践效果等相关问题。

第一节 "去文化研究"的研究范式

至 20 世纪末，"文化研究"已成为重要的跨文化研究范式，渗透在比较文学与区域研究之中。苏珊·巴斯奈特指出："当我们走到20 世纪的尽头，更应认识到一个时代的终结……比较文学作为一门学科的鼎盛期已经过去。女性研究、后殖民理论、文化研究这三个

---

[1] 国外学界对斯皮瓦克的"新比较文学"思想至少有两次重要的集中性回应：第一次为美国比较文学学会（ACLA）的第四次比较文学学科报告《全球化时代的比较文学》（中译本参见[美]苏源熙编：《全球化时代的比较文学》，任一鸣、陈琛等译，北京：北京大学出版社，2015 年版）对《一门学科之死》的大量讨论；第二次为美国著名学术刊物《比较文学》（*Comparative Literature*）在 2005 年第 3 期集中刊发了评论斯皮瓦克《一门学科之死》的论文，包括 1 篇序言性质的总评、8 篇话题各异的评论、1 篇斯皮瓦克访谈稿。

领域中的跨文化研究工作，已整体上改变了文学研究的面貌。"①从学科传统来看，理查德·霍加特（Richard Hoggart）在伯明翰大学1964 年成立的"当代文化研究中心"（The Centre for Contemporary Cultural Studies，CCCS）可以看作文化研究在学院内体制化的标志，英国"伯明翰学派"自此成为文化研究的经典流派。美国的文化研究也遵循英国文化研究的传统，主要继承了理查德·霍加特、雷蒙·威廉斯（Ramon Williams）和斯图亚特·霍尔（Stuart Hall）等人的知识遗产，由此在 20 世纪 80 年代以来形成了以劳伦斯·格罗斯伯格（Lawrence Grossberg）为核心人物的美国文化研究。在英、美文化研究中，政治批判与干预成为重要的文化反思路径，正如加里·纳尔逊（Cary Nelson）等学者所说："文化研究中存在着一种文化的双重表达，'文化'既是分析的依据和研究的对象，又是政治批判和干预的场所。"②无论是充斥于消费社会中的亚文化还是利维斯主义式的精英文化，政治一直以来都是文化研究的批判旨归。

但从后殖民主义的立场上看，文化研究的这种政治化批判具有很大的局限性。因为文化研究整体而言是在"西方"内部兴起的知识话语，它的批判策略往往忽视了非西方世界的、异质性的、边缘化的声音，因此也就与文化帝国主义达成了潜在的合谋。斯皮瓦克在对米歇尔·福柯（Michel Foucault）、吉尔·德勒兹（Gilles Deleuze）等后结构主义者的批判中清晰地表明了这一点：被西方所

---

① [英]苏珊·巴斯奈特：《比较文学批评导论》，查明建译，北京：北京大学出版社，2015年版，第184—185页。

② Cary Nelson, Paula A. Treichler, "Lawrence Grossberg. Cultural Studies: An Introduction, Lawrence Grossberg", in Cary Nelson, Paula A. Treichler, eds., *Cultural Studies*, New York: Routledge, 1992, p. 5.

言说的主体总是处于被压抑的状态，属民无法发出自己的声音。[①]文化研究因而具有一种输出性的政治欲望与意识形态倾向，正如哈鲁图涅所说："旧有的区域研究是要推动一种能够掩饰美国企图向第三世界国家输出资本和价值体系的发展策略，以此打败第二世界国家。新的文化研究也可能犯同样的错误。它看重微量技术的权力，并把国家和资本改头换面为隐含的权力逻辑，抹杀权力的影响。"[②]在这种警觉之下，斯皮瓦克详述了文化研究对比较文学与区域研究的政治介入及其问题，提议一种"去文化研究"也即"去政治化"的研究范式。

一方面，斯皮瓦克指出了文化研究对比较文学的消极影响。因为比较文学长期笼罩于"危机论"之下，所以文化研究的批判理论也对其政治认同和经典化秩序进行了干预，从而使比较文学在立场上保持"政治正确"的姿态，例如扩大文学研究语系，承认各民族文学的多元性价值。但是，诚如斯皮瓦克所说，比较文学所做的这些努力就像文化研究中的伯明翰模式（Birmingham Model）一样，或是在米字旗（Union Jack）上加点黑色，或是重新解释一下美国黑人民权领袖杰西·杰克逊（Jesse Jackson）的口号然后把彩虹中红、白、蓝色也喷到旗帜上去。[③]这些努力虽然动摇了旧帝国主义的民族主义偏见，但仍在"西方"的问题域之内思考种族、文化与多元性

[①] Gayatri C. Spivak, "Can the Subaltern Speak?", in Cary Nelson, Lawrence Grossberg, eds., *Marxism and the Interpretation of Culture*, Champaign: University of Illinois Press, 1988, pp. 271–313.

[②] [美]H. D. 哈鲁图涅：《后殖民之无意识/区域研究之渴望》，陈琳译，见[美]尹晓煌，何成洲主编：《全球化与跨国民族主义经典文论》，南京：南京大学出版社，2014年版，第79页。

[③] Gayatri C. Spivak, *Death of a Discipline*, New York: Columbia University Press, 2003, p. 9.

等问题。对于非西方世界的属民文化，文化研究仍然将其置于边缘化的地位，甚至在某种程度上叠加了更加隐匿的压制性话语。因此，斯皮瓦克提醒我们，如果我们还局限于英语中的美国文化研究，我们就既无法得到"有限渗透性"（Restricted Permeability）的教益，也无法得到在欧洲诸民族语言（正是基于这些语言，才形成了我们所谓的比较文学的基础）中翻译来翻译去竟而消失了的文本的教益。①文化研究难以跨越边界，因为它在全球化的"有限渗透性"之中无法与他者进行互动式的沟通。"有限渗透性"指一种不均衡的宗主国与属民国家、地区的交流，前者可以通过卫星等技术体系轻而易举地跨越边界，而后者则会面临官僚机构、警政管辖的阻碍，且属民文化内部之间存在着巨大的差异，彼此之间也缺乏交流。②文化研究式的比较文学很容易将单向渗透的文本误作为他者的真实再现，从而将他者的文化深度予以降格，进而加深中心对边缘、西方对非西方、强势语言对弱势语言的误读传统与霸权逻辑。因此，捕获异质性经验需要新的研究范式，而非文化研究式的比较文学。

另一方面，斯皮瓦克指出了文化研究对区域研究的过度批判。她认为，文化研究因语言的浮躁与政治的过激而使自己陷入危机之中。区域研究虽然对他者语言的学习十分精良，能够运用田野调查等研究方式深入了解他者，但却因为其政治立场而对他者充满了敌意，更不会友好地再现他者或为他者发声。与区域研究的语言优势相比，文化研究对他者文化不仅所知甚少，而且还会浅薄地利用这

---

① Gayatri C. Spivak, *Death of a Discipline*, New York: Columbia University Press, 2003, pp. 18-19.

② Gayatri C. Spivak, *Death of a Discipline*, New York: Columbia University Press, 2003, p. 16.

些文化发表政论，加深我们对他者的误解。斯皮瓦克谈道："作为一种起源于民族语言部门的激进边缘（Radical Fringes）的宗主国现象，并带有宗主国语言的当下主义（Presentist）和个人主义（Personalist）政治信条的学术性的'文化研究'……用的常常是明显的先决性结论，这就无法与区域研究的那种暗含的、狡猾的政治相比较；而且文化研究得到了'不严格'与学术政治化的名声。"①因此，文化研究对区域研究的政治化批判其实局限于自身的主观立场之上，很可能会将其研究优势及成果也予以政治抨击和全盘否定，因此区域研究本身的一些"良性"研究范式需要得到"去政治化"的澄清。

文化研究对比较文学与区域研究的介入使这两门学科过度拘泥于政治化的问题，或是陷入误读的政治传统，或是被隔断于绝对化的政治批评。因此，"去文化研究"的意义就在于将这两门学科的研究范式进行"去政治化"的蒸馏。这里的"去政治化"并不是"反政治化"，而是一种政治立场的转变。斯皮瓦克谈道："我所提议的不是要将学科政治化。我们在政治中。为了避免一种敌意的、恐惧的和扬汤止沸的政治，我提议试一试去政治化。"②"去政治化"是一种类似于尼采式的"永恒回归"（Eternal Return）的过程，因为"政治"是一种无法彻底抹除的存在状态，所以这里的"去政治化"实际指一种政治态度的转变，即从"敌对的政治学"到德里达的"友爱的政治学"的转变。③在这种转变之下，比较文学与区域研究

---

① Gayatri C. Spivak, *Death of a Discipline*, New York: Columbia University Press, 2003, p. 8.

② Gayatri C. Spivak, *Death of a Discipline*, New York: Columbia University Press, 2003, p. 4.

③ Gayatri C. Spivak, *Death of a Discipline*, New York: Columbia University Press, 2003, pp. 13, 28–31.

才能提纯出具有后殖民立场的研究范式，并实现二者的互补：一方面，比较文学所葆有的经典解读、文本细读、比较反思等研究品格能够抵制区域研究的政治敌意，并在区域研究的视野中寻求更广阔的非西方资源；另一方面，区域研究所具有的跨越学科研究方法、语言学习优势和宽阔视野能够得到去除敌意的保留，在比较文学的人文理念下重塑其学科性质。这样一来，由两门学科整合而成的"新比较文学"就能以"语言的精严"和"历史的慧眼"使文学研究具备无限的可能性。①

　　其实，这种文学研究的理想状态究竟是否能通过比较文学与区域研究的整合来实现，仍然是一个有待时间考验的问题。苏源熙指出，斯皮瓦克对这两门学科的调和在本质上是一种"交错法"（Chiasmus），正如大脑移植手术一样，它伴随着很高的风险："如果结果不是直接和立即的组织排斥反应，那么就要确保有长时间的学习，区域研究的肢体将不得不学习新的反射，而比较文学的大脑将不得不采用新的器官。"②两门学科的重组需要在研究范式上作出精细的调配，而"去文化研究"和"去政治化"只是学科范式重组的思想立场，斯皮瓦克并未进一步言明"新比较文学"应该具体包括哪些应用性的研究策略，也未列举值得参考的研究范例。因此斯皮瓦克对新学科范式的设想虽然在理论上不乏大胆且前瞻的创见，但她在一定程度上仍然保留着一些难以实践的理想化的成分。

---

① Gayatri C. Spivak, *Death of a Discipline*, New York: Columbia University Press, 2003, p. 5.
② Haun Saussy, "Chiasmus", in *Comparative Literature*, Vol. 57, No. 3, 2005, p. 235.

第二节 研究对象的"南半球转向"

无论是比较文学还是区域研究，南半球都是常常被忽略的对象。对于比较文学而言，南半球文学一直都是边缘化的存在，因为比较文学的整个体系都以拉丁语系的欧美文学为中心，对于非西方文学尤其是南半球文学则几乎很少去触碰，这对于怀揣着"普遍主义"或"世界主义"理想的比较文学观念其实是一个反讽。区域研究也以"苏联学"为重心，其研究主要受控于冷战意识形态，所以研究对象极少涉及与"国家安全"无关的区域。这种主宰比较文学和区域研究的知识秩序，可以称之为"西方和它的他者"，"和"意味着一种并不重要的补充，意味着以从属者的身份附属其中。① "这种比较研究常见的后果之一"，周蕾（Rey Chow）指出，"就是形成一种不对称的文化资本与智识劳动的配置，因此，学者往往会精心研究法国、德国等欧洲文化（即所谓的'格子'），然后在研究拉丁美洲、非洲或亚洲等位于欧洲边陲的文化时，即使会进一步区分这些区域中各种独特而无法通用的语言传统，常常还是极其简化地把它们看成同属一个地理区域内的文化，因此毋须针对它们之间的差异进行细致的比较。"② 再进一步说，对于更加偏远的非洲、大洋洲、

---

① 周蕾将比较研究的阶序架构称为"欧洲和它的他者"（Europe and Its Others，中译本译为"欧洲与其他者"），但如果考虑到当今美国的文化主导地位和区域研究的情况，那么"欧洲和它的他者"其实可以进一步称作"西方和它的他者"（The West and Its Others）。[美]周蕾：《世界标靶的时代：战争、理论与比较研究中的自我指涉》，陈衍秀译，台北：麦田出版社，2011年版，第162页。

② [美]周蕾：《世界标靶的时代：战争、理论与比较研究中的自我指涉》，陈衍秀译，台北：麦田出版社，2011年版，第162页。

南美洲而言，"文化资本与智识劳动的配置"则更为简单与粗暴。

　　以非洲为例，这块由"撒哈拉沙漠"为界的大陆被刻画成了两个形象，一个是靠近地中海的阿拉伯世界，一个是处于全世界文明末端的黑暗世界——"黑非洲"，而这种划分其实建立于具有强烈西方中心主义偏见的殖民意识之上，前者显然比后者获得了更多的文明认同。奥鲁·欧奎博（Olu Oguibe）指出："一说到'非洲'，我们自然而然就会想到撒哈拉以南的非洲。这个定义的明显意图是要将阿拉伯区别于非洲，尽管对于空间边界来说，'撒哈拉以南的非洲'是无稽之谈。这种划分还有更为重要的潜台词，即在文化演进的序列中将阿拉伯提高到'非洲'之上。"[①]在"世界体系"的形成过程中，"黑非洲"受到了西方殖民者的野蛮侵略与分裂，受到了几百年黑奴贸易的残忍迫害，即使在后殖民时期，"黑非洲"仍然受害于遗留下来的心理创伤和现代西方强烈的种族主义言论，黑人的心灵在被凌辱、奴役和多次斗争失败中蒙上了沉重雾霾，在心狱中摧残着自身的独立意识与反抗意识。[②]在现代西方的描绘中，拥有四十多个国家的"黑非洲"到现在为止仍经常被看作一个黑暗的整体，不仅在经济上被认为是世界极度贫穷的地区，在文化上也被认为是不曾拥有过文明的野蛮之地，甚至在现代西方的描绘中被恶化为一个遍布毒品、恐怖主义和艾滋病的地区。[③]斯皮瓦克以玛丽莎·孔蒂

① [美]奥鲁·欧奎博：《在"黑暗中心"》，梁舒涵、晏燕译，见[美]佐亚·科库尔、梁硕恩编著：《1985年以来的当代艺术理论》，上海：上海人民美术出版社，2010年版，第229页。
② 刘鸿武：《黑非洲文化研究》，上海：华东师范大学出版社，1997年版，第245页。
③ [加纳]乔治·B. N. 阿耶提：《解放后的非洲：非洲未来发展的蓝图》，周蕾蕾译，北京：民主与建设出版社，2015年版，第2页。

（Maryse Condé）的小说《海尔马克龙》（*Heremakhonon*）凸显了这种想象的愚昧，即把一个不存在内部差异的非洲当作"美国非裔"的背景。①这种想象直到今天依旧存在，而且由于"有限渗透性"的影响，非西方世界甚至也会依从于对"黑非洲"的这种镜像化的畸形想象。

在后殖民主义的批判立场上，斯皮瓦克试图改变这种不平等的全球化文化秩序，提议要转向对南半球的关注。但尤其要注意的是，这种关注不是文化研究式的，而是以语言为基础。她谈道："我们必须把南半球的语言看作活跃的文化媒介，而不是把它们视作文化研究的对象；这种文化研究是无知的，但却被宗主国移民所准许。"②然而，南半球语言对于一般学者而言是极为陌生且复杂的，在数量和难度上可能超乎想象。对此，斯皮瓦克强调，这种语言学习要求不是针对所有语言，而是针对所研究的文本及区域的要求："正如旧比较文学并不要求学习'所有的欧洲语言'，新比较文学也不要求学习所有的世界语言。唯一的要求是，当你研究南半球文学时，你对相关语言的学习要达到你所关切的程度。比如说，当你接触已有的区域研究资源时，你的语言学习要达到文学的深度，不能只达到社会科学的流畅度。"③斯皮瓦克对语言学习问题的强调有助于从外部揭露欧美语系的比较文学与"冷战模式"的区域研究中所具有的殖民性质，触及全球化本不会去涉及的非霸权语言的习语特征；但是，她对语言学习的要求似乎太高，没有考虑到大部分学者的学习能力

---

① Gayatri C. Spivak, *Death of a Discipline*, New York: Columbia University Press, 2003, p. 19.

② Gayatri C. Spivak, *Death of a Discipline*, New York: Columbia University Press, 2003, p. 9.

③ Gayatri C. Spivak, *Death of a Discipline*, New York: Columbia University Press, 2003, p. 106.

和有限精力。正如米勒所说，比较文学的根本性危机表现在"语言能力"的问题上：世界上有形形色色的语言，仅欧洲就有几十种，非洲据说有两千种，除了母语以外，学习这些语言并进入到他者的深处是一个相当大的难题，甚至连英式英语和美式英语之间的差别都经常会让学者们产生大量误解。①斯皮瓦克的语言要求似乎过于精英主义和乌托邦化，而斯皮瓦克本人也未能掌握多少南半球语言，因此这一提议目前看来似乎缺乏一定的可行性。

　　虽然斯皮瓦克对语言学习的提议仍有一些尚未解决的问题，但是她所倡导的"南半球转向"对于"新比较文学"的建设来说仍然具有重要的地缘意义。萨义德指出："地理的观念决定其他观念：想象上的，地貌上的，军事、经济历史上的和大体来讲文化上的观念。它也使各种知识的形成成为可能。这些知识以这种或那种方式依赖于某种地理的和公认的性质与命运。"②将研究对象转向南半球，会导致以西方为时空中心的知识生产方式的转变，这种转变必然会重构比较文学与区域研究的学科话语。一方面，比较文学将从"西方和它的他者"的符号等级秩序转换为"南半球和西方"，"和"不再意味着一种分类逻辑上的"补充"，而是代表一种记忆和意识形态情感的萦绕，一种对西方时间观念与空间观念的违逆和反制。另一方面，区域研究将从饱受诟病的冷战思维和"仇外"（Xenophobia）模式转向"全世界覆盖"（Complete/total world coverage）的智识抱负与学术构建方案，这在区域研究中原本是一种非政治化的学术目标，

①[美]希利斯·米勒：《萌在他乡：米勒中国演讲集》，国荣译，南京：南京大学出版社，2016年版，第143页。
②[美]爱德华·W.萨义德：《文化与帝国主义》，李琨译，北京：生活·读书·新知三联书店，2016年版，第108页。

但在冷战的整体氛围中往往被搁置或忽略。[①]比较文学和区域研究通过对南半球的关注，不仅能在地理空间上实现对象的聚焦，在方法论上也能展开更进一步的对话和探索。为了实现"新比较文学"的南半球转向与反全球化想象，斯皮瓦克还提出了一种"行星主义"的理念，以此作为重思主体性等问题的新思维模式。

第三节 "行星主义"的研究理念

苏源熙（Haun Saussy）将斯皮瓦克的观点概括为一种"行星主义"（Planetarism）[②]，较为贴切地浓缩了其行星理念。在后殖民主义的立场上，斯皮瓦克将"行星"作为"全球"的替代性概念来回应当今世界的文化关系问题，以自身的批判立场走向了更为宽广的非西方世界历史和文化空间。如今，"行星"概念在当代西方人文学界已成为一个重要的理论关键词。艾米·J. 埃利亚斯（Amy J. Elias）和克里斯蒂安·莫拉鲁（Christian Moraru）在《行星转向：二十一世纪的关系性与地缘美学》中指出："为了回应 21 世纪的世界以及后现代理论对其解释力的下降，行星话语将其自身呈现为一种新的意识结构，一种具有文化剧烈扩张的、行星性特征的、地缘主题学（geothematics）的方法性接受能力（methodical receptivity）。"[③]行星

---

① 牛可：《美国地区研究创生期的思想史》，载《国际政治研究》2016 年第 6 期，第 27—31 页。

② Haun Saussy, "Perface", in Haun Saussy, eds., *Comparative Literature in an Age of Globalization*, Baltimore: Johns Hopkins University Press, 2006, p. ix.

③ Amy J. Elias, Christian Moraru, eds., *The Planetary Turn: Relationality and Geoaesthetics in the Twenty-First Century*, Evanston: Northwestern University Press, 2015, p. xi.

话语之所以在当代具有如此强烈的阐释张力，与斯皮瓦克对这一概念的阐扬密不可分。①那么，斯皮瓦克是如何发现、征用、阐释这一概念，并将其置于"新比较文学"构想之中的呢？

一、"行星"及其相关概念译释

斯皮瓦克的"行星"首先潜在地依托了其词源学含义，在此基础上，她又进一步添加了更为丰富的含义，并重新阐释了其文化意义。斯皮瓦克特别强调的是"行星"与"全球"的对立：要定义"行星"的内涵，就要从"全球"的对立面出发。与此类似，"行星性"与"行星主义"（planetarism）等衍生概念，也要从"全球化"（globalization）与"全球主义"（globalism）等概念的对立面进行转化和理解。斯皮瓦克的最终目的是用"行星""行星性"代替"全球""全球化"等概念，以此重建我们的归属观念和他者想象方式。

"行星"在词源学上可以追溯到古希腊时期，那时人们把天上"流动的星"（wandering stars）与"固定的星"（fixed stars）区分开来，把前者简称为"πλανῆται"，这一词形即为"planet"的前身。②因为当时还普遍流行着"地心说"，所以，"流动的星"被看作围绕着地球这一"固定的星"转动。到了 18 世纪，当哥白尼、伽利

---

① 斯皮瓦克对"行星"的阐释主要集中于《必须重新想象"行星"》（1999）与《一门学科之死》（2003）这两本书中。前者后来又被收录于《全球化时代的美学教育》（2011）一书，原文略有改动，参见 Gayatri C. Spivak, *Imperatives to Re-Imagine the Planet/ Imperative zur Neuerfindung des Planeten*, Willi Goestschel, ed., Vienna: Passagen, 1999. Gayatri C. Spivak, "Imperative to Re-Imagine the Planet", *in An Aesthetic Education in the Era of Globalization*, Cambridge: Harvard University, 2012, pp. 335–350.
② H. G. Liddell, R. Scott, *A Greek‐English Lexicon（ninth edition）*, Oxford: Clarendon Press, 1940, p. 1411.

略和开普勒的日心模型说流行开来，"行星"则表示为围绕着太阳转动的星体，地球也被列入行星的名单。此后，随着现代天文学的发展，新发现的直接围绕太阳运行的星体都被科学界列为"行星"，其数量因此大增。由此可见，"行星"与"地球"这两个概念的差别就在于何者为旋转的中心，当地球不再是万物中心的时候，就会带来非中心化和有限性的思想隐喻。

"planetarity"是斯皮瓦克发明的新词，从英语的一般构词法来讲，它的前身应该是"planetary"。因为词缀"-ity"就是将形容词所描述的状态、属性或质量名词化，所以"planetarity"的正确译法应该是"行星性"。译为"星球性"也颇为不妥，因为"planetarity"从构成上来看不包含"球体"之类的含义，而且"planetarity"与"globe"/"globalization"（地球/全球化）是作为对立的概念出现的，前者的目的就是要纠正后者的技术同质化想象。

表述"地球"概念的英文词汇有"globe"和"Earth"，这两个词在汉语中往往都会翻译为"地球"，但两者的词义其实是有差别的。单词"globe"从拉丁语"globus"而来，原义为"圆形物体或团块"（a round body or mass），后来延伸出多重含义，包括"地球"。但这一含义往往出现于特指中（"the globe"），其标准拼写为"the globe of （the）earth, of the world; the earthly or terrestrial globe"[1]，其中显然有对球体特性的强调。而单词"Earth"的词义从一开始就指涉我们所寓居的世界。在古英语（约450—1150年）中，它多拼写为"eorðe"，主要含义有"土地"（the ground）、"陆

---

[1] R. W. Burchfield, ed., *The Oxford English Dictionary*（Ⅵ），London: Oxford University Press, 1989, p. 582.

地"（dry land）、"人类世界"（the human world）、"地壳表面"（the surface of the world including the sea）等。在现代英语中，随着 "earth" 的首字母变为大写，它便特指我们所居住的 "地球"，与 "土地""泥土" 等含义区别开来。[1]需要注意的是，"Earth" 从词源上看没有描述其球体特征的语义，它的核心要义是 "人类的寓居世界"，所以在中文语义上似乎更偏向于 "大地" 一词。仔细看来，汉语中的 "地球" 一词恰巧是 "大地"（Earth）和 "球体"（globe）的组合拼法，巧妙地联结了这两个词的词义；但是，这样的简拼却容易忽略掉它们的英文差异。

由 "全球" 衍生而来的 "全球化"（globalization，直译为 "球体化"）强调的就是一个以物理概念为导向的球状空间，其中，人类文化被现代技术体系高度同质化，构成了没有褶皱和差别的命运共同体。随着 "全球化" 成为流行的现代用语，这一概念已经成为当代主导性的世界想象方式，并具有强烈的西方中心主义色彩，因为它是西方资本主义体系和技术网络对世界各地方的经济体系、文化价值和政治局势的重构，各地方不得不依附于这一强势的全球化体系。

在批判全球化的立场上，斯皮瓦克试图利用 "行星" 这一概念体系来颠覆全球化观念。她认为，"行星" 与 "全球" 所带来的文化想象是对立的，前者必须要覆盖后者：

我提议用行星重写全球。全球化就是将相同的交换系统强加到

---

[1] R. W. Burchfield, ed., *The Oxford English Dictionary*（Ⅴ）, London: Oxford University Press, 1989, pp. 27–28.

所有地方。在电子资本的网格中，我们实现了用纬度和经度覆盖那个抽象的球体，用虚拟的线切割它。这些线曾是赤道线、热带线等等；现在则由地理信息系统的要求绘制。以未经审查的环境主义的视角谈论行星，指向的是一个不可分割的"自然"空间，而不是一个有差别的政治空间。它就可以这样地对在抽象模式中的全球化兴趣起作用。（我一直坚持认为，将南半球文学转化为一个无差别的英语空间，而不是一个有差别的政治空间，是一个相关的举措。）全球在我们的计算机里。没有人居住在那里。它会让我们去想着以控制它为目的。行星则在他异性的物种里，从属于另外的体系；我们至今栖息其中，以借住的方式。它不愿与全球作齐整的比较。我不能说"行星，从另一方面来说"。当我激活了行星的时候，我想到的是我们需要付诸努力，去理解这一未经剥夺的直觉的（不）可能性。[1]

如果说"全球"是资本论、技术论和控制论的派生词，那么"行星"则是自然论、生态论和异质论的派生词。在对待他者的态度上，前者运用的是同一性的理性逻辑，僭越他者的边界；而后者则存留了他者的异质性，努力靠近他者的不可判定性和不可抵达性。后者的这类施行语（performative utterance）冲突是解构主义者的偏好之一，其目的不在于再现或复活他者，而在于追踪他者的踪迹或召唤他者的幽灵。因此，我们唯一能够确定和抵达的就是一种基于他者异质性的否定性经验。正如巴特·穆尔-吉尔伯特（Bart Moore-Gilbert）所说："不是像德里达批评的那样明确地以'承认'他者来

---

[1] Gayatri C. Spivak, *Death of a Discipline*, New York: Columbia University Press, 2003, p. 72.

同化它，或是用福柯和德勒兹的方式'仁慈地'来确定它的身份，在斯皮瓦克看来实际上更好的办法是将属下的经历保留为'涉及不到的空白'（inaccessible blankness），以用于揭示西方知识的范围和极限。"①

在《必须重新想象"行星"》中，斯皮瓦克就认为"行星性"乃是作为"绝对他者"（wholly other）的呼唤而存在的，因此"行星"就变成了想象他者异质性形象的方式。②在这种想象中，"我们"不再是具有主体权力的少数的"我们"，而是囊括了所有他者在内的、全体的"我们"，这样的"我们"才是"行星主体"。在《一门学科之死》中，斯皮瓦克解释道："如果我们把自己想象成行星主体（planetary subjects）而非全球代理（global agents），行星造物（planetary creatures）而非全球实体（global entities），他异性就仍会存留于我们；这不是辩证法式的否定（dialectical negation），它涵盖了我们，但程度却等同于它对我们的舍弃。"③因此，"行星"是一个既包容了"我们"，又舍弃了"我们"的归属形式，因为它不论"我"是"谁"，都将"我"平等地视作异质性的主体，也就是"我们"中的一员；但这种主体的异质性也同时表明"我"不会被"我们"所化约，所以"我"也拒绝成为"我们"的奴隶。在互为异质性的行星想象之下，"看"与"被看"、"支配"与"被支配"、"输出"与"被输出"的全球化意识形态或控制体系就可以被超越和重

---

① [英]巴特·穆尔-吉尔伯特：《后殖民理论：语境 实践 政治》，陈仲丹译，南京大学出版社，2007年版，第81页。

② Gayatri C. Spivak, "Imperative to Re-Imagine the Planet", in An Aesthetic Education in the Era of Globalization, Cambridge: Harvard University, 2012, pp. 348–349.

③ Gayatri C. Spivak, Death of a Discipline, New York: Columbia University Press, 2003, p. 73.

构，从而建立起一种非冲突、非对抗、非侵占的平等对话关系。

二、"行星"的诡秘体验与形象转换

"行星"作为一个新颖的理论术语，必然会引起新异的情感体验与形象表达。用西方形式主义诗学来讲，"行星"具有"陌生化"的诗学效果，间离了我们习以为常的全球化思维模式，引起了陌生的情感反应。"恐惧"就是陌生化效果下的情感反应之一。斯皮瓦克预料到了读者对"行星"的恐惧与抵触，因此对它进行了精神分析学的阐释，将情感上的这种"诡秘"（uncanny）①转换成了"昔日人类的家园"，刷新了我们对它的理论认知，从而论证了这一概念的合理性和可行性。

斯皮瓦克的设问是，行星会令我们的家园变得诡秘吗？② 为了审视这种"诡秘"之感，斯皮瓦克追溯到了"诡秘"的一个来源，那就是弗洛伊德所使用的德语单词"unheimlich"。弗洛伊德在《诡秘》中对单词"unheimlich"进行了考察，结果发现它与单词"heimlich"中的含义重叠，两者竟不是一对反义词，而是同义词。③接着，他用精神分析学的方式来解释"heimlich"异化为"unheimlich"的原因："诡秘在现实中并不是什么新鲜或异域（alien）之物，而是在我们的心灵中熟悉并早已建立的东西；但它却通过压抑的过程走向了疏离（alienated）的状态。参照这一压抑的因

---

① "uncanny"的中译有"诡异""奇异""恐怖""恐惧""神秘"等，笔者在这里将之译为"诡秘"，以涵盖其"诡异"与"神秘"这两重含义。

② Gayatri C. Spivak, *Death of a Discipline*, New York: Columbia University Press, 2003, p.73.

③ Sigmund Freud, "The 'Uncanny'", tr., James Strachey, in *The Complete Psychological Works of Sigmund Freud*, London: Vintage Classics, 2001, p. 3679.

素，我们可以进一步地理解谢林对'诡秘'的定义：本该一直隐藏的东西却浮现了出来。"[1]因此，"诡秘"实际上含有一个精神分析学问题，即对所熟悉之物的病态压抑。在弗洛伊德的一个病例中，神经质的男人会对女人的性器官产生诡秘感，"然而，这个'unheimlich'的地方却是人类'Heim'（home，家园）的入口"[2]。为了重回家园、克服诡秘感，弗洛伊德会用一贯的精神分析法进行治疗。

虽然斯皮瓦克在论述"诡秘"时援引了弗洛伊德的观点，但她仍然没有放松对精神分析法的警惕。在对露西·伊利格瑞（Luce Irigaray）《他者女人的窥镜》（*Speculum of the Other Woman*）的反思中，斯皮瓦克认为精神分析的目的是使主体加强其"代理"（agent），从而利用心理装置来"恢复"（restore）社会生存能力。伊利格瑞为了与精神分析的观点保持一致，成为一个调节者，而非进入到对象的内部进行分析。[3]所以斯皮瓦克放弃了精神分析的方式，转而寻求一种真正进入他异性之中的语言工具，这就要求我们在现有的体制中找到那种能够担负精严的语言训练的学科——区域研究（Area Studies）。在《一门学科之死》的第一章中，斯皮瓦克试图通过利用区域研究中的语言学习优势来增补比较文学，从而将两门学科融合成一门"新比较文学"。在这种语言方法论的介入之下，"行星"——某种"诡秘"之物——在"新比较文学"中就能够得到形象的颠转：从"unheimlich"到"heimlich"，从"女人的性器官"到

---

[1] Sigmund Freud, "The 'Uncanny'", tr., James Strachey, in *The Complete Psychological Works of Sigmund Freud*, London: Vintage Classics, 2001, p. 3691.

[2] Sigmund Freud, "The 'Uncanny'", tr., James Strachey, in *The Complete Psychological Works of Sigmund Freud*, London: Vintage Classics, 2001, p. 3694.

[3] Gayatri C. Spivak, *Death of a Discipline*, New York: Columbia University Press, 2003, p. 75.

"人类家园的入口"，从诡秘的他者到异质性的行星形象。

为了揭示这种行星形象，斯皮瓦克运用了"文本细读"和"症候阅读"等极其细微的方法进行了文学批评，传递出多部小说中的异质性经验。例如，她将约瑟夫·康拉德（Joseph Conrad）《黑暗的心》（*Heart of Darkness*）中的诡秘描写视作一种呈现他异性经验的诗学方法："从那黑暗之心的结构性再现中，我们是能够学会掌管'人类昔日的家园'的。它不仅仅是一颗心，而且还是阴道之口；正如柏拉图的梦一样，它不仅仅是一个洞穴，而且还是阴道之口。"[1]然后她注意到了能够体现"黑暗的心"这一意象的典型人物，即一个处于凝视状态的女性黑人，她诡秘的形象仿佛蕴藏着旺盛而神秘的生命力，其凝视代表着一种灵魂的深度考量，而非传统视角中的无知黑人。又如在对塔依卜·萨利赫《移居北方的时节》的解读中，斯皮瓦克将叙事者"我"跳入河水中的举动视作"诡秘时间的空间化"，从"我"呼喊的古阿拉伯语"救命"（nejda）中解读出了后殖民批判的主题，这种诡秘的死亡体验于是具有了呼唤行星主体的反讽蕴意。[2]再如在对玛哈丝维塔·黛薇《翼手龙、普兰·萨赫和皮尔萨》的解读中，她把"翼手龙"这一诡秘形象视作超越历史叙事的主体，它先于大陆思维而存在，而且可以反过来把整个地球称作自己的他者。这样一来，殖民主体与被殖民主体都不过是翼手龙面前渺小而平等的行星成员。[3]通过斯皮瓦克的行星性解读，原本处于认知暴力中被压制的他者得到了陌生化的重现，映射出了他者形象背

---

[1] Gayatri C. Spivak, *Death of a Discipline*, New York: Columbia University Press, 2003, p. 78.

[2] Gayatri C. Spivak, *Death of a Discipline*, New York: Columbia University Press, 2003, p. 79.

[3] Gayatri C. Spivak, *Death of a Discipline*, New York: Columbia University Press, 2003, p. 80.

后的复杂文化心理和后殖民异质性经验，这种后殖民性因此也就成为行星主体的话语特征。但需要注意的是，"行星"概念的后殖民意涵与以往的后殖民理论还存在着较大的差异。

三、"行星"概念的后殖民意涵

斯皮瓦克将"行星"视为对"全球"的抵制、批判与置换，其目的就是利用这一概念将后殖民性介入当代文化观念之中。因此，"行星"可以看作是后殖民理论的演绎，它既吸纳了后殖民理论中的异质性思想，又创造性地提高了后殖民理论的实践能力。后殖民理论在不同的历史政治局势下会遇到不同的困境，其中最为普遍的就是民族主义与殖民主义的对抗。这容易让后殖民主义局限于陈旧的历史化对抗思维之内，难以脱离"身份政治"的思维模式。斯皮瓦克反复强调："身份政治既不明智，又无益处。与区域研究相系的比较文学却反而走向了他者。"①这就是说，身份政治其实是一种难以走向他者的归属幻想，作为行星理念实践场域的"新比较文学"更具有重塑集体性的想象能力，从而抵消作为"通过重新记忆建构起来的集体想象的产物"②的民族主义。因此"行星"其实也就是"新比较文学"的研究理念，这对于当今深陷于各类"主义"中的比较文学观念具有重要的指导意义，正如斯皮瓦克所说："今天，我们需要不断地想象行星性并用它来置换历史的托词。我将这一乌托邦理念作为思考的基要任务，因为如果不这样做的话，我们'重组'

① Gayatri C. Spivak, *Death of a Discipline*, New York: Columbia University Press, 2003, p. 84.
②[美]佳亚特里·斯皮瓦克：《民族主义与想象》，生安锋译，载《文艺研究》2007年第2期，第7页。

（reformed）的比较文学仍然会陷于五花八门的文化多元主义、镜像式的他异性和赛博化的仁爱（cyber-benevolence）之中。"①

　　"行星"概念的后殖民性主要表现在以下两个问题重心的调整中，这也同时是"新比较文学"重构的契机。其一，文化研究与种族研究的重心从美国移民群体向少数族裔（如古老的非裔、亚裔、西班牙裔）偏移，形成了新的行星性后殖民主体，这一主体正是重建"新比较文学"的基础。斯皮瓦克谈道："在新移民群体（New Immigrant groups）中，文化研究花费了大量的精力。在我看来，行星的比较文学必须要尝试转移这一基础。"②这一转移势必超越比较文学的语言学习局限（如主流的英语、法语、德语），从而获取更加丰富的少数民族语言和边缘群体的文化内容。其二，后殖民主义的地缘政治格局需要重新厘定和划分，传统政治单位向更加精细化、差异化和地方化的区域转移，以此颠覆现代性叙事的历史坐标，进入到异质性他者的历史眼光之中。这一地缘视野的调整和深拓会成为"新比较文学"的历史叙事坐标。斯皮瓦克谈道，不仅是中国，"亚太地区还包括东南亚、密克罗尼西亚、波利尼西亚、新西兰，也许还包括澳大利亚、夏威夷、加利福尼亚，其中每个地区都曾经历权力时刻，拥有不同历史。在此之下，那些亚裔美国人以及新、老移民的相异与多样的故事，必须要经过想象的修补，以此建立一门强健的比较文学。建构某种薄弱的历史性'理论'并用伪心理分析术语来描绘移民的情感世界，已经成为过时的做法了"③。在斯皮瓦

---

① Gayatri C. Spivak, *Death of a Discipline*, New York: Columbia University Press, 2003, p. 81.

② Gayatri C. Spivak, *Death of a Discipline*, New York: Columbia University Press, 2003, p. 84.

③ Gayatri C. Spivak, *Death of a Discipline*, New York: Columbia University Press, 2003, pp. 84–85.

克眼里，"新比较文学"是一种"去时代化"的历史叙事，因此阻断了现代性历史的叙事策略与帝国意识形态路线，从而在前历史和前现代化想象中修正历史记录，尤其是修正比较文学那表面上的欧洲起源的记录。①在"行星性比较文学"对"全球化比较文学"的置换中，帝国主义的地缘政治和历史主体观念受到了严厉的批判，异质性经验得到了新的表达方式与归属形式，被长期困于"危机论"中的比较文学因此得到了范式重构的可能。

在"行星"概念的话语建构中，一些可资借鉴的第三世界后殖民理论也需要进行概念上的调整与转换。斯皮瓦克选取了两个代表性人物来演示了这种转换：著名的古巴诗人、民族英雄何塞·马蒂（José Martí）和美国泛非运动的创始人杜波依斯（Du Bois）。对于何塞·马蒂，斯皮瓦克进行了理论关键词的转换：从"乡村左翼人文主义"到"大地"再到"行星"。对于杜波依斯，斯皮瓦克转换的是他对泛非洲主义的异质性问题、非裔族群中的阶级问题及民族主义问题的后殖民思考。例如，杜波依斯的"原始人"（the primitive）被斯皮瓦克看作是与"属民"（subaltern）相对应的概念，进而将"原始人"看作是属民文化与历史的行星性想象。这种转换性的、强制性的阅读，实际上就是斯皮瓦克所谓的"远志诗术"（teleopoiesis）。②在《一门学科之死》中，斯皮瓦克表明她曾经删掉了论述何塞·马蒂和杜波依斯的部分，但她后来又保留了下来，因

① Gayatri C. Spivak, *Death of a Discipline*, New York: Columbia University Press, 2003, p. 87.
② Gayatri C. Spivak, *Death of a Discipline*, New York: Columbia University Press, 2003, p. 31. "远志诗术"是笔者对"teleopoiesis"的意译，其中的"志"为笔者所添，引自"诗者，志之所之也"或"在心为志，发言为诗"（《毛诗序》）中的"志"，指某种抱负、心愿，在这里可以表示德里达/斯皮瓦克式的他者化意愿。

为这些论述可以作为"远志诗术"的范例。[①]"远志诗术"是斯皮瓦克对德里达《友爱的政治学》中的"téléiopoièse"的翻译。斯皮瓦克重新划分了该词的音节，将字母"o"凸显了出来，使得英译与法语的音节位置相近。其中，"诗术"（poiesis）的概念来自古希腊语"ποίησις"，其含义为"制作、生成"（to make），现代哲学一般将其理解为"将以前不存在的东西使存在（brings something into being）的活动"[②]。前缀"tele-"（遥远）则是德里达的语词游戏。德里达用"距离"增补了"诗学"的概念，旨在提醒我们，距离无时无刻不影响着诗学，如果我们愿意改变自我与他者之间的想象距离，那么诗学就会变成一种"弥赛亚式的结构"[③]，反过来重塑我们的集体性观念。对于斯皮瓦克而言，"行星性"其实就表征着能够抵达他者的不可抵达性的距离，它时刻保持着施行语的冲突，所以能够让我们驻留于他者的异质性经验，也即"真正地走进他者"。因此，斯皮瓦克将"远志诗术"当作"新比较文学"的重要阅读方法之一，即以行星化的诗学解读来重构集体性观念，以此重塑我们的行星性归属形式。

四、"行星主义"下的关系性转变

斯皮瓦克将"行星性"作为比较文学与区域研究整合后的新学科的人文品格，也使"行星主义"成为贯穿当今人文观念的一种思

---

① Gayatri C. Spivak, *Death of a Discipline*, New York: Columbia University Press, 2003, pp. 91-97.

② Donald E. Polkinghorne. *Practice and the Human Sciences: The Case for a Judgment-Based Practice of Care*, New York: State University of New York Press, 2004, p. 115.

③ Jacques Derrida, *Politics of Friendship*, tr., George Collins, New York: Verso, 2005, p. 37.

维模式。在"行星主义"的影响下，以往的主体属性、主体—他者
关系和人权话语将会发生以下转变：

其一，主体属性由"集体性主体"（Collective subjects）向"行
星性主体"（Planetary subjects）转变。"集体性"（Collectivity）既是
"身份政治"问题的核心，又是比较研究的单位基础，它既决定了基
于性别、种族、阶级等范畴的认同逻辑，也决定了文化政治中的权
力运作方式。但是，斯皮瓦克对"集体性"进行了哲学上的解构。
她在解读德里达《友爱的政治学》时，对"原初弧态"（Originary
curvature）这一概念进行了思考。德里达谈道："我们——特指我们
的这部分人和其他人——被裹在了一种异质性的、不对称的社会空
间的弧态（Curvature）之中。更准确地说，这是一种他者关系的弧
态化（Curving）……"[1]在此启发下，斯皮瓦克认为，"集体性"处
于一种扭曲的社会空间之中，无法使他性释放出来。这样一来，关
于"集体性"的描述就是祈使句法，其中必然隐含着政治性的暴
力。[2]与"集体性"相反的是，"行星性"能够重新厘定集体的划分，
使其呈现出更加差异化和精细化的他性特征。这也就是说，"行星主
体"意味着要重新测定区域的划分，将主体单位更加精准地呈现出
来，而不是用惯性思维进行想象性的切割，迫使异质性的他者受到
忽略或压抑。

其二，主体与他者的关系由"认知暴力"（Epistemic Violence）
向"责任伦理"转变。斯皮瓦克的"行星主义"与伊曼纽尔·列维

---

[1] Jacques Derrida, *Politics of Friendship*, tr., George Collins, New York: Verso, 2005, p. 231.
[2] Gayatri C. Spivak, *Death of a Discipline*, New York: Columbia University Press, 2003, pp. 29–30.

纳斯的他异性伦理学相一致，她认为行星上的生命都必须"作为完全他者的呼唤而存在"，因此行星想象下的主体处于一种责任化的伦理关系之中。①事实上，无论是区域研究还是比较文学，"责任"几乎都未曾受到重视。区域研究本身就是美国只顾及单边利益，对可能威胁到自身霸权地位的国家和地区加以情报分析的学科，因此其研究建立于一种敌对与排外的情绪之上。而比较文学也欠缺一种责任化的观念，其研究更多地被东方主义思维与西方中心论所笼罩，充满了不负责任的他者化想象。所以这种以"文化控制"和"文化排斥"为潜在思维的学科就会产生"认知暴力"。②但是，如果在学科中强调一种责任化的研究理念，那么结论先行的他者想象就可以在后殖民主义的立场上得到改变。正如斯皮瓦克所说："如果一种负责任的比较主义能够在训练想象力方面发挥最大距离的作用，那么它就必须通过多元文化帝国的历史，历时性地探讨文化多样化的伦理体系，而不能预先得出结论。"③在责任伦理的驱动下，学科研究才能真正地走进他者，使知识能够在现实中发挥良性的实践作用，促进互相理解、互相尊重与互相帮助的新型主体关系的建构。

其三，人权话语由"他律性人权"向"自治性人权"转变。"人权"是肇始于欧洲启蒙话语，后被现代国家所普遍认同的响亮口号。冷战结束后，以美国为代表的西方国家将"人权"当作外交准则进行文化传播与文化扩张，使"人权"在一定程度上成为西方向世界

---

① Gayatri C. Spivak, *An Aesthetic Education in the Era of Globalization*, Cambridge：Harvard University，2011, p. 348.

② 李应志：《认知暴力》，载《国外理论动态》2006年第9期，第60—61页。

③ Gayatri C. Spivak, *Death of a Discipline*, New York: Columbia University Press, 2003, pp. 12–13.

进行文化灌输的政治伎俩。尤其是像"人权高于主权""人道主义干涉"这样的口号，已经成为西方国家推行霸权主义、干涉别国内政的重要理论依据。①这种具有西方意识形态特征的"人权"一方面被政治目的所利用，另一方面也被既有的他者化知识结构所诱导。所以这种"人权"往往成为一种西方中心主义的附庸，而对其他区域中的人民所真正需要的"人权"却缺乏关注和救助，甚至使其权益受到了更多的损害。换言之，这种抹去了他者自身意志的"人权"其实是一种"他律性人权"。具有西方中心主义倾向的区域研究和比较文学无疑为这种"人权话语"的知识生产起到了合法性转换的作用。"行星主义"作为一种尊重他者异质性的理论话语，则对这种"普遍主义"的"人权"持对抗态度。在"行星主义"的理念下，由比较文学和区域研究整合而成的"新比较文学"能够深入地了解他者的语言与异质性的存在，并且对其文化政治负责。这样的"人权"不仅是知识层面的，更是实践层面的，因此具有"施行性"（Performativity）的伦理品格。正如斯皮瓦克所说："如果我们要通过扩大比较文学的范围去寻求对性别教育与人权干预的增补，那么，恰当的文学研究会为我们打开文化施行性之门，就像在叙事中实例化一样。"②在以实践为目的的伦理关系中，"人权"才能在他者自身的利益立场和思想立场上得到张扬，成为一种"自治性"的人道主义理念。

　　"行星主义"是后殖民主义在当今复杂文化政治局势下的理论演

---

① 程沙：《西方人权话语的传播策略及应对》，载《人民论坛·学术前沿》2019年第11期，第120—123页。

② Gayatri C. Spivak, *Death of a Discipline*, New York: Columbia University Press, 2003, p. 13.

绎。其实，"后殖民主义"中的"后"（Post-）这个前缀所牵扯出来的问题是极为复杂的，它既表示一种对殖民主义及其遗留问题的批判，又表示一种对主体—他者关系的认识论反思与价值重构，并试图提出平等的对话法则。"行星主义"主要基于后者的视角，其出场就是为应对 21 世纪的"关系性"（Relationality）问题。埃利亚斯、莫拉鲁指出，现代范式与 21 世纪的关联性越来越小，后现代主义的叙事模式也逐渐表现为一种"枯竭"（exhausted）的自我描述，而"行星转向"则具有超越现代性主导的社会学、美学和政治—经济学体系的描述能力。①其实，后殖民主义的叙事模式也不可避免地出现了"枯竭"的状况，它对殖民史的过度回忆似乎无法回应当代的赛博格隐喻与后人类状况，也难以规划出一种当今亟需重建的世界秩序。而斯皮瓦克对"行星"的阐发则创造性地激活了后殖民主义的话语张力，这不仅为比较文学和区域研究提供具有普化人类价值的研究理念，而且也为当代主体归属、责任伦理和新型国际关系等问题提供了一个新的叙事参照。

---

① Amy J. Elias, Christian Moraru, "Introduction: The Planetary Condition", in Amy J. Elias, Christian Moraru, eds., *The Planetary Turn: Relationality and Geoaesthetics in the Twenty-First Century*, Evanston: Northwestern University Press, 2015, p. xi.

第六章

后殖民小说中的
"走进他者"寓言

本章聚焦于《移居北方的时节》《黑暗的心》和《等待野蛮人》这三部后殖民小说，探究伏于其中的"走进他者"寓言。这三部小说的共同特点是都围绕着自我与异质性他者的相遇而书写，两者在叙事中呈现出激烈的碰撞，这里的"自我"映射的是大写的"西方"主体，"他者"映射的是"被殖民"主体。在这些小说中，"自我"试图"走进他者"，但结果却是出乎意料的悲剧。"走进他者"的目的、方式与意义在小说中不断延宕、分叉与自讽，制造出了令人困惑的思想迷宫。比较文学与区域研究都是一种"走进他者"的行为。既然它们的最大危机是其西方中心主义症候，那么其失败之处就在于，它们没能真正地走进非西方世界的他者。两门学科与小说中的人物都在努力地"走进他者"，二者都具有施行性的语言功能。基于这一类比，小说叙事所呈现出的人物互动关系及其文化—心理问题就可以看作两门学科在研究方法和理念上的教训与启示。毕竟，比较文学与区域研究的整合就是为了能够真正地"走进他者"，这也是斯皮瓦克重构一门"新比较文学"的最终目的。

第一节 《移居北方的时节》中的集体性想象

《移居北方的时节》①是著名苏丹作家塔依卜·萨利赫（Tayeb

---

① 《移居北方的时节》（*Season of Migration to the North*）又译为《北迁的季节》《北迁季节》《北徙时节》《迁徙北方的季节》《向北迁徙的季节》《向北方迁移的季节》《移居北方的时期》《风流赛义德》等。中译本目前有：（1）[苏丹]塔伊布·萨利赫：《移居北方的时期》，李占经译，北京：外国文学出版社，1983年版。（2）[苏丹]塔依卜·萨利赫：《风流萨义德》，张甲民、陈中耀译，太原：山西人民出版社，1984年版。（3）[苏丹]塔依卜·萨利赫：《移居北方的时节》，张甲民译，北京：华文出版社，2017年版。本文选用第三个译本。

Salih）的代表作，被誉为"20世纪阿拉伯最重要的小说"[①]，是"当代阿拉伯文学中思想内容和艺术形式都较完美的一部难得的佳作"[②]，屹立于当代世界文学经典之林。这部小说主要以"我"的视角书写穆斯塔法·赛义德的后殖民经历和生活故事，反映了苏丹这个伊斯兰国家的乡村生活与社会状况，具有强烈的现实批判精神和人文深度。这部小说以悲剧性的结局宣告了"走进他者"的失败，后殖民主体与原住民主体之间的交往以两败俱伤而告终，前者最终无法融入后者，而后者的集体性想象充斥着"谋杀"个体他异性的原始罪恶。在比较文学与区域研究中，对他者的集体性想象也往往呈现出这种僭越，从而带来文化想象的暴力与他者再现的变形。小说中的性别反抗是对男权主义集体性想象的强烈抗议，其反抗力量既来自外部的西方现代性，也来自内部的情感自觉，这昭示出他异性在男性与女性、传统与现代、本土与西方之间的三维存在。因此，"走进他者"势必会遭遇性别冲突、时代冲突与区域冲突。小说中的许多人物在这些冲突中丧生了，而正是这些悲剧让我们意识到，改变集体性想象才是我们获得主体性自由，实现个体性价值的前提。

一、叙事结构中的后殖民悲剧

　　《移居北方的时节》是用第一人称来叙述自己返乡故事的写法古典的文学作品。热奈特在《叙事话语 新叙事话语》中指出："第一人称叙事是有意识的美学抉择的结果，而不是直抒胸臆、表白心曲

---

① 鲍秀文、汪琳主编：《20世纪非洲名家名著导论》，杭州：浙江人民出版社，2016年版，第302页。
② 仲跻昆：《阿拉伯现代文学史》，北京：昆仑出版社，2004年版，第251页。

的自传的标记。"①这提醒我们，第一人称叙事并非仅仅是自传性质的纪实文本，而是具有匠心独运的多重叙事功能。在小说中，"我"既是小说的叙事者，又是穆斯塔法的倾听者和探查者；但是，"我"同时也是叙事接受者，并以自身的后殖民经历与穆斯塔法的心理履历相接洽；而穆斯塔法则像一个神秘的幽灵一样在文本中回荡，并不断超越着自身的角色设定。事实上，整个小说都在追问"穆斯塔法是谁"，为了凸显这个问题，叙事者还会不时地反插一脚，增强这个人物的不稳定性："［迈哈竹卜］说完后，又问：'你知道穆斯塔法是什么人吗？'//我告诉他穆斯塔法是个虚构的人物。"②"穆斯塔法是谁"的问题其实没有答案，甚至穆斯塔法本人也没有答案，否则他就不会选择自杀。申丹在《叙述学与小说文体学研究》中说："在第一人称回顾性叙述中（无论'我'是主人公还是旁观者），通常有两种眼光在交替作用：一为叙述者'我'追忆往事的眼光，另一为被追忆的'我'正在经历事件时的眼光。这两种眼光可体现出'我'在不同时期对事件的不同看法或对事件的不同认识程度，它们之间的对比常常是成熟与幼稚、了解事情的真相与被蒙在鼓里之间的对比。"③在《移居北方的时节》中，第二种眼光始终占据了主导的位置，这种没有确定答案的叙事追问也是使文本饱具哲学深度的重要原因。

从叙事动因来讲，"故乡与返乡"的原型框架是使穆斯塔法·赛

---

① [法]热拉尔·热奈特：《叙事话语 新叙事话语》，王文融译，北京：中国社会科学出版社，1990年版，第174页。
② [苏丹]塔依卜·萨利赫：《移居北方的时节》，张甲民译，北京：华文出版社，2017年版，第85页。
③ 申丹：《叙述学与小说文体学研究》，北京：北京大学出版社，2004年版，第238页。

义德与"我"能够产生时空碰撞和精神交流的必要条件。两者的返乡本身就带有一定的悲剧性。穆斯塔法将自身的苦难怪罪于留洋的经历，以至于在遗书中写道："照料我的家眷，帮助、指点和教导我的两个孩子，尽可能不让他们远游他乡，千万不要让他们远游他乡。请你给他们以帮助，让他们都做个平常人，将来做点儿有益的事情。"①这是在国外遭到驱逐，返回家乡又难以回归传统文化的一种胆怯而绝望的心态。穆斯塔法早已摆脱了愚昧的族群宗教文化，他接受过英国的精英教育，并且出版了自己的书籍；当他返乡之后，他回到了传统的文化生活之中，表现得异常正常，但这只是表面现象而已。他在英国落下的心病导致了他的价值虚无主义，他的善行、他的生活方式，只不过是模仿着他人行尸走肉而已："事情就是这样的离奇，就像穆斯塔法·赛义德在我们这样的村镇里存在和死亡那么显得不可置信。穆斯塔法·赛义德一直准时到清真寺做礼拜，那他干吗要不遗余力地充当那个令人可笑的角色呢？难道他到这个闭塞的村镇来是为了求得清净？"②他自始至终没有融入他的乡土、族群和文化传统，因此，他的自杀虽然对于村民们来说是出乎意料的，但在小说中却早已埋下了显见的伏笔。

与他同具有后殖民经验的"我"，也同样具有那种价值幻灭感："这里没有我待的地方，我为什么不拿起行李走开呢？这里的人麻木不仁，对什么都无动于衷。生欢快，死忧伤。纵声大笑时他们说'祈求安拉宽恕'，放声痛哭时他们也说'祈求安拉宽恕'。他们不会

---

① [苏丹]塔依卜·萨利赫：《移居北方的时节》，张甲民译，北京：华文出版社，2017年版，第52页。

② [苏丹]塔依卜·萨利赫：《移居北方的时节》，张甲民译，北京：华文出版社，2017年版，第52页。

说我们学到了什么。他们只从河水和树木那里学会沉默和忍耐。我呢，我又学到了什么？"①穆斯塔法最终投河自尽，这可以看作是又一次离乡；"我"在小说的结尾也同样走向了尼罗河，走向了水的隐喻——"子宫"。虽然"我"最后生死不明，但确定的却是"我"与穆斯塔法相同的心理状态，即对集体性的逃离之渴望。"返乡"的母题在更高的意义层面上完成了"离乡—返乡—离乡"的不平衡结构，并以最终的离乡方式——死亡——促成了后殖民悲剧的诞生。

二、后殖民抵抗下的集体性悲剧

《移居北方的时节》中的人物悲剧虽然与无法抗衡的命运主题相关，但其导火索却是荒诞的集体性想象。村镇里的人几乎都沉醉于文化与伦理的集体性想象，习惯性地僭越他者意识。例如"我"的爷爷就对哈塞娜作出了这样的解读："瓦德·利斯人还年轻，又有钱财。再说一个女人总得找个依靠。她丈夫死了都三年了，难道愿意守寡一辈子？"②女人似乎被男人永久地定性了，在这样的集体性想象中，他者必须从属于集体。即使有人认为这种定性或许有不合理之处，但集体性想象会轻易地让人妥协和沉默。"我"与迈哈竹卜有一段交谈，最清晰不过地显露出了个体的集体性想象上升到集体性事实，继而回落到个体行为的逻辑运作方式：

> "但是，如果她不愿改嫁呢……"我说。

---

① [苏丹]塔依卜·萨利赫：《移居北方的时节》，张甲民译，北京：华文出版社，2017年版，第103页。

② [苏丹]塔依卜·萨利赫：《移居北方的时节》，张甲民译，北京：华文出版社，2017年版，第67页。

"你知道这里的风俗习惯，"他打断了我的话，"女人从属于男人，男人即便风烛残年了，也还是个男人。"

"但是，如果她不愿改嫁呢……"我又说了一遍，而他也又一次地把我打断：

"在现在这个时代，世界还没有达到你所想象的那种程度。诚然，有些东西是变了，抽水机代替了水车，铁犁代替了木犁，女孩子也送去上学了，还有了收音机、汽车。我们还学会了喝威士忌和啤酒，不再喝那些自酿的椰枣酒和大麦酒了，但是别的一概没有变。"①

但是，这种集体性想象却在后殖民经验下发生了变异。作为一个后殖民者，穆斯塔法的悲剧直接导致了他的妻子的悲剧。他的死亡带给了妻子和他的两个孩子无尽的痛苦，他的妻子后来杀死了逼婚者，而后自杀；这样激烈的反应正因为受到了西方文化的影响。迈哈竹卜曾对"我"说过一番话，证明了哈塞娜接受了现代文化观念后的变化："哈塞娜嫁给穆斯塔法·赛义德之后人变了。每个女人出嫁后都是有变化的，但她的变化却大到无法形容，简直可以判若两人了。即使是我们这些和她从小就混在一起的人，今天看到她，也觉得她非比以往了。你知道吗？她变得像个城里的太太了。"②她嫁给了他之后就变得"判若两人""非比以往"，不再甘愿成为传统集体观念的沉默牺牲品。她的反抗极大地冲击了整个传统集体观念

---

① [苏丹]塔依卜·萨利赫：《移居北方的时节》，张甲民译，北京：华文出版社，2017年版，第79页。

② [苏丹]塔依卜·萨利赫：《移居北方的时节》，张甲民译，北京：华文出版社，2017年版，第80页。

的稳定性：他们的"真主"竟然失灵了！"我"的爷爷——传统本土文化的最佳代表——哭道："让安拉诅咒女人吧，女人都是恶魔的姐妹。可怜的瓦德·利斯啊……"①"有什么办法呢？天意难违啊！这个村镇里有史以来还是第一次发生这样的事情。真是世道快到头了。"②宾特·曼吉楚也惋惜道："这是本村镇发生的一大灾难，我们一辈子都在安拉的庇佑之下，最后竟出了这样的事。安拉啊，你宽恕我吧，我向你忏悔。"③后殖民世界的确在他们所唤的真主的管辖之外，但他们除了寻求真主的庇佑，又能做什么呢？他们只是凭借文化惯性来过传统生活，甚至缺乏发现真正的悲剧主体——穆斯塔法·赛义德的遗孀哈塞娜·宾特·马哈茂德——的认识能力和审美能力。只有对于"我"这样具有后殖民经验的叙事者和倾听者来说，才能意识到哈塞娜深刻的悲剧性和典型性，意识到悲剧与集体性的关系。

然而，"我"的意识终究来得太晚。当迈哈竹卜问"我"为什么不娶她的时候，"我"迟疑了起来，确信了迷恋她的事实："我已确信了一个事实——今后我的心灵将失去许多安宁，我本人也在某种程度上爱上穆斯塔法·赛义德的遗孀哈塞娜·宾特·马哈茂德了。"④然而"我"并未做出行动，直到惨剧酿成之后才向迈哈竹卜

---

① [苏丹]塔依卜·萨利赫：《移居北方的时节》，张甲民译，北京：华文出版社，2017年版，第98页。
② [苏丹]塔依卜·萨利赫：《移居北方的时节》，张甲民译，北京：华文出版社，2017年版，第99页。
③ [苏丹]塔依卜·萨利赫：《移居北方的时节》，张甲民译，北京：华文出版社，2017年版，第101页。
④ [苏丹]塔依卜·萨利赫：《移居北方的时节》，张甲民译，北京：华文出版社，2017年版，第82页。

喟然长叹："当初要是听了你的话娶了她就好了。"①从某种意义上，"我"是懦弱、肮脏的，"我"因迟迟未娶哈塞娜间接地造成了她的悲剧。哈塞娜则是一个更为纯粹和更具实践能力的倾听者：作为一个西方男人的女人，她未曾进入穆斯塔法的书房，犹如一个东方主义的女人。而作为一个东方男人的女人，她反抗婚内强奸，亲手杀死了瓦德·利斯，这象征着其身份认同的分裂。

哈塞娜的悲剧由三个男人造成：穆斯塔法·萨义德、瓦德·利斯和"我"。穆斯塔法是一个非常不负责任的风流男人，他早已造成了许多女人的死亡；瓦德·利斯是一个占有欲极强的男人，自私且易怒；"我"则充当着一个平庸的角色，与集体观念是妥协的。他们都不是库切的《等待野蛮人》中的老行政长官那类角色，严重地缺少列维纳斯式的责任感。甚至在整个小说中，我们都找不到一个责任者。这就是这出集体性悲剧的根源所在：妥协而非反抗，回避集体而非担负责任。这里的"集体性悲剧"不仅指悲剧中的集体性问题，也指同具有悲剧性的一个集体，即小说中每一个因向集体性想象妥协而受到伤害的人。在集体性想象下，后殖民经验的反抗虽然不能带来幸福的结果，甚至以个体的毁灭为结局，但这对于瓦解旧的集体性却具有一种革命的效果。雷蒙·威廉斯在《现代悲剧》中指出："悲剧行动源于无序状况，而后者在某个时期确实可能具有自身的稳定性。然而，参与该行动的现实力量远不止一个，它们之间的较量往往以表层的悲剧方式使深层的无序状况既一目了然，又令人恐惧。在完整地经历了这一无序状况并采取了具体的行动之后，

---

① [苏丹]塔依卜·萨利赫：《移居北方的时节》，张甲民译，北京：华文出版社，2017年版，第93页。

秩序得到再生。这一行动的过程有时与真实的革命行动非常相似。"①革命意味着流血和牺牲，哈塞娜之死对于这个落后村庄的观念的冲击是巨大的，虽然作为微弱个体的反抗，她不可能产生革命性的后果，但作为一个悲剧式的牺牲者，她使我们看到了革命的启蒙之光，书写了自己作为独特阶级和身份的异质性存在。

三、集体性的现代断裂与后现代反讽

除了哈塞娜，《移居北方的时节》中还有一个怪异女人的形象，即瓦德·利斯的大老婆玛卜萝克。如果说哈塞娜反映了外部经验对于这个封闭村庄的陈旧集体性观念的冲击，那么瓦德·利斯的大老婆则反映了集体性在传统中的内部断裂。当瓦德·利斯被杀死的时候，她表现出了极其令人不解的异常行为，凸显出了反集体性的变态存在。这些描述来自当事人宾特·曼吉楚比：

"奇怪的是这场风波把全村镇的人都吵到这里来了，但是瓦德·利斯的大老婆玛卜萝克却睡得像死人一般。我去把她推醒，她抬起头问我：'宾特·曼吉楚比，你这个时候来我家干什么？'我对她说：'快起来吧，你们家发生人命案了！'她问：'什么人命案？'我说：'哈塞娜杀了瓦德·利斯，然后自杀了。''我当有什么大不了的哩！'她说完又睡去。我们给哈塞娜入殓时她鼾声如雷。我们埋了死人回来时，她正坐在家里喝咖啡。有的妇女想陪她哭，但她却说：'你们有事自管去吧。瓦德·利斯是自掘坟墓。哈塞娜可不错，我愿祈求

---

① [英]雷蒙·威廉斯：《现代悲剧》，丁尔苏译，南京：译林出版社，2007年版，第58页。

安拉为她祝福，她可给瓦德·利斯做了一次彻底的清算。'说完她便振臂欢呼起来。孩子，凭安拉起誓，她真的振臂欢呼起来，还对妇女们说她偏偏要欢呼，谁不喜欢她这样，就让她跳河去吧……"[1]

与哈塞娜所代表的后殖民现代性不同，玛卜萝克象征着传统文化内部存留的解构旧集体性的可能性，这是一种从传统自发走向现代性的内部声音。斯皮瓦克认为，这里的文本展现出了一种可能会出现的"未来"（to come）女性集体，其所呈现的现代性——拒绝内在性别化（internalized gendering），在这里指的是拒绝对配偶的毫无疑问的忠诚——不一定是那种非要接触西方的公式化现代性。[2]从玛卜萝克对哈塞娜的赞许之声中，女性联合的新集体性希望隐隐约约浮现了出来。哈塞娜改写了瓦德·利斯的女人们的命运，她们同样是男人的牺牲品，同样在传统的男权主义观念下扮演着悲剧的角色；但她们与哈塞娜不同的是，她们没有胆量做出这样的"清算"行为，其责任意识与反抗意识依旧是沉默的。只有当她得到被动的机会时，她的个体异质性才会通过文本传递出来，并以强烈的女性意识命令其他的妇女们一起欢呼。换言之，只有当更多的现代性元素到来的时候，新的集体性想象才有重构的可能。

但是，《移居北方的时节》没有提供另外的集体性想象方案，只不过控诉了愚蠢的集体性观念所带来的个体悲剧。文本也因此带来了巨大的绝望感和压抑感，使得最后一章令"我"无可奈何地逃进

---

[1] [苏丹]塔依卜·萨利赫：《移居北方的时节》，张甲民译，北京：华文出版社，2017年版，第101—102页。

[2] Gayatri C. Spivak, *Death of a Discipline*, New York: Columbia University Press, 2003, p. 62.

了水域。异度空间象征着对现实的逃离和分裂。在生死之际，"我"回到了动物性的生命责任感，而非列维纳斯意义上的原初责任。"我"依旧在逃避。于是在小说的最后，"我"像一个小丑一样在水中呼喊着"救命啊！救命！"①关于最后这句话，斯皮瓦克指出了一个翻译中的重要问题："小说的最后一句话将叙事者比作一位戏剧演员，呼喊着'求救！求救！'（Help! Help!）[nejda]；原文使用的词汇原本是从英语或法语翻译到阿拉伯语的古典式译法，而不是更具口语性的'救救我'（help me）[sa'iduni]；但实际上，后者更适合一个快被淹死的人。这个结局意味着什么？至少意味着对沉重的后殖民主题的拒斥，它由性别差异所标识，这一点也正是《黑暗的心》的遗产。"②当"我"呼喊着乱了套的语言大声呼救时，文化的杂乱感和碎片化就以一种后现代主义的方式呈现了出来。仔细读来，原文中的"nejda"作为后殖民语境下的翻译语言，不合时宜地被当作了呼救的口语，因此产生了语境层面的反讽效果。套用克林思·布鲁克斯的话来说，这种反讽效果就是"语境对一个陈述句的明显的歪曲"③——后殖民语言对日常口语的歪曲。两种文化所带来的压抑感与河水对"我"的身体所带来的压抑感串联在了一起，使语境产生了致命的窒息感。结尾并没有续写"我"是否能够继续存活，这或许就是作者残留的一点希望；如果我们能够找到另外一种集体性想象，那么主人公的存活就仍具有可能性。《移居北方的时节》提供

---

① [苏丹]塔依卜·萨利赫：《移居北方的时节》，张甲民译，北京：华文出版社，2017年版，第133页。
② Gayatri C. Spivak, *Death of a Discipline*, New York: Columbia University Press, 2003, p. 79.
③ [美]克林思·布鲁克斯：《反讽：一种结构原则》，袁可嘉译，见赵毅衡主编：《"新批评"文集》，北京：中国社会科学出版社，1998年版，第335页。

了这一悬念，但至于集体性想象究竟该以何种方式进行革命性的突转，却并未提供线索。因此，集体性的现代分裂及其后现代主义式的混乱感与虚无感，一直作为一个关键性的问题贯穿于后殖民主义反思的主旋律之中。

第二节　《黑暗的心》中的行星隐喻

在康拉德的《黑暗的心》中，存在着一个重要但却鲜有人注意到的隐喻——"行星"。"行星"不仅是小说中的意象，还是一个反讽的神话，它含有对殖民主义、启蒙主义和西方中心主义的批判。斯皮瓦克将"行星"视作后殖民理论的关键词，在她的赋义下，"行星"具有了原初性、生态性和异质性的内涵，它与"全球"所强调的技术同质化、网络化和西方中心主义的内涵恰巧相反。《黑暗的心》在很大程度上呼应了斯皮瓦克的"行星"意象，它让我们感觉到，我们不过是借住在地球这颗行星上，而围绕我们身边的是一片异质性的海洋。《黑暗的心》中的行星隐喻提醒我们，如果我们沉迷于洞穴之中的幻影，其结局就可能会像科尔茨一样，被可怕的黑暗所吞没。这就是贸然地、暴力地"走进他者"的后果：进入者可能一去不复返。但如果我们去追寻"行星之光"，对异质性世界存有敬意，那么我们或许就能走出柏拉图的洞穴，走向平等的、责任化的、互惠性的伦理共在。

一、《黑暗的心》的"后殖民性"辨疑

"行星"作为一个后殖民理论的关键词，具有一定的文本适用条

件，即文本需要具有"后殖民性"才有隐喻分析的合法性。如果文本的后殖民性是令人质疑的，那么行星隐喻的解读就不能成立。《黑暗的心》就是一个受到后殖民性质疑的文本。齐努瓦·阿切比（Chinua Achebe）在《非洲的一种形象：论康拉德〈黑暗的心〉中的种族主义》中将这部小说评价为一部种族主义著作。阿切比认为，小说对黑人的描写迎合了殖民帝国的他者化目光，黑人被塑造成了野蛮的、恐怖的形象，虽然康拉德"目睹并谴责了帝国主义的剥削，但居然看不到使帝国主义的剥削如虎添翼的种族主义"[1]，因此他实际上是一个"彻头彻尾的种族主义者"[2]。

在《黑暗的心》中，黑人的形象确实给人一种毛骨悚然之感，例如黑人被描述为食人的野蛮人、沉默的奴隶、杀人的恶魔、害怕汽笛声的蠢蛋、学习能力低下的佣工……但我们必须要注意到这些叙事内容都是借由小说的叙事者——马洛（Marlow）——而非康拉德说出来的。在小说中还有一个叙事接受者"我"，而这里的"我"才更接近于康拉德，同时也更接近于读者。在马洛的叙事过程中，"我"很少发言，评价权不在那种上帝视角之中，而是交给了读者。这样一来，我们就有了反驳阿切比的批评的理由，因为康拉德与马洛并不具有同一性。

从经典叙事学理论来讲，作者、叙事者、叙事接受者、读者是

---

[1] [尼日利亚]齐努瓦·阿切比：《非洲的一种形象：论康拉德〈黑暗的心〉中的种族主义》，刘须明译，见[英]巴特·穆尔–吉尔伯特等编：《后殖民批评》，北京：北京大学出版社，2001年版，第193页。

[2] [尼日利亚]齐努瓦·阿切比：《非洲的一种形象：论康拉德〈黑暗的心〉中的种族主义》，刘须明译，见[英]巴特·穆尔–吉尔伯特等编：《后殖民批评》，北京：北京大学出版社，2001年版，第188页。

不可等同的，因此阿切比将康拉德定义为种族主义者的看法考证不详。阿切比注意到了这一点，但他仍然将马洛的观点视为康拉德的观点，他说："《黑暗的心》中对非洲的态度不是康拉德的态度，而是叙述者马罗的看法。康拉德对此并不赞成，而是抱着一种讽刺和批评的态度。显然，康拉德似乎费尽了苦心，在他自己与故事的道德世界之间设立了层层防护。比如，故事的叙述者背后还有叙述者。主要叙述人是马罗，但是，他的叙述是面目不清的第二者叙述的过滤。不过，如果康拉德想在他和叙述者的道德和良心的不安之间设立防线，他的良苦用心在我看来是白费了。因为，他没有给读者清楚而又充分地提供可选择的证据，以使我们依此评判他故事中的人物的行为和观点。倘若康拉德认为有必要给读者提供证据的话，他完全有能力做到。在我看来，康拉德几乎不打折扣地赞成马罗的观点。这恐怕是由于他们的职业相近所致。"①其实如果我们详细考察萨义德的东方学理论，《黑暗的心》并不属于萨义德所批评的那种典型的他者化再现问题，康拉德还借由小说表达了他对再现的怀疑。正如萨义德所说："奇努阿·阿奇比在著名的对康拉德的批评（说他是个将非洲土人完全非人化的种族主义者）中，强调了康拉德早期小说中就有的、到后期小说如《诺斯特洛姆》和《胜利》中越发明显的一些特点，但这些特点并不是关于非洲的。但阿奇比强调的并不够……康拉德的听众是欧洲人，他的小说产生的效果强调那个事实并巩固了它的意识，而不是向它挑战。虽然矛盾的是，他自己的

---

① [尼日利亚]齐努瓦·阿切比：《非洲的一种形象：论康拉德〈黑暗的心〉中的种族主义》，刘须明译，见[英]巴特·穆尔-吉尔伯特等编：《后殖民批评》，北京：北京大学出版社，2001年版，第186—187页。

怀疑因而得到了释放。"①尤其在一些反讽的书写中，《黑暗的心》并不迎合西方人的习惯性想象，非洲世界所表现的是那种不确定性的存在。

另外，康拉德在《黑暗的心》中所描写的黑人形象也并不是种族主义式的贬低，而是一种异质性的描述。阿切比认为康拉德对黑人的刻画是神秘的、奇怪的、非人性的、丑陋的，但从康拉德充满了反讽的语调中我们可以感觉到，他实际上在强调这种他者化目光在异质性他者面前的黑暗与可笑。阿切比引用了一大段康拉德对黑人的描写，这段文字讲述的是一些乘船的人在刚果河上和黑人的遭遇，我们不妨引述如下：

我们对那些被戴上了镣铐的魔鬼早已屡见不鲜了，不过，在那里——在那里你却能见到一种怪异而自由的东西，这不像是人世间的东西。这些人——不，他们并非毫无人性。不错，你们知道，最糟不过的——是对他们并非毫无人性的怀疑。人们会慢慢地产生这种怀疑。他们又嚎又叫，又蹦又跳，挥动着手臂，摇摆着身体，做出各种可怕的鬼脸；但是最使你激动的还是那种认为他们——像你我一样——也具有人性的想法——想到我们的远祖也是这样狂野和忘情地嚎叫，真是令人激动不已。要说丑陋，一点不错，是够丑陋的；可是如果你还是个人的话，你自己定会承认，对这种毫无掩饰的坦率的嚎叫声，在你心中也会引起某种极微弱的共鸣，你会模模糊糊地觉得，其中含有某种意思，一种你——离开远古的黑夜异常

① [美]爱德华·W.萨义德：《文化与帝国主义》，李琨译，北京：生活·读书·新知三联书店，2016年版，第235—236页。

遥远的人——能够理解的含义。①

阿切比认为，正是康拉德对黑人之"丑陋""狂野"的刻画吸引了西方人，他通过将非西方人非人化，暗示了西方之于非洲的优越，传播了西方的神话。②但从以上这段文字中，我们可以看到康拉德实际上是用黑人来贬低人性的神话——人性都是一样的丑陋，所谓的文明人其实也有着狂野的起源，与黑人无异。而对黑人的神秘论描写，则凸显了一种异质性的文明鸿沟，这显然带有反西方中心主义的后殖民立场。从异质性书写的角度，我们可以对其行星隐喻进行挖掘，正如埃里克·斯坦哈特（Eric Steinhart）所说："隐喻总是涉及两个情景之间的比较，且几乎不涉及两个事物的比较。隐喻的喻底（ground）具体说明了隐喻所涉及的两个情景共享的结构。喻底就是类比。隐喻为真当且仅当隐喻所基于的类比为真。"③基于人类、土著、原始丛林、黑暗地带与行星的异质性基点，又基于小说所具有的后殖民性，行星隐喻因此具有了被解读和阐发的可能。

二、行星隐喻对"黑暗的心"的意象转换

"黑暗的心"按照小说的叙事内容来说，包含着这样几层意思：（1）"黑暗的心"指非洲大陆的深处。（2）"黑暗的心"指黑人的心

---

① [英]约瑟夫·康拉德：《黑暗的心脏》，王金铃译，济南：山东文艺出版社，1984年版，第245—246页。
② [英]约瑟夫·康拉德：《黑暗的心脏》，王金铃译，济南：山东文艺出版社，1984年版，第183页。
③ [美]埃里克·查尔斯·斯坦哈特：《隐喻的逻辑：可能世界之可类比部分》，兰忠平译，北京：商务印书馆，2019年版，第28页。

灵非常黑暗。（3）"黑暗的心"指白人的心灵非常黑暗。（4）"黑暗的心"指普遍人性的黑暗。（5）"黑暗的心"指库尔茨的心灵非常黑暗。在复义的诗学效果中，"黑暗的心"因此成为一个重要的意象，带有强烈的批判色彩和悲观情绪。这个意象是通过一种怎样的想象机制形成的呢？斯皮瓦克以"行星性"为旨归的阅读提供了解读"黑暗的心"的一种可能。斯皮瓦克提醒我们："从那黑暗之心的结构性再现中，我们是能够学会掌管'人类昔日的家园'的。它不仅仅是一颗心，而且还是阴道之口；正如柏拉图的梦一样，它不仅仅是一个洞穴，而且还是阴道之口。"①

按照柏拉图的洞穴寓言的说法，洞穴人离开洞穴之后，他会本能地闭上双眼以适应刺眼的白光，这似乎正迎合了"黑暗"这一意象；而白光，其实是由其他"行星"（太阳）发出的，它使洞穴人被重新照亮。②在小说中，主人公离开欧洲进入非洲就是一个走出洞穴的过程。在这里，行星首先是一种异质性的地理知觉，地球的熟悉感被行星的陌生感所替代。小说中有一段文字恰好出现了"行星"这个字眼，并且详细地描述了环境的陌生感：

　　我们似乎是在史前大地上漫游，在外貌像一个完全陌生的行星的大地上漫游……我们这艘汽艇，就是处在这种黑暗、不可思议的狂乱处境中，异常艰苦地缓缓前进着。这些史前人是在咒骂我们，是在向我们祈祷，还是在欢迎我们——谁知道呢？我们的思路的通

① Gayatri C. Spivak, *Death of a Discipline*, New York: Columbia University Press, 2003, p. 78.
② [古希腊]柏拉图：《理想国》，郭斌和、张竹明译，北京：商务印书馆，1986年版，第277页。

道已被切断，无法理解所处的环境。我们像幽灵似的滑过去，像一些头脑清醒的人在狂人院出现的骚乱面前那样，表现出一种迷惘和暗自惊慌的神情。我们之所以不能理解，是因为我们相距太远而又难能记起，也因为我们是在洪荒时代的黑夜中旅行，是在那种早已过去的年代的黑夜中旅行，那种原始时代几乎没有留下什么痕迹——也没有留下任何记忆。①

马洛一行人沿着河流往上游行驶，所面对的是凶险的原始森林、陌生的水域和充满危险的黑人，于是他开始将自我他者化——他是地球这颗行星的外来者。这种陌生感也带来了对现代性时间线索的阻断和对历史的重新想象。

从诡秘的森林到原始的行星想象，从黑人到史前人类的起源，而后，人类的共相忽然被这种想象打通了："最使你激动的还是那种认为他们——像你我一样——也具有人性的想法——想到我们的远祖也是这样狂野和忘情地嚎叫，真是令人激动不已。要说丑陋，一点不错，是够丑陋的；可是如果你还是个人的话，你自己定会承认，对这种毫无掩饰的坦率的嚎叫声，在你心中也会引起某种极微弱的共鸣，你会模模糊糊地觉得，其中含有某种意思，一种你——离开远古的黑夜异常遥远的人——能够理解的含意。"②在行星想象下，主体与他者被置于同样久远的历史性存在中，同时被他者化了。而"我们"这些与"他们"在人性上无异的他者，竟被时间联结了起

---

① [英]约瑟夫·康拉德：《黑暗的心脏》，王金铃译，济南：山东文艺出版社，1984年版，第244—245页。
② [英]约瑟夫·康拉德：《黑暗的心脏》，王金铃译，济南：山东文艺出版社，1984年版，第245—246页。

来；与此同时，语言奇迹般地从诡秘变成了原初呼唤："他们那种看来很凶恶的嚎叫声，是不是对我发出的一种呼吁——是不是呢？很好；我听见了；我承认，我也有自己的声音，好坏姑且不论，我的声音就是我的语言，别人是不能使我缄默不语的。"①在"我们"的眼中，"他们"的语言只是嚎叫，但在"他们"的眼中，"我们"的语言又何尝不是嚎叫呢？在行星想象下，"我们"与"他们"的语言同时变成了语音、声响或呼喊，语言从而进入到了更为原始的伦理连接之中，那就是渴望得到应和的"呼吁"。"呼吁""呼唤"或"唤往"与列维纳斯的伦理学关键词应和：语言使绝对他者的面容呈现了出来，"这种呈现是卓越的非暴力，因为它不是伤害我的自由，而是把我的自由唤往责任，并创建我的自由"。②

马洛接下来便是凭借"饥饿"这个词来打通他与黑人的伦理共相的。在经历了野蛮人的恐怖呼喊之后，船上的黑人惊人地说出了吃人的愿望。但马洛并没有被吓坏，而是展开了他对"饥饿"的理性思考："没有什么恐惧能顶得住饥饿，没有任何耐心能消磨掉饥饿的痛苦，人在饿极了时是会饥不择食的，还顾什么厌恶不厌恶？至于说是由于迷信和信仰，或者你们所说的什么原则，那是轻如谷皮，经不住一阵小风的。你知不知道，那种长时间的饥饿所引起的痛苦、那种越来越剧烈的折磨、那种黑暗的心理、那种阴沉的正在产生着

---

① [英]约瑟夫·康拉德：《黑暗的心脏》，王金铃译，济南：山东文艺出版社，1984年版，第246页。
② [法]列维纳斯：《总体与无限：论外在性》，朱刚译，北京：北京大学出版社，2016年版，第188页。

的剧痛，是一种什么滋味?!"①在饥饿面前，所有的人都会做出难以想象的行为。在这种思考中，"饥饿"的位置与"行星"几乎等同，自我与他者在"饥饿"与"行星"之下被同样地他者化了。但是，船上的黑人为什么没有吃掉他们呢？在这一点上，马洛用"人性的秘密"来进行他者化想象，并对"我们"进行了贬斥："从这里我看出，在他们身上，有某种起抑制作用的东西，一种阻止事态出现的人性的秘密在发生作用。我带着迅速增长的极大兴趣看着他们——这并不是因为，我忽儿想到自己不久就可能被他们吃掉。不过，我得向你们承认，就在这时，我似乎发觉——好像是用一种新的眼光——这些外来移民看上去是多么肮脏，而我希望……我的外表但愿别这样……使人看了腻烦的慌。"②马洛将自己和黑人平等地视作行星上的成员，并开始在黑人的眼光中重新定义自己，勾勒了一幅更加真实的人性自画像。

　　叙事者屡屡将自己的形象置于他者眼中，从而在黑人那"黑暗的心"中发现了自我的真相，在洞穴之外适应了"行星之光"；这也正是《黑暗的心》作为后殖民主义小说而非种族主义小说的原因。"行星之光"所导致的就是"黑暗的心"从形容黑人转向形容白人，其中最典型的人物就是库尔茨。如果我们把这个人物置于"柏拉图的子宫"之中，库尔茨就是那个依照阳具路线前进的人。他朝着洞穴后壁上隐喻式的投影，妄想控制那些人影，但那些人影回馈给他的也不过是假象，直到库尔茨临死前喊到"可怕"的时候，他才承

---

① [英]约瑟夫·康拉德:《黑暗的心脏》，王金铃译，济南:山东文艺出版社，1984年版，第255页。
② [英]约瑟夫·康拉德:《黑暗的心脏》，王金铃译，济南:山东文艺出版社，1984年版，第254页。

认自己所探寻的欲望只不过是幻影；而幻影的背后则是赤裸裸的、毫无意义的岩石。马洛之所以还欣赏库尔茨，是因为库尔茨最后可以正视恐惧："他那低声的喊叫比我的总结要好——好得多。它是一种确信，一种经过无数失败、可恶的恐怖、可恶的满足之后换来的道义上的胜利。无论怎么说，它总是一个胜利！这也就是我为什么到最后一直忠于他的原因。"①库尔茨的诡秘感没能转换为"人类昔日的家园"，他最终病死于迷宫一样的洞穴/子宫之中。洞穴寓言与行星隐喻似乎构成了一种相反的互文映射，行星隐喻着意味着一种互为异质性的、不可侵占的关系，但库尔茨却想要吞噬行星："他躺在担架上，贪婪地张着大口，似乎要将整个地球以及地球上所有的人类一口吞下去。"②因此，库尔茨永远是可怜的洞穴人。库尔茨的处境也正如伊利格瑞所描绘的那样："他们不能面对最原初的东西，面对实际上是子宫的前体（protera）。锁链使他们无法转向源出地，而/并且他们是处于子宫的表象物的投影的第四空间中的囚徒。头和生殖器被固定朝向子宫表象的投影和进深。"③在柏拉图的子宫内，上下、前后、左右的顺序实际上是颠倒的；库尔茨离开了他的起源，将另外的大陆视作自己的目的地，但他实际上早已迷失了方向，被欲望的幻影所蒙蔽了。

---

① [英]约瑟夫·康拉德：《黑暗的心脏》，王金铃译，济南：山东文艺出版社，1984年版，第302页。
② [英]约瑟夫·康拉德：《黑暗的心脏》，王金铃译，济南：山东文艺出版社，1984年版，第306页。
③ [法]露西·伊利格瑞：《他者女人的窥镜》，屈雅君、赵文、李欣、霍炬译，郑州：河南大学出版社，2013年版，第318页。

三、行星性凝视下的女性主义

　　小说的最后戏剧性地回到了库尔茨的家乡，似乎在教导我们去探查那原初的伦理关系与他性责任。库尔茨的未婚妻作为最后登场的人物颠覆了整个小说的美学形态：《黑暗的心》变成了一部女性悲剧。库尔茨为了自己的欲望远走他乡，而后不幸身亡，没能在母亲逝世前见她最后一面，更辜负了未婚妻的爱，给她带来了无尽的痛苦。从伊利格瑞的子宫寓言来看，这场悲剧来源于阳具路线对女性的压制。洞穴后壁上的幻影诱惑着洞穴人走向幻影深处，避免他们回头去看到洞穴的出口，即子宫的阴道口；这意味着他们对子宫的完整结构并不在意，即对孕育他们的女性视而不见。阳具背叛了阴道，扑向了欲望的幻影；库尔茨背叛了他的母亲和未婚妻，把身体祭献于欲望的荒野。

　　马洛在这里意识到了库尔茨的未婚妻那不可蔑视的崇高形象，恰如他曾看到过的那个女性黑人一样；此时，小说中的那种奇特的异质性描写再度出现了："她伸出双臂，好像要拉一个向后退的人影，伸直的胳膊黑棱棱的，穿过愈来愈暗的窗口所透进的狭窄的光亮，一双苍白的双手握在了一起……她的这种姿势，活像那一个女人，那个女人像她一样悲伤，浑身挂满毫无灵验的咒符，将她的赤裸的褐色的双臂伸向那地狱般的河流——黑暗之流的熠熠闪光之上。"[①]这种认识来源于她们身上那无尽的痛苦和悲愤，来源于悲剧的原始力量，更来源于异质性他者的面容。在小说刚开始的时候，

[①] [英]约瑟夫·康拉德：《黑暗的心脏》，王金铃译，济南：山东文艺出版社，1984年版，第311页。

马洛还不是一个女性主义者，他曾经说道："我竟去找女人帮忙了。我，堂堂的查理·马洛，为了混上个差使，竟去走女人的门子。天哪！"①这些话是令女性主义者无法容忍的；然而当他遇见那个黑种女人的诡秘形象的时候，马洛对女性的看法就完全被其行星性凝视所改变了：

> 寂静突然降临在整个的凄凉大地上，而就在这寂静中，那无边的荒野，那具有生命的充实而又神秘的巨大身躯，仿佛正在注视着她，好像是在注视着自己的神秘而暴躁的灵魂……她的脸上有一种悲伤而凶猛的表情，内中显示出狂野的悲愤和无告的痛苦，以及与准备进行拼斗而仍举棋不定所反映出的那种担心交织在一起的复杂心情。她不动声色地站在那里望着我们，那神态像荒野本身一样，正在为某种秘而不测的目的苦心孤诣地策划着……她注视着我们所有的人，好像她的生命就系于她那瞥视的坚定之中。突然，她张开裸露的双臂，笔直地举到头顶上，好像迸发出一股驾御不住的欲望，非要摸一摸头顶上的苍天不可。②

这段文字将女性的力量抬高到了一种无以复加的程度，这时候，她与原始而神秘的荒野是一体的，"她们"寓意着那种行星性的存在；而"我们"，只不过是踏入这颗行星的渺小外来者。

马洛最终决定了将库尔茨的结论永远地留在了"黑暗"的大陆，

---

① [英]约瑟夫·康拉德：《黑暗的心脏》，王金铃译，济南：山东文艺出版社，1984年版，第201页。

② [英]约瑟夫·康拉德：《黑暗的心脏》，王金铃译，济南：山东文艺出版社，1984年版，第285—286页。

而没有告诉库尔茨的未婚妻。她既然想要以库尔茨死前的最后一句话而生（她说"我需要——我需要——有点东西——有点东西——伴着我活下去"）[①]，那么这句话就必须要让人看到希望，否则就对这位善良的女性太过残忍了。所以马洛的回答是："他最后的一句话是——你的名字。"[②]这或许是整部小说中最耀眼的一句话，这部低沉而压抑的小说终于在最后几分钟令人看到了光。虽然库尔茨在他的欲望——阳具路线中遗忘了他身后的女人——阴道口，因此应该得到其未婚妻的唾弃，但这已经并不重要，重要的是他的未婚妻能否从已经造成的"不公正"的后果中挽回一点"公正"。马洛就是这样想的："我不能告诉她。那样未免太阴森可怕了——一切都太阴森可怕了……"[③]如果说"黑暗的心"致力于人性阴暗面的再现，并通过这种再现来控诉殖民者的罪恶；那么，马洛在这里选择了放弃，因为她不应是罪恶的承担者。马洛谈道："我最后是用一句谎言驱散了他那天才的鬼魂的……她们——我指的是女人们——和这个无关——也不应当牵连进去。我们必须帮助她们，使她们留在自己的美好世界中生活，要不的话，我们的世界就会变得更糟。"[④]基于他对女性的异质性悲剧的认识，他保留了她与他对洞穴结构的认识差异，并用人性的光驱逐了荒野的黑暗，驱逐了库尔茨的"黑暗的

---

① [英]约瑟夫·康拉德：《黑暗的心脏》，王金铃译，济南：山东文艺出版社，1984年版，第312页。

② [英]约瑟夫·康拉德：《黑暗的心脏》，王金铃译，济南：山东文艺出版社，1984年版，第312页。

③ [英]约瑟夫·康拉德：《黑暗的心脏》，王金铃译，济南：山东文艺出版社，1984年版，第312页。

④ [英]约瑟夫·康拉德：《黑暗的心脏》，王金铃译，济南：山东文艺出版社，1984年版，第265页。

心"。当然，这里的"光"在柏拉图的洞穴寓言中只不过是"火光"，其未婚妻仍然渴求着库尔茨，自始至终都没有完全脱离阳具路线的控制。但是，她受到了马洛善意的谎言的恩惠，这又是一种基于异质性存在的伦理认识，一种行星之光。此刻，他异性超越了主体性，伦理学超越了哲学，行星之光超越了洞穴之黑暗。

第三节　《等待野蛮人》中的"走进他者"之途

《等待野蛮人》可以当作"新比较文学"的寓言式文本来处理，小说提出了他者之于主体的意义问题：老行政长官对野蛮女的种种破译均宣告失败，因此对于老行政长官来说，他者的意义几乎是不可捕获的。但是，他者的意义是主体为其所是的地基，因此老行政长官必然需要某种意义。这一悖论如何解决？斯皮瓦克认为，我们所不确定的他者之意义，呈现于他者对我们的凝视之中："我们自己的不可判定的意义就在他者眼中那不可化约的形象之中。这就是我们需要努力的任务：置换我们那些千人一面的学生们的恐惧，在他们身后，无数全球化他者的眼睛正注视着他们。"①重塑他者眼中的自我同样可以参与到他性的建构过程之中，他者之于我的意义与我之于他者的意义在这一等价建构中达成平衡。在《等待野蛮人》中，这种自我与他者的平衡状态是通过平等的凝视来创建的。老行政长官与野蛮女可以看作比较文学的自我与他者，二者的碰触代表了对"新比较文学"方案的种种可能性的探索。

---

① Gayatri C. Spivak, *Death of a Discipline*, New York: Columbia University Press, 2003, p. 23.

一、性的意义困境

老行政长官是一个迷恋性事的人，他曾与数不尽的女人发生过性关系。不仅是老行政长官，边境地区的枯燥生活让这里的男人和女人都似乎患了性饥渴症，极度贪恋单纯的情欲。夜晚会有不安分的妇女主动迎合男人，性行为似乎出乎意料的简单。当老行政长官步入老年，他对女人的兴趣变小了；然而这并不是因为他的性欲已经消退，而是产生了一种精神分裂式的人格抽离。他竟能奇怪地以旁观者的位置来看待自己的欲望："有时候，我的性事对我来说全然像是另一个不相干的人的行为，就像一头愚蠢的动物寄居在我的身上，全凭自动的欲念在膨胀或缩小，它驻扎于我的肉身，我却无法自主。"[①]性快感与性意义的分离使得老行政长官一直处于不安的状态；而随着这种分离的加剧，老行政长官开始对性畏畏缩缩。在野蛮女身上，性意义完全被他者的异质性压倒，老行政长官已绝无可能对她的身体进行简单的性处理；在他面前，野蛮女是一个难以走进的陌生人，一个全然异质性的意义体，因此他必须尝试用性以外的方式来进入她的身体。

老行政长官痴迷于对野蛮女的身体的清洗，并且在清洗过程中，他必然会陷入朦胧的睡意。清洗仪式与睡眠仪式既是进出于他者的方案，也是力比多与死本能的释放。然而，两种仪式均缺乏对话性，野蛮女无法对老行政长官的这两种行为做出回应，她只觉得奇怪。在探索中，老行政长官也对野蛮女的生理回应抱有一丝希望；即使

---

① [南非]J. M. 库切：《等待野蛮人》，文敏译，杭州：浙江文艺出版社，2010年版，第60—61页。

他在美学的层面上觉得老年男人的身体令人恶心，进而失去了产生性快感的基本条件。在一些身体距离几乎消失的时候，老行政长官小心翼翼地进行了试探，但均遭到了拒绝："……第二天晚上，当我在涂油和擦拭的节律中又陷入昏昏欲睡的状态时，我觉出自己的手指停住了，停在某个部位，伸向她的两腿之间。那一刻，我的手指直伸向她的性器官，然后我往指头上多抹些热烘烘的油开始摩挲她。她的身体很快绷紧了。她弓起身子，惊觉起来，把我的手推开去。我继续擦着她的身体，直擦到我自己完全松弛下来沉入睡眠。"① "她全身赤裸地躺着，闪着油光的皮肤在火焰映射下泛出金色的亮光。此时此刻——我感觉着一个过程的起始，就在这会儿——我对她有了欲望，这通常都是隐晦的，含含糊糊地进入隐约可辨的物体。我的手轻轻移动着，抚摸着她，握起一只乳房……她扭开身子挣脱我的怀抱，拳起手握成拳头抵在她和我的胸脯之间……简单明了的时刻结束了，我们分开来，并排躺着。"②老行政长官的目的在于"走进他者"，而不是强行与他者发生性关系；她的拒绝意味着性意义的再度抽离和失败。

　　老行政长官只能外在地接触她的身体，而清洗是对她有微薄益处的确定性方式。老行政长官一直在这个空白的异质性身体上寻找确定性的欲望；在整部小说中，老行政长官似乎只能确定她的两种欲望：一种是野蛮女对身体复原的欲望；另一种则是回家的欲望。前者表现在野蛮女对他的行为（清洗、按摩和抹油）从来没有抗拒

---

① [南非]J. M. 库切：《等待野蛮人》，文敏译，杭州：浙江文艺出版社，2010年版，第58页。
② [南非]J. M. 库切：《等待野蛮人》，文敏译，杭州：浙江文艺出版社，2010年版，第53—54页。

过，后者则表现在野蛮女对其姐妹的怀念之情："'有什么惦记的事儿吗?'//'我想我姐姐。'//'如果你真的要回去，'我说，'我会安排人带你去。'"[1]"我向这女孩打听过她的姐妹。她说有两个姐妹，据她说，小妹妹'非常漂亮，但没头脑'。'你不想再看到你的姐妹吗?'我问。一种冒失念头奇特地浮现在两人中间。我们都笑了。'当然想。'她说。"[2]也许正是因为这种情感的绝对确定性，老行政长官决定送她回去。

在送野蛮女回去的过程中，老行政长官终于进入了她的身体。野蛮女身体上的回应经过了老行政长官的一次犹豫的确认，那就是在他们同床共眠的最后一个夜晚，她对他的引诱没有得到他的回应。他认为她此时的顺从不是出于她的初衷，而是对其创伤的习惯。小说写道："当我不再把她看作一个残疾的、落下疤痕的、受到伤害的身体时，也许她的身体就具有了另一种缺陷，就像一只猫身上本来有爪子一样，而我再也不把爪子看作手指而只视为爪子。与其说这样符合常理，不如说我喜欢这样认为。可能她也有自己的种种思考方式来发现我同样正常。"[3]目的是让她复原，而不是让她改变；他的疑窦最后一次阻止了单向性的性行为。但随着老行政长官长途跋涉地走向他者之地，他的疑窦终于被野蛮女的逢迎打消了。在那个冰天雪地的夜晚，老行政长官得到了野蛮女真诚的回应，接下来便

---

① [南非]J. M. 库切：《等待野蛮人》，文敏译，杭州：浙江文艺出版社，2010年版，第43页。

② [南非]J. M. 库切：《等待野蛮人》，文敏译，杭州：浙江文艺出版社，2010年版，第71页。

③ [南非]J. M. 库切：《等待野蛮人》，文敏译，杭州：浙江文艺出版社，2010年版，第75页。

是性爱仪式："后来，我清醒过来，感觉到她的手在我衣服底下摸索，她的舌头舔着我的耳朵。一阵感官愉悦掠过全身，我打了个呵欠，伸伸懒腰，在黑暗中微笑起来。她的手在找什么呢？'是什么呢？'我想，'如果我们消失在这个无名之地会怎么样呢？至少让我们不要死得痛苦和悲伤！'在她的长罩衣里，身子完全裸着。我一用力压到了她的身上。她是温暖的、兴奋的，迎合着我的欲望，在那一刻，五个月来找不到感觉的踟蹰云消雾散了，我飘荡在轻松惬意的肉欲沉醉中。"① 在老行政长官醒来之后，这片刻的欢愉却以空白和恐慌草草结尾："我醒来时脑子像是洗过一样一片空白，感觉心里有点害怕起来……我总觉得，如果没有傍晚时和那些年轻人一起坐在篝火边交谈，她很有可能不会对我有那种需求——我对这个想法没有感到不自在。也许事实就是如此：当她在我怀里的时候，她正梦想着拥抱他们当中的一个。"② 老行政长官清醒地否定了自身能够产生性欢愉的条件，毕竟他拥有的只是一具年迈、松弛和丑陋的肉体。

他们第二次发生性关系的时候，老行政长官的不自信和怀疑再度袭来，中途像是变成了一具尸体："我以生命中最欢愉和骄傲的情感拥抱她；但在途中，我似乎与她失去了连接，动作变得乏力和空虚。"③ 性爱的发生是老行政长官努力得到认同的结果，他终于与野蛮女更进一步地建构了友爱的关系；但是，这种关系是在野蛮女受

---

① [南非]J. M. 库切：《等待野蛮人》，文敏译，杭州：浙江文艺出版社，2010年版，第84—85页。

② [南非]J. M. 库切：《等待野蛮人》，文敏译，杭州：浙江文艺出版社，2010年版，第85页。

③ J. M. Coetzee, *Waiting for the Barbarians*, New York: Penguin Books, 1999, p. 91.

到了虐待之后发生的，因此是一种补救式的存在。老行政长官的目的是想复原她身上的伤痕，但做爱却并不是一种理想的方式。他虽然进入了她的肉体，但却是在送走她的途中，性爱于是成了短暂的反讽。

告别的场景出乎意料的孤寂与荒凉：

她要走了，其实她已经走了。这是我最后一次与她清晰地面对面相望。我检视着自己的内心活动，试图理解她究竟是谁：我知道，此后我只能根据满是疑虑的欲望在记忆的场面中重构她了。我触摸着她的脸，握住了她的手。在这荒凉的山坡上，在这中午时分，我自己找不到一丝那曾经使我夜复一夜地引向她身体的木然的情色，甚至连路途中的同志式情谊都找不到。只有空白和面对空白的孤寂。我抓紧了她的手，可她毫无回应。我只能愈发清晰地看到：一个矮壮的女孩，长着厚嘴唇，刘海覆在额头上，从我的肩膀一直望向身后的天空；一个陌生人，一个来自陌生之地的来客，在经历了不太愉快的来访后走上了回家之路。"再见。"我说。"再见。"她说。她的声音毫无生气，和我的一样。我开始往山坡下面走，等我走到山脚时，他们已经接过她的拐杖，正在帮她骑上一匹小马。①

这个场景最终表明：即使他们夜夜同床共眠，即使他曾拥有她的肉体，他仍然不曾"进入"到野蛮女之中。这是送还他者的最后时刻，这也是两个世界告别的时刻。老行政长官苦心积虑地想要捕

---

① J. M. Coetzee, *Waiting for the Barbarians*, New York: Penguin Books, 1999, p. 100.

获野蛮女的意义，但他者的意义在这样的非暴力行为中依然无法呈现。

老行政长官的"走进他者"之旅始终伴随着身体的发问与追寻，他从性的迟疑、性的捕获与性的消逝中最终得到了"空白和面对空白的孤寂"。野蛮女了无生气的告别象征着性爱的失败；在老行政长官眼中，这似乎缘于他那衰老的身躯，那反美学的畸形交合。因此，性的方式并不意味着"走进他者"，更不意味着复原。

二、责任的负重与风险

老行政长官之所以如此友好地对待野蛮女，是因为他接受了某种责任；但至于这种责任为何出现，又为何偏偏降落到他的头上，他并没有答案。在与她相处的那个夜里，老行政长官曾思索过这一问题，但却一无所获："出于偶然，某种事情不知怎么的从天而降落到了我的身上：在我床上的这个身体，我对它负有责任，或是似乎应该负责，否则我为什么要留它在这里？在这一段时间里，也许是永远，我自己都给弄迷糊了。似乎所有的选择都顺理成章——不管是躺在她身边睡着或是把她裹进床单埋到雪地离去。"[1] 从老行政长官对野蛮女的接待与送还的整个过程来看，责任一直作为老行政长官的主导驱动力；也正是因为这种难以解释的责任，他后来付出了相当惨烈的代价。在小说中，当老行政长官遇见她的时候，责任就无可选择也无可抗拒地降临了：

---

① [南非]J. M. 库切：《等待野蛮人》，文敏译，杭州：浙江文艺出版社，2010年版，第57—58页。

她跪在离军营大门几步远的围墙阴影里，披裹着一件比自己身量要大不少的外套，一顶皮帽底朝天地搁在她跟前的地上。她有两道笔直漆黑的眉毛，野蛮人特有的光滑的黑发。一个蛮族女人在镇上能乞讨到什么呢？那帽子里只有寥寥几个小钱。

我一天里两次经过她的身边。每次她都像看陌生人似的看我，直瞪瞪地看着前方直到我走近她，才慢慢地把头从我这个方向转开去。第二次经过时，我在她的帽子里扔了一个硬币。"天晚了，待在外面太冷。"我说。她点点头……第二天她不在那儿……几天后，我看见她正穿过广场，拄着双拐，走得很慢，羊皮外套拖曳在身后的尘土中。我叫人把她带进我的房间里。[1]

老行政长官无意识地走向了这个陌生人，似乎被她的面容和处境所召唤；换言之，他的责任是以一种近于无意识的状态显现的。这里的责任问题与列维纳斯的他异性哲学不谋而合，我们完全可以将野蛮女视为列维纳斯的"面孔"，将老行政长官的责任视为"面容"对他的召唤。在一次访谈中，列维纳斯简练地阐明了"面容"与"责任"等关键词的要义：

我是他人的负责者，我回应他人。首要的主题，我的最基本的界定，就是他人——他首先构成了一个整体的部分——是作为另外的客体，作为世界的整体，作为世界的景观提供给我的，他人以某种特定的方式穿透了这个整体，这恰恰是通过他作为脸的显现而实

---

[1] [南非]J. M. 库切：《等待野蛮人》，文敏译，杭州：浙江文艺出版社，2010年版，第33页。

现的。脸绝不是单纯的，是一种可塑制的形式，而首先是对我的一种介入，对我的一种召唤，对我的一种命令，他使我处于一种为他服务的地位。不仅仅是这张脸，还有在这张脸中显现的另一个人，他是在没有手段，没有任何可保护他的裸露中，在他的贫乏中向我显现的，同时，他也是作为人们向我发布命令的位置而向我显现的。这种命令的方式，就是我所说的在脸中的上帝的话语。①

野蛮女确实是在贫乏中向老行政长官显现的，她只是一个可怜兮兮的乞丐；然而，她的实际身份却成了老行政长官的主人，使他不能自已地走向了她。自我与他者的关系确实在这里翻转了。在列维纳斯的逻辑中，他者处于绝对优先的地位，自我被他者召唤、选择与命令；因此，他者充当了"上帝的话语"，并以"面孔"的模样展现圣迹。野蛮女的"面容"即她那不可解读的身体。老行政长官不厌其烦地清洗、观察、试探和思考她的身体，似乎是在以奴仆的眼光来打量主人的用意。主人发出了什么命令？套用列维纳斯的话，这里的意思是"你不可杀人"／"你要让我活"，"脸意味着'你不可杀人'，你不应该杀害我。这就是他的人性，他的无所依靠，他的贫乏无助，但同时，这也恰恰是'你不可杀人'的命令……'你不可杀人'是首要的事，这是首要的命令。在这种命令中，他人作为强

---

① [法]列维纳斯：《脸的不对称性：列维纳斯与荷兰电视台记者弗朗斯·居维的对话》，张尧均译，见高宣扬主编：《法兰西思想评论》（第3卷），上海：同济大学出版社，2008年版，第241页。

加于我者而被我接受"①。野蛮女正是向老行政长官下达了这一"命令",才使他"被动地"召回了人性深处的责任:"第二次经过时,我在她的帽子里扔了一个硬币。"②列维纳斯把责任看作是他者强加于我之上的命令,几乎完全抹去了自我的主动性;更甚于此的是,他将自我看作是他者的人质,自我需要为他者赎罪。列维纳斯谈道:"责任的悖论在于,它不是我所做的任何行为的结果,这就好像我在做任何事物之前就已经是个负责人,就好像它是先验的,因此,就好像我并没有被人选择就已经是个负责人了,就好像我在赎罪,好像我是作为一个人质而表现自己。"③老行政长官有一种集体性的身份感,他将野蛮女身上的伤痕看作是自己的罪责,并且企图通过他个人的赎罪行为替虐待她的人赎罪;但问题是,赎罪的方式不能掺有任何暴力、强迫的成分,否则赎罪就会重蹈犯罪的覆辙。即使一丁点儿的暴力都会令老行政长官良心不安:"她的嘴唇闭得紧紧的,她的耳朵想必也这样,她根本就不需要老年男人和他们微弱的良知,我在她旁边轻手轻脚地走动,告诉她有关不准流浪的治安条令,感到自己很恶心。她的皮肤在门窗紧闭的温暖房间里慢慢泛出亮光。她用力扯开外套,把脖子对着炉火。我意识到,其实自己跟那些折

---

① [法]列维纳斯:《脸的不对称性:列维纳斯与荷兰电视台记者弗朗斯·居维的对话》,张尧均译,见高宣扬主编:《法兰西思想评论》(第3卷).上海:同济大学出版社,2008年版,第244页。

② [南非]J. M. 库切:《等待野蛮人》,文敏译,杭州:浙江文艺出版社,2010年版,第33页。

③ [法]列维纳斯:《脸的不对称性:列维纳斯与荷兰电视台记者弗朗斯·居维的对话》,张尧均译,见高宣扬主编:《法兰西思想评论(第3卷)》,上海:同济大学出版社,2008年版,第244页。

磨她的人之间没有多大差别；我陡然起颤。"①老行政长官的非暴力思想发挥到了极致，竟连"告诉她有关不准流浪的治安条令"都会令他恶心！

如果赎罪的过程中没有自我的任何"暴力"，那么赎罪的过程就无法反抗暴力；甚至对于忏悔者来说，赎罪过程需要借助暴力的报复。老行政长官后来确实受到了惨烈的报复，但报复者却来自自我（作为帝国整体的自我）的内部。如果说"非责任"意味着"杀人"，而"杀人"意味着自我对他者施加暴力；那么责任就意味着"汝毋杀人"，而"汝毋杀人"意味着暴力无处释放，只能在自我之中打转。暴力朝向了自我的内部，这或许就是老行政长官和列维纳斯均带有受虐倾向的原因。可以肯定的是，老行政长官遭到毒打之后，得到了赎罪的快感："当两个人一边一个挟着我的胳膊拖着我穿过叽叽喳喳的人群走向囚室时，我甚至微笑起来。"②小说的后半部分以受虐式赎罪为主题，老行政长官受到了惨无人道的折磨，在皮开肉绽的疼痛、呻吟和梦境中实现了自我救赎。在肉体的痛苦上，他终于与野蛮人走向了同一："我喉咙里发出第一道惨烈的号叫，犹如滚滚砾石倾泻而下，我一声接一声嘶叫着，不可遏止。这是意识到身体惨遭蹂躏后再也无法修复的悲哳，恐惧而绝望的惨叫……'这是在召唤他的野蛮人朋友。'看热闹的人打趣说，'诸位听到的是野蛮

---

① [南非]J. M. 库切：《等待野蛮人》，文敏译，杭州：浙江文艺出版社，2010年版，第36页。
② [南非]J. M. 库切：《等待野蛮人》，文敏译，杭州：浙江文艺出版社，2010年版，第142页。

人的语言.'一阵大笑。"①野蛮人的语言！小说在这里走出了列维纳
斯，自我与他者的关系再度翻转了过来：他者不是别人，正是自我！
他者内在于自我的人格面具之下，因此走向他者就意味着弗洛伊德
意义上的疯癫：本我溢出了自我，自我冲垮了超我。文明与野蛮的
关系也在这里翻转了：帝国下的"文明"成了极度野蛮的"规训与
惩罚"。

　　责任必定要面临"生命不可承受之重"，必定面临着"文明"的
规训与惩罚。责任者，也就是人质、赎罪者，必然要面对被施暴的
风险；然而被施暴者能通过呼喊的方式感召施暴者吗？在《等待野
蛮人》中，老行政长官没有形成任何的感召力，他只不过完成了自
我的救赎。他对上校的影响力最多不过是那几句虔诚而微弱的口语：

　　我一定要给他一个教训——这是我早已在脑子里转悠过上百遍
的念头。我用口形说出下面的话时一直盯着他的眼睛（他盯着我翕
动的嘴唇）："罪恶潜伏在我们身上，我们必须自己来担当。"我点着
头，又点头，尽可能使传递的意思准确无误。"不关别人的事。"我
说，我重复这些字句，指指自己胸口，又指向他的胸口。他看着我
的嘴唇，自己那副薄薄的嘴唇也模仿我翕动起来，也许是在嘲讽
（我没明白过来）。②

　　上校最后是被野蛮人赶跑的，而非老行政长官。自我对他者的

①[南非]J. M. 库切：《等待野蛮人》，文敏译，杭州：浙江文艺出版社，2010年版，第159页。
②[南非]J. M. 库切：《等待野蛮人》，文敏译，杭州：浙江文艺出版社，2010年版，第190页。

责任处于一种贫弱的状态，很难与暴力抗衡。老行政长官并不是一个完美的人物，他严重地缺乏斗争性，将责任的实践能力大大地弱化了。除了受虐式的自我救赎，他无法阻止军队的出征，无法改变他人的暴力逻辑。责任在列维纳斯的语境中是无法回避的，是具有原初性的意义的，是他性的根本归宿；然而实践责任的方式却有更多的可能性，这种可能性也隐藏在小说中。

三、语言转向的可能性

老行政长官用尽了各种方式，终究没能"走进他者"。他送走了野蛮女，而这也是唯一可以尽到他责任的方式。野蛮女始终是以空白的意义体存在的，老行政长官几乎无法对她进行解读。这种不可解读的情况实际上是由语言问题导致的。在送走野蛮女的那天，野蛮女和骑马的野蛮人曾有过短暂的交流，这时候老行政长官才幡然醒悟："'真是错过了可贵的时机，'我想，'在那些无事可做的长夜里，本来应该让她教我学说她的语言！现在已经太晚了。'"[1]他确实在身体的试探上徘徊了太久，而忘记了以语言"走进他者"的方式。事实上，语言，而非身体，才是他者的载体。老行政长官一开始就搞错了，以至于他对野蛮女的意义一无所知。当上校拿出老行政长官叛国通敌的证据——那些年代久远的木简时，他的语言无能和文本误读的问题凸显了出来：

　　端视着那些年代久远的陌生人刻下的字符，我甚至想不出该从

---

① [南非]J. M. 库切：《等待野蛮人》，文敏译，杭州：浙江文艺出版社，2010年版，第96页。

左往右念还是从右往左念。我曾在长夜里对着这些藏品冥思苦想，算起来我藏有四百多种不同字符的文本，也许是四百五十种。可是我根本不知道它们代表的是什么意思。是不是每一个字符代表一个事物，一个圈代表太阳，一个三角形代表女人，一个波纹代表湖；还是圈只是"圈"的意思，三角形就是"三角形"，波纹就是"波纹"？要不每个字符代表的是不同发声部位，如唇齿、喉部、胸腔之类，它们协调起来就能发出不同的声音，这就是难以想象的业已消亡的蛮族语言？也许我那四百个字符别无他意，只是二十到三十个基本字母的花饰写法，而以我之愚笨居然看不出来？[1]

接下来，老行政长官的胡编乱造只是为了激怒上校，他甚至说："［这些木简］横过来可以读作帝国最后时日的一段历史——我说的是旧的帝国。"[2]老行政长官没有传达任何木简上的信息，作为他者载体的语言尘封于历史深处，令上校无从知晓。如果这里的语言能够成功破译，甚至有更多的人能习得这种语言，那么他者的文明就能重现，帝国对野蛮人的眼光或许也能改变。但小说中只有老行政长官那文化研究式的政治解读，而没有斯皮瓦克式的"新比较文学"。

在语言学习之外，《等待野蛮人》探索了以下三种"走进他者"的方式：其一是暴力的方式，这是帝国的做法。老行政长官弃绝了这种方式，他反思道："……她好像没有内核，只有一层表皮，而我

---

① [南非]J. M. 库切：《等待野蛮人》，文敏译，杭州：浙江文艺出版社，2010年版，第145—146页。
② [南非]J. M. 库切：《等待野蛮人》，文敏译，杭州：浙江文艺出版社，2010年版，第147页。

一再探求如何进入的问题。那些折磨拷打她的人以为那也是一种探求的方式吗？他们以为那是什么呢？这是第一次，我为他们生出了一种悬拟的遗憾：你以为能够用烧灼、扯拽或是砍劈来探测别人身体内的秘密，从根本上就是一个错误！"[①]但问题是，帝国没有弃绝这种方式，小说中也没有留下任何改变帝国之暴力的线索。其二是性的方式。如果没有得到他者的认同，那么性就与暴力无异；但即使得到了认同，性也不意味着"走进他者"，因为他需要相应的美学条件。老行政长官那衰老而松弛的身体显然不具备美学条件，更不可能是他者的美学选择，因此这一方式也是无效的。其三是责任的方式。老行政长官自我责任的觉醒只是一种个体事件，他虽然帮助野蛮女返回了她的家乡，完成了自我的救赎，但对整个帝国体系却没有什么实际的改变，也没有真正地"走进他者"。列维纳斯式的责任趋向于缺乏现实实践能力的纯自然状态，且没有给出复原这一自然状态的途径，因此责任的实践能力极低，往往受限于客观现实中的其他人的暴力。

无疑，这三种方式都没有真正地"走进他者"，都没有让老行政长官理解"野蛮人"的生活、情感与文化。如果《等待野蛮人》中的任一人物能够对他者语言产生学习兴趣，那么小说的结局或许将会改写，老行政长官也不会一而再、再而三地在梦境中被那没有脸的白色雪人所困惑，或被那不断膨胀的白色身体所挤压、窒息。换言之，老行政长官无法再现他者，因为真实的再现需要他者的语言，而语言是民族心理、文化心理的积淀，它具有不可翻译、不可通约、

---

① [南非]J. M. 库切：《等待野蛮人》，文敏译，杭州：浙江文艺出版社，2010年版，第57页。

不可替代的独特"灵晕"。因此，小说留下了这样一种可能性，即通过语言学习，老行政长官或许能真正地"走进他者"，帝国对野蛮人的集体性想象或许也能改变。但在小说中，这一可能最终变成了遗憾；毕竟，语言学习是困难的，它需要制度、机构、教育、资金、毅力的支持，但这些条件在小说中都是匮乏的。这也正是斯皮瓦克的"新比较文学"构想在实践上的困难之处。

结　语

从宏观的角度来说，比较文学与区域研究代表了 20 世纪以来西方学界的两种典型知识话语，它们的组建方式都是以各自的民族主体为参照，通过现代性的辐射模式展开。但现代性的意外变异与反现代性的复调抵抗使这两门学科不断遭逢危机，暴露出西方主体的有限性。毕竟，作为研究对象的他者不甘于沦为"客体"，不甘于屈从异己的知性律令，不甘被强制通约与剪裁。而在这两门学科的成长、叛逆、受挫与旅行中，它们又被当作批判的标靶、改良的平台和反击的武器，重组为后现代主体、非西方主体与世界互动的方式。比较文学与区域研究的整合便是基于后殖民主义的覆盖性思维修改其研究对象、范式与理念，从而让那个自大而封闭的思维世界谦卑地敞开。

斯皮瓦克的"新比较文学"是一个临时性的命名，它一方面故意彰显出与"旧比较文学"的复杂纠葛——既有承继又有弃绝，另一方面又暗示出"未完成性"，这表明它还面临着种种挑战，学科的未来图景尚不明晰。近代意义上的"未来"收纳于知性的规划中，被分析性地认知、展望与推进，这在比较文学上表现为法国学派与美国学派似异实同的追求：前者执着于历史发展的必然性，后者执着于审美功能的共通性。也就是说，比较文学原本是一个有待完成的图纸，它的发展轨迹早已被现代性的时间体系预定。对于现代性的思维模式，陈春文先生指出：

知性的世界如同设计者的图纸，先是功能的构思，再把功能组成一个体系，然后是分解执行功能的部件，各部件忠实地执行功能中心的指令，而功能本身又服从于一个计算着效率的宗旨，即各参数间的最佳比较值。这样，我们就明白了分析的实质，分析是图纸世界，它的秘诀是把事物描述成并非它本身而是某种东西的一个或者多个函项，把它拉进一种或几种类比关系中。每一个函项都给事物一个性质的规定，那"唯一"而又"最终"的函项就被理解为事物的本质、最高原理（如"我思故我在"）。①

　　如此，他者就只能功能化地为我们而存在，他者的性质就只能公式化地被我们掌控。这种粗暴的功能性安置、化约的集体性想象，致使比较文学与区域研究只能在自我意识中构思一个镜像化的世界与未来。但"新比较文学"意在将旧学科所构筑的第一人称世界改变为第三人称世界，努力地呈现知性之外的那些他者面孔。这种探索无疑将更改两门学科的语言与预言，让原属于研究客体的沉默他者自行言语，进而聚拢出具有独异价值的行星语言。

　　"行星"参数的引入会令"新比较文学"呈现出更加辽阔的地域版图，更加多样的语言种类和更加新异的他者文化。这一关键词引起了当今学者的重视，其影响力已扩大到整个人文学界，乃至被称为当代文化批评的"行星转向"。对于这一转向，埃利亚斯、莫拉鲁谈道："就像之前其他的批判性'转向'——后殖民的、后现代的或全球的——这里被观察到的'转向'与艺术家和批评家对我们这个世界的新推测有关，这种推测似乎正在超越现代性主导的社会学、美学和政治—经济学体系。"②换言之，转向是一种预测，它还需要更多的文化实践、学科实践，才能让预测变成现实。埃利亚斯和莫

----

① 陈春文：《回到思的事情》，武汉：武汉大学出版社，2007年版，第136页。

② Amy J. Elias, Christian Moraru, "Introduction: The Planetary Condition", in Amy J. Elias, Christian Moraru, eds., *The Planetary Turn: Relationality and Geoaesthetics in the Twenty-First Century*, Evanston: Northwestern University Press, 2015, p. xi.

拉鲁如实指出："到目前为止，行星性还不够系统，在文化和风格上还没有达到临界质量。因此，它还没有产生一种定义明确的世界文化，也没有产生一种与地域主义相关的连贯模式，后者或能构成这种地缘文化聚集物（geocultural conglomerate）。"[①]可见，行星话语仍然是不成熟的，它的创生期还较短，有待更长时间的沉淀和回应。尤其值得注意的是，行星话语因对异质性的过度强调，可能会固化乃至夸大行星空间中无处不在的异质性鸿沟，从而制造出更多的交流障碍和文化冲突。

作为行星话语的积极倡导者，斯皮瓦克所提出的学科整合方案具有极为重要的理论意义；但从实践来看，"新比较文学"在近些年却没能得到实体化的建设。其主要原因或许在于以下两点：

其一，斯皮瓦克保持着一贯的玄奥写作风格，不断使用隐晦、中断性与跳跃性的表述方式，这在一定程度上影响了其文本的接受能力和传播效果。克里斯托弗·布什（Christopher Bush）和艾瑞克·哈亚特（Eric Hayot）指出："令人遗憾的是，她没能让别人很好地了解自己，这一失败产生了对回应的需要，以及对回应的回应的需要，等等。"[②]这对斯皮瓦克的理论野心来说显然是一个障碍。她对语言的解构主义式处理和对符号旋涡的迷恋使其局限于西方"高深理论"（High Theory）的学院派传统之中，故而难以发挥萨义德所谓的"世俗批评"（Secular Criticism）的现实效果。至于其"理

---

① Amy J. Elias, Christian Moraru, "Introduction: The Planetary Condition", in Amy J. Elias, Christian Moraru, eds., *The Planetary Turn: Relationality and Geoaesthetics in the Twenty-First Century*, Evanston: Northwestern University Press, 2015, p. xii.

② Christopher Bush, Eric Hayot, "Responding to Death of a Discipline: An ACLA Forum", in *Comparative Literature*, Vol. 57, No.3, 2005, p. 200.

论旅行"，也往往充斥着各种翻译谬误与阐释谬误。

　　其二，斯皮瓦克没有充分注意到学科制度建设的重要性，因此其学科理想难以付诸实践。她以一种牺牲式精神提议我们要建立赤脚学校，忍受无薪工作，全身心地投入到语言学习中，不能随便向教育项目妥协，等等。她说："不论这种可能性有多么渺茫，它仍然可以成为新比较文学的旅行计划。"①但是，这些提议似乎是一种乌托邦式的奋斗理想。没有适当的政策扶持和基金项目作保证，其他学者很难自愿去响应这些提议，因此斯皮瓦克的想法是缺乏广泛号召力的。在美国比较文学学会（ACLA）第五次报告中，斯皮瓦克尴尬地指出："十年前，我们曾希望用社会科学方法论来丰富比较文学研究（反之亦然）；但它看起来已经被分割到了各类基金导向中。它献媚于国际公民社会的指令，而非研究方法。语言学习也已经变成了从事人权工作的工具。这样一来，我们所关注的比较文学学科所经历的转变也许并不总是好的。"②这客观地反映出，由于斯皮瓦克的学科构想缺乏制度性的规划，只能被暂时地搁置与拖延。

　　中国当前对"区域国别学"的大力建设恰为阐释、借鉴与反思"新比较文学"构想提供了一个契机。"区域国别学"已被定位为交叉学科，这意味着它为比较文学的学科资源敞开了大门；而鉴于比较文学的文化转向和新媒介技术的兴起，"文学"的界限已经不再，比较文学的跨学科研究也早已成为惯例。因此，以文学为主体的他者研究、比较研究可以转向区域国别主体。区域国别学的学科背景

---

① Gayatri C. Spivak, *Death of a Discipline*, New York: Columbia University Press, 2003, p. 36.

② Gayatri C. Spivak, "The End of Languages", in Ursula K. Heise, ed., *Futures of Comparative Literature: ACLA State of the Discipline Report*, New York: Routledge, 2017, p. 220.

也与外语研究、历史研究、国际问题研究、当代国际关系密切相关，这与斯皮瓦克所谓的美国区域研究的跨学科优势相近。中国所反对的西方霸权主义，所坚持的发展中国家立场，所奉行的和平发展理念，所倡导的"人类命运共同体"意识，所承担的大国责任，也与"行星主义"理念所主张的行星性主体、责任伦理和自治性人权相呼应。因此在建设中国的"区域国别学"以及"比较文学与世界文学"等相关学科时，我们或可考虑"新比较文学"的理论资源，从世界性的学术视角搭建一种跨越边界的研究范式，进而真正地"走进他者"。

参考文献

[1] [爱尔兰]波斯奈特:《比较文学》,姚建彬译,北京:中国社会科学出版社,2015年版。

[2] [奥地利]彼得·V.齐马:《比较文学导论》,范劲、高晓倩译,合肥:安徽教育出版社,2009年版。

[3] [奥地利]维特根斯坦:《维特根斯坦读本》,陈嘉映主编、主译,上海:上海人民出版社,2020年版。

[4] [澳]保罗·帕顿:《德勒兹概念:哲学、殖民与政治》,尹晶译,郑州:河南大学出版社,2017年版。

[5] [德]卡尔·施密特:《政治的概念》,刘宗坤、朱雁冰等译,上海:上海人民出版社,2015年版。

[6] [德]康德:《纯粹理性批判》,王玖兴主译,北京:商务印书馆,2018年版。

[7] [德]马丁·海德格尔:《林中路》,孙周兴译,北京:商务印书馆,2015年版。

[8] [法]艾田伯:《比较文学之道:艾田伯文论选集》,胡玉龙译,北京:生活·读书·新知三联书店,2006年版。

[9] [法]梵·第根:《比较文学论》,戴望舒译,长春:吉林出版集团有限责任公司,2010年版。

[10] [法]福柯:《规训与惩罚:监狱的诞生》,刘北成、杨远婴译,北京:生活·读书·新知三联书店,2012年版。

[11] [法]福柯:《什么是批判:福柯文选Ⅱ》,汪民安编,北京:北京大学出版社,2015年版。

[12] [法]列维纳斯:《总体与无限:论外在性》,朱刚译,北京:北京大学出版社,2016年版。

[13] [法]露西·伊利格瑞:《他者女人的窥镜》,屈雅君、赵文、李欣、霍炬译,郑州:河南大学出版社,2013年版。

[14] [法]马·法·基亚:《比较文学》,颜保译,北京:北京大学出版社,1983年版。

[15] [法]热拉尔·热奈特:《叙事话语　新叙事话语》,王文融译,北京:中国社会科学出版社,1990年版。

[16] [法]雅克·德里达:《友爱的政治学及其他》,胡继华译,长春:吉林人民出版社,2006年版。

[17] [古希腊]柏拉图:《理想国》,郭斌和、张竹明译,北京:商务印书馆,1986年版。

[18] [加纳]乔治·B.N.阿耶提:《解放后的非洲:非洲未来发展的蓝图》,周蕾蕾译,北京:民主与建设出版社,2015年版。

[19] [美]D.亚当斯主编:《比较教育与国际教育》,朱旭东等译,重庆:西南师范大学出版社,2011年版。

[20] [美]希利斯·米勒:《萌在他乡:米勒中国演讲集》,国荣译,南京:南京大学出版社,2016年版。

[21] [美]阿里夫·德里克:《后革命氛围》,王宁等译,北京:中国社会科学出版社,1999年版。

[22] [美]埃里克·查尔斯·斯坦哈特:《隐喻的逻辑:可能世界之可类比部分》,兰忠平译,北京:商务印书馆,2019年版。

[23] [美]爱德华·W.萨义德:《文化与帝国主义》,李琨译,北京:生活·读书·新知三联书店,2016年版。

[24] [美]爱德华·W.萨义德,《东方学》,王宇根译,北京:生活·读书·新知三联书店,1999年版。

[25] [美]巴林顿·摩尔:《专制与民主的社会起源:现代世界形成过程中的地主和农民》,王茁、顾洁译,上海:上海译文出版社,2013年版。

[26] [美]查尔斯·伯恩海默编:《多元文化时代的比较文学》,王柏华、查明建等译,北京:北京大学出版社,2015年版。

[27] [美]费正清:《费正清自传》,黎鸣、贾玉文等译,天津:天津人民出版社,1993年版。

[28] [美]加布里埃尔·A.阿尔蒙德等:《发展中地区的政治》,任晓晋等译,上海:上海人民出版社,2017年。

[29] [美]佳亚特里·斯皮瓦克:《民族主义与想象》,生安锋译,载《文艺研究》2007年第2期。

[30] [美]勒内·韦勒克、[美]奥斯汀·沃伦:《文学理论》,刘象愚、邢培明、陈圣生、李哲明译,杭州:浙江人民出版社,2017年版。

[31] [美]刘康:《大国形象:文化与价值观的思考》,上海:上海人民出版社,2015年版。

[32] [美]罗伯特·贝拉:《德川宗教:现代日本的文化渊源》,王晓山、戴茸译,北京:生活·读书·新知三联书店,1998年版。

[33] [美]诺伯特·维纳:《人有人的用处:控制论与社会》,陈步译,北京:北京大学出版社,2010年版。

[34] [美]苏源熙编:《全球化时代的比较文学》,任一鸣、陈琛等译,北京:北京大学出版社,2015年版。

[35] [美]乌尔利希·韦斯坦因:《比较文学与文学理论》,刘象愚译,沈阳:辽宁人民出版社,1987年版。

[36] [美]希利斯·米勒:《文学死了吗》,秦立彦译,桂林:广西师范大学出版社,2007年版。

[37] [美]伊万·卡普:《理论能否旅行?区域研究与文化研究》,陈振东等译,载《国外理论动态》2013年第7期。

[38] [美]尹晓煌、何成洲主编:《全球化与跨国民族主义经典文论》,南京:南京大学出版社,2014年版。

[39] [美]周蕾:《世界标靶的时代:战争、理论与比较研究中的自我指涉》,陈衍秀译,台北:麦田出版社,2011年版。

[40] [美]佐亚·科库尔、梁硕恩编著:《1985年以来的当代艺术理论》,王春辰、何积惠、李亮之等译,上海:上海人民美术出版社,2010年版。

[41] [南非]J.M.库切:《等待野蛮人》,文敏译,杭州:浙江文艺出版社,2010年版。

[42] [瑞士]索绪尔:《普通语言学教程》,高名凯译,北京:商务印书馆,1980年版。

[43] [苏丹]塔依卜·萨利赫:《移居北方的时节》,张甲民译,北京:华文出版社,2017年版。

[44] [意]贝内代托·克罗齐:《美学或艺术和语言哲学》,黄文捷译,北京:商务印书馆,1992年版。

[45] [英]巴特·穆尔-吉尔伯特:《后殖民理论:语境实践政治》,陈仲丹译,南京大学出版社,2007年版。

[46] [英]巴特·穆尔-吉尔伯特等编:《后殖民批评》,杨乃乔等译,北京:北京大学出版社,2001年版。

[47] [英]弗吉尼亚·伍尔芙:《莎士比亚的妹妹:伍尔芙随笔集》,伍厚恺、王晓路译,成都:四川文艺出版社,2019年版。

[48] [英]霍布斯:《利维坦》,黎思复、黎廷弼译,北京:商务印书馆,1986年版。

[49] [英]雷蒙·威廉斯:《现代悲剧》,丁尔苏译,南京:译林出版社,2007年版。

[50] [英]尼尔·弗格森主编:《未曾发生的历史》,丁进译,南京:江苏人民出版社,2001年版。

[51] [英]尼古拉斯·罗伊尔:《导读德里达》,严子杰译,重庆:重庆大学出版社,2015年版。

[52] [英]苏珊·巴斯奈特、黄德先:《翻译研究与比较文学的未来:苏珊·巴斯奈特访谈》,载《中国比较文学》2009年第2期。

[53] [英]苏珊·巴斯奈特:《比较文学批评导论》,查明建译,北京:北京大学出版社,2015年版。

[54] [英]苏珊·巴斯奈特:《二十一世纪比较文学反思》,黄德先译,载《中国比较文学》2008年第4期。

[55] [英]特里·伊格尔顿:《二十世纪西方文学理论》,伍晓明译,北京:北京大学出版社,2007年版。

[56] [英]约瑟夫·康拉德:《黑暗的心脏》,王金铃译,济南:山东文艺出版社,1984年版。

[57] 鲍秀文、汪琳主编:《20世纪非洲名家名著导论》,杭州:浙江人民出版社,2016年版。

[58] 曹顺庆、王超等:《比较文学变异学》,北京:商务印书馆,2021年版。

[59] 陈思和:《昙花现集》,上海:上海人民出版社,2015年版。

[60] 陈志敏、[加拿大]崔大伟主编:《国际政治经济学与中国的全球化》,上海:上海三联书店,2006年。

[61] 程多闻:《区域研究与学科之间的争论与融合》,载《国际观察》2018年第6期。

[62] 程沙:《西方人权话语的传播策略及应对》,载《人民论坛·学术前沿》2019年第11期。

[63] 邓时忠:《大陆台港比较文学理论研究》,成都:巴蜀书社,2006年版。

[64] 翟晶:《边缘世界:霍米·巴巴后殖民理论研究》,北京:文化艺术出版社,2011年版。

[65] 付飞亮、李应志主编:《比较文学》,重庆:西南大学出版社,2022年版。

[66] 干永昌、廖鸿钧、倪蕊琴选编:《比较文学研究译文集》,上海:上海译文出版社,1985年版。

[67] 高宣扬主编:《法兰西思想评论(第3卷)》,上海:同济大学出版社,2008年版。

[68] 花勇:《比较历史分析的学术演进和经典议题:因果关系的过程分析》,载《国外社会科学》2017年第4期。

[69] 黄世权:《区域研究与政治》,载《国外理论动态》2005年第11期。

[70] 金惠敏:《媒介的后果:文学终结点上的批判理论》,北京:人民出版社,2005年版。

[71] 李应志:《认知暴力》,载《国外理论动态》2006年第9期。

[72] 林精华:《"苏联学"的起始和终结:来自后冷战时代的反思》,载《俄罗斯东欧中亚研究》2013年第2期。

[73] 林精华:《文学国际政治学》,北京:社会科学文献出版社,2013年版。

[74] 刘宝存、孙琪:《美国大学区域研究:发展、影响及争论》,载《比较教育研究》2013年第11期。

[75] 刘鸿武:《黑非洲文化研究》,上海:华东师范大学出版社,1997年版。

[76] 刘介民编:《比较文学译文选》,长沙:湖南人民出版社,1984年版。

[77] 刘新成主编:《文明研究(第一辑)》,杭州:浙江大学出版社,2014年版。

[78] 牛可:《地区研究创生史十年:知识建构、学术规划和政治——学术关系》,载《北京大学教育评论》2016年第1期。

[79] 牛可:《美国"地区研究"的兴起》,载《世界知识》2010年第9期。

[80] 牛可:《美国地区研究创生期的思想史》,载《国际政治研究》2016年第6期。

[81] 上海外语学院外国语言文学研究所编:《中西比较文学手册》,成都:四川人民出版社,1987年版。

[82] 申丹:《叙述学与小说文体学研究》,北京:北京大学出版社,2004年版。

[83] 盛斌、宗伟:《特朗普主义与反全球化迷思》,载《南开学报(哲学社会科学版)》2017年第5期。

[84] 史忠义:《20世纪法国小说诗学、比较文学和诗学文选》,开封:河南大学出版

社,2008年版。

[85] 孙景尧、邓艳艳、曾新等编著:《西方比较文学要著研读》,上海:上海教育出版社,2014年版。

[86] 万青松:《冷战期间美国苏联学的发展历程考察》,载《冷战国际史研究》2018年第2期。

[87] 王中江编:《思想的跨度与张力:中国思想史论集》,郑州:中州古籍出版社,2009年版。

[88] 徐贲:《走向后现代与后殖民》,北京:中国社会科学出版社,1996年版。

[89] 徐四季:《从古代东方学到现代区域研究:从学科史角度探究当前区域(国别)研究的定位问题》,载《区域与全球发展》2018年第3期。

[90] 杨乃乔主编:《比较文学概论》,北京:北京大学出版社,2014年版。

[91] 叶维廉:《叶维廉文集》(第1卷),合肥:安徽教育出版社,2002年版。

[92] 于滨:《转型的迷茫与困惑》,载《俄罗斯研究》2011年第6期。

[93] 岳梁:《从幽灵到宽恕:德里达晚期思想研究》,苏州:苏州大学出版社,2014年版。

[94] 张叉、[英]苏珊·巴斯奈特:《比较文学何去何从:苏珊·巴斯奈特教授访谈录》,载《外国语文》2018年第6期。

[95] 张隆溪选编:《比较文学译文集》,北京:北京大学出版社,1982年版。

[96] 张敏:《冰点的热度:比较文学和世界文学论集》,太原:山西人民出版社,2002年版。

[97] 张沛主编:《比较文学基础读本》,北京:北京大学出版社,2017年版。

[98] 张小溪:《美国区域研究中心面临发展危机》,载《中国社会科学报》2013年10月18日,第A03版。

[99] 赵毅衡主编:《"新批评"文集》,北京:中国社会科学出版社,1998年版。

[100] 郑吉伟:《"档案革命"与西方"苏联学"的复兴》,载《当代世界与社会主义》2014年第4期。

[101] 仲跻昆:《阿拉伯现代文学史》,北京:昆仑出版社,2004年版。

[102] 周勋初、叶子铭、钱中文主编:《文学评论丛刊》(第3卷第2期),南京:江苏文艺出版社,2000年版。

[103] Amy J. Elias, Christian Moraru, eds., *The Planetary Turn : Relationality and Geo-*

aesthetics in the Twenty-First Century, Evanston: Northwestern University Press, 2015.

[104] Ariel I. Ahram, "The Theory and Method of Comparative Area Studies", in *Qualitative Report*, Vol. 11, No. 1, 2011.

[105] Ariel I. Ahram, Patrick Köllner and Rudra Sil, eds., *Comparative Area Studies: Methodological Rationales and Cross-Regional Applications*, New York: Oxford University Press, 2018.

[106] Benedetto Croce, *Logic as the Science of Pure Concept*, tr., Douglas Ainslie, London: Macmillan and CO., 1917.

[107] Bert Hoffmann, "Latin America and Beyond: The Case for Comparative Area Studies", in RELACS, No. 100, 2015.

[108] Cary Nelson, Lawrence Grossberg, eds., *Marxism and the Interpretation of Culture*, Champaign: University of Illinois Press, 1988.

[109] Cary Nelson, Paula A. Treichler, eds., *Cultural Studies*, New York: Routledge, 1992.

[110] Chalmers Johnson, "Preconception vs. Observation, or the Contributions of Rational Choice Theory and Area Studies to Contemporary Political Science", in *PS: Political Science and Politics*, Vol. 30, No. 2, 1997.

[111] Christopher Bush, Eric Hayot, Responding to Death of a Discipline: An ACLA Forum. in *Comparative Literature*, Vol. 57, No.3, 2005.

[112] Donald E. Polkinghorne, *Practice and the Human Sciences: The Case for a Judgment-Based Practice of Care*, New York: State University of New York Press, 2004.

[113] Donna J. Haraway, *Manifestly Haraway*, Minneapolis: University of Minnesota Press, 2016.

[114] Emily Apter, "Afterlife of a Dicipline", in *Comparative Literature*, Vol. 57, No. 3, 2005.

[115] Erik Martinez Kuhonta, Dan Slater and Tuong Vu, eds., *Southeast Asia in Political Science: Theory, Region, and Qualitative Analysis*, Stanford, CA: Stanford University Press, 2008.

[116] Evelyne Huber, "Letter from the President: The Role of Cross-regional Comparison", in *CP: Newsletter of the Comparative Politics Organized Section of the American*

Political Science Association, Vol. 14, No. 2, 2003.

[117] Gary King, Robert O. Keohane, Sidney Verba, *Designing Social Inquiry: Scientific Inference in Qualitative Research*, Princeton: Princeton University Press, 1994.

[118] Gayatri C. Spivak, *An Aesthetic Education in the Era of Globalization*, Cambridge: Harvard University, 2012.

[119] Gayatri C. Spivak, *Death of a Discipline*, New York: Columbia University Press, 2003.

[120] Gerardo L. Munck, Richard Snyder, "Debating the Direction of Comparative Politics: An Analysis of Leading Journals", in *Comparative Political Studies*, Vol. 40, No. 1, 2007.

[121] H. G. Liddell, R. Scott, *A Greek - English Lexicon(ninth edition)*, Oxford: Clarendon Press, 1940.

[122] Haun Saussy, "Chiasmus", in *Comparative Literature*, Vol. 57, No. 3, 2005.

[123] Haun Saussy, ed., *Comparative Literature in an Age of Globalization*. Baltimore: Johns Hopkins University Press, 2006.

[124] Homi K. Bhabha, *The Location of Culture*, New York: Routedge, 2004.

[125] J. M. Coetzee, *Waiting for the Barbarians*, New York：Penguin Books, 1999.

[126] Jacques Derrida, *Politics of Friendship*, tr., George Collins, New York: Verso, 2005.

[127] James Mahoney, Gary Goertz, "The Possibility Principle: Choosing Negative Cases in Comparative Research", in *American Political Science Review*, Vol. 98, No. 4, 2004.

[128] Keith Sinclair, *A History of the University of Auckland*, Auckland: Auckland University Press, 1983.

[129] Mary Ellen, O'Connell, Janet L. Norwood, eds., *International Education and Foreign Languages: Keys to Securing America's Future*, Washington, DC: National Academies Press, 2007.

[130] Matt Waggoner, *"Death of a Discipline"*, in *Journals for Cultural and Religious Theory*, Vol. 6, No. 2, 2005.

[131] Matthias Basedau, Patrick Köllner, "Area Studies, Comparative Area Studies,

and the Study of Politics: Context, Substance, and Methodological Challenges", in *Zeitschrift für Vergleichende Politikwissenschaft*, Vol. 1, No. 1, 2007.

[132] Michael Cox, eds., *Rethinking the Soviet Collapse, Sovietology, the Death of Communism and the New Russia*, London: Pinter, 1998.

[133] Peter J. Katzenstein, "Area Studies and Regional Studies in the United States", in *PS: Political Science and Politics*, Vol. 34, No. 4, 2001.

[134] R. W. Burchfield, ed., *The Oxford English Dictionary* (V), London: Oxford University Press, 1989.

[135] Raymond Williams, *Problems in Materialism and Culture*, London: Verso, 1980.

[136] Robert H. Bates, "Area Studies and the Discipline: A Useful Controversy?", in *PS: Political Science and Politics*, Vol. 30, No. 2, 1997.

[137] Sigmund Freud, *The Complete Psychological Works of Sigmund Freud*, tr., James Strachey, London: Vintage Classics, 2001.

[138] Susan Bassnett, Andre Lefevere, eds., *Translation, History and Culture*, London: Pinter, 1990.

[139] Todd Landman, Neil Robinson, eds., *The SAGE Handbook of Comparative Politics*, Los Angeles: Sage Publications, 2009.

[140] Tulia G. Falleti, Julia F. Lynch, "Context and Causal Mechanisms in Political Analysis", in *Comparative Political Stuides*, Vol. 42, No. 9, 2009.

[141] Ursula K. Heise, ed., *Futures of Comparative Literature : ACLA State of the Discipline Report*, New York : Routledge, 2017.

[142] Vee Chansa-Ngavej, Kyu Young Lee, "Does Area Studies Need Theory? Revisiting the Debate on the Future of Area Studies", in *The Korean Journal of International Studies*, Vol. 15, No. 1, 2017.

[143] William V. Wallace, "From Soviet Studies to Europe-Asia Studies", in *Europe-Asia Studies*, Vol. 45, No. 1, 1993.